CARÈNE PONTE lebt mit ihrer Familie im Norden Frankreichs und hat bereits mehrere Romane veröffentlicht. Nach *Versprich mir zu lieben* ist *Ich habe mich entschieden und sage vielleicht* ihr zweiter Roman, der auf Deutsch erscheint.

Außerdem von Carène Ponte lieferbar:
Versprich mir zu lieben

Carène Ponte

Ich habe mich entschieden und sage vielleicht

Roman

Aus dem Französischen
von Brigitte Lindecke

PENGUIN VERLAG

Die französische Originalausgabe erschien 2018 unter dem Titel
Avec des Si et des Peut-être bei Michel Lafon Publishing, Paris.

MIX
Papier aus verantwortungsvollen Quellen
FSC® C014496

Verlagsgruppe Random House FSC® N001967

PENGUIN VERLAG

1. Auflage 2020

Covergestaltung: Bürosüd
Covermotive: Mauritius Images/Franziska Ritter/imageBROKER
und Bürosüd
Redaktion: Nadine Lipp
Satz: Uhl + Massopust, Aalen
Druck und Bindung: GGP Media GmbH, Pößneck
Printed in Germany
ISBN 978-3-328-10490-2
www.penguin-verlag.de

Dieses Buch ist auch als E-Book erhältlich.

Für Bella Julia
Zwar war an dem Tag, als du geboren wurdest,
der Gleichgewichtssinn schon verteilt,
aber dafür hast du jede Menge Enthusiasmus
und Liebenswürdigkeit abbekommen.
Danke für das aufmerksame Lesen des Manuskripts
(bist du sicher, dass es in The Walking Dead
keine Vampire gibt?)
und für deine Liebe zu meinen Figuren.
Danke, dass es dich gibt. Bleib wie du bist.
Und bitte …
Fackel deine Wohnung nicht ab.

Prolog

Habt ihr euch schon mal gefragt, wie euer Leben aussehen würde, wenn ihr in der Vergangenheit andere Entscheidungen getroffen hättet? Wenn ihr mit Kimberly befreundet gewesen wärt, dem beliebten Mädchen mit dem seidenweichen langen Haar und den endlosen Beinen, statt mit Juliette, dem intelligenten und … dem einfach nur intelligenten Mädchen? Wenn ihr Italienisch als zweite Fremdsprache genommen hättet anstelle von Deutsch?

Wenn ihr nicht zu dieser blöden Party gegangen wärt, bei der ihr am Ende in peinlicher Pose auf dem Boden rumgelungert und der ganzen Schule, ach was, der ganzen Welt euer Faible für SpongeBob-Unterhosen kundgetan habt?

Ich für meinen Teil mache das andauernd. Und treibe damit Samya und Audrey, meine besten Freundinnen, zur Verzweiflung. »Wenn das Wörtchen wenn nicht wär, wär mein Vater Millionär«, hat Samya neulich zu mir gesagt. Also, erstens, ich kann nichts dafür, dass ich mir ständig andere Leben vorstellen muss, es ist wie ein Zwang, der einfach stärker ist als ich. Und zweitens verstehe ich überhaupt nicht, was mein Vater damit zu tun hat.

Es ist nicht so, dass mir mein Leben nicht gefällt, im Gegenteil, eigentlich mag ich es ganz gern, zumindest habe ich nicht wirklich was daran auszusetzen. Ich frage mich nur eben andauernd, wie es wäre, wenn ich dies oder jenes anders gemacht hätte.

Gestern in der Patisserie zum Beispiel: Die Kundin vor mir hat fast zwanzig Minuten gebraucht, um sich zu entscheiden, ob sie die Religieuse mit Schokoladenfüllung nimmt oder ein Stück Clafoutis mit Kirschen. Was gibt es da zu überlegen! Natürlich die Religieuse mit Schoko!

Während dieses endlosen und vollkommen überflüssigen Hin und Hers der Kundin – »Bin ich hungrig genug für eine Religieuse?« (ja, dafür ist man immer hungrig genug), »Wären Kirschen nicht besser für meine Diät?« (die Kirschen vielleicht, der Teig wohl eher nicht) –, drängte sich mir wieder mal die Frage auf, was wohl passiert wäre, wenn ich die beiden Freistunden vor meinem Unterricht nicht zum Einkaufen genutzt hätte.

Wenn ich stattdessen, sagen wir mal, laufen gegangen wäre.

Vielleicht hätte ich ja jemanden kennengelernt. Ich wäre in meinen schrillen, aber angesagten neonfarbenen Turnschuhen mit kurzen Trippelschritten gestartet, ihr wisst schon, so, dass man mit Fug und Recht behaupten kann, dass man nicht mehr geht, und hätte mir nach fünfhundert Metern den Knöchel verstaucht. Stürze sind seit Ewigkeiten meine Spezialität. Vermutlich war bei meiner Geburt der Gleichgewichtssinn schon vergeben.

Jedenfalls wäre neben mir ein Mann stehen geblieben. Ein Arzt oder Physiotherapeut. Natürlich wahnsinnig gut aussehend. Er hätte meinen Knöchel vorsichtig bewegt, um zu überprüfen, ob auch nichts gebrochen ist. Ganz behutsam und zart. Unsere Blicke hätten sich getroffen, und schon wäre alles klar gewesen.

Aber nein.

Stattdessen stecke ich hinter Madame-Religieuse-oder-doch-lieber-Kirschclafoutis fest und beginne mir auszumalen, wie ich sie kopfüber in Kuvertüre tunke und mit Streuseln verziere.

Wenn man doch nur sehen könnte, welche Wendung unser Leben genommen hätte, wenn wir eine Kleinigkeit anders gemacht hätten.

Hätte ich nicht bemerkt, dass Claudia, meine Mitbewohnerin, unseren gesamten Kühlschrankinhalt, in ihren Augen wohl nicht bio oder vegan genug, entsorgt hat und wäre ich nicht sofort losmarschiert, um Nachschub zu beschaffen, wäre ich dann meinem wahnsinnig gut aussehenden Arzt begegnet?

Denn natürlich wäre er wahnsinnig gut aussehend. Wenn man schon von einem anderen Leben träumt, kann man sich den Mann an seiner Seite natürlich gleich wahnsinnig gut aussehend und reich vorstellen, statt schmächtig und arm. Oder?

Vielleicht wäre ich aber auch mit dem linken neonfarbenen Turnschuh in Hundescheiße getreten und hätte den Rest des Tages geflucht.

Ich finde, jeder sollte ein Recht darauf haben zu erfahren, was hätte sein können. Wenigstens ein Mal.

September

Kapitel 1

Nachdem ich meiner elften Klasse fünfzehn Minuten Zeit gelassen habe, den Auszug aus Gustave Flauberts *Madame Bovary* zu lesen, fünfzehn Minuten, in denen mindestens viermal geseufzt und sechsmal gegähnt wurde, stelle ich die Frage, mit der ich garantiert kollektive Begeisterung auslösen werde: »Können Sie anhand des Textes, den Sie gerade gelesen haben, festmachen, welches Bild die handelnden Personen von der Ehe haben?«

Totenstille. Fünf Schüler beugen sich über ihre Taschen, wohl in der Hoffnung, dort eine Antwort zu finden. Bekanntlich tummeln sich ja in jeder Schultasche winzige Flauberts, Victor Hugos, Émile Zolas, nicht zu vergessen die Honoré de Balzacs, die verzweifelten Gymnasiasten bereitwillig zu Hilfe kommen. Kein Wunder, dass die Taschen dann immer so schwer sind …

Drei andere Schüler beginnen eifrig, ihre Bleistifte zu spitzen, deren Minen bereits hauchdünn sind wie Nadeln, während alle anderen, die nicht schnell genug waren, sich größte Mühe geben, meinem Blick auszuweichen.

Tja, Monsieur Flaubert, an der allgemeinen Begeisterung müssen wir wohl noch arbeiten.

Es ist mein sechstes Jahr als Französischlehrerin am Lycée U. Grant, so getauft wegen des amerikanischen Klangs der Stadt, in der es sich befindet: Savannah. Mit vollem Namen Savannah-sur-Seine.

Auch nach mehreren Jahren habe ich die Hoffnung nicht aufgegeben, bei meinen Schülern Interesse für die französischen Klassiker zu wecken. *Madame Bovary* ist schließlich ein Monument! Ein Monument der Langeweile, würde Samya ergänzen, meine Kollegin und Freundin und ihres Zeichens Mathelehrerin. Ach, und auf welchem Platz der Fun-Skala befindet sich Pythagoras?

Ich habe mich immer zu Wörtern hingezogen gefühlt. Ihre Bedeutungsvielfalt, ihre Musikalität. Lange Zeit habe ich mit einem Studium an einer Journalistenschule geliebäugelt, doch dann habe ich mir am Morgen der Aufnahmeprüfung den Knöchel gebrochen. Ihr werdet mich vielleicht für abergläubisch halten, aber ich habe das als Zeichen gesehen. Vier Jahre später war ich Französischlehrerin.

»Also? Mit welcher Vorstellung von Ehe haben wir es hier zu tun, Jules?«

Dreißig Schüler lassen hörbar die Luft entweichen, die sie seit mehreren Minuten angehalten haben.

»Äh … also, dass es mit den Frauen kompliziert ist?«, rät Jules wenig überzeugt.

Mit geübtem Blick, inklusive hochgezogener Augenbrauen, den ich mit jedem Jahr perfektioniere, bringe ich das allgemeine Gekicher zum Ersterben.

»Das heißt? Können Sie das etwas näher erläutern? Anhand des Textes, bitte, und nicht anhand Ihrer letzten Niederlage auf Snapchat.«

So habe ich in wenigen Worten mein autoritäres Augenbrauenspiel zunichtegemacht.

»Äh, na ja, die Frau da, die …«

»Emma.«

»Genau, also die Emma«, fährt Jules fort, »ist kompliziert. Wie alle Frauen. Die macht sich irgendwie zu viele Gedanken. Ihr Typ dagegen, also ihr Mann, der steht mehr mit beiden Beinen auf dem Boden. Der verdient das Geld für die Familie und so. Sie lebt eher in ihrer eigenen Welt. Zum Glück gibt es uns, also uns Männer.«

Gelächter unter den Jungen, Empörung unter den Mädchen.

»Kein Wunder, dass du keine Freundin hast, Jules!«, ruft Camille. »Dein Frauenbild ist total überholt. Komm mal auf den Boden, wir leben im Jahr 2017. Wir Frauen kommen gut ohne Männer zurecht.«

»Ach ja?«, erwidert er. »Als dein Roller letztens nicht anspringen wollte, warst du aber ganz froh, dass ich mal einen Blick drauf geworfen habe.«

»Da es zu Flauberts Zeiten noch keine Roller gab, können wir das Thema an der Stelle beenden«, schalte ich mich wieder ein, um den sexistischen Klischees ein Ende zu setzen. »Jules, Sie wollten vermutlich sagen, dass in dem Text zwei unterschiedliche Lebenseinstellungen und Konzepte von Partnerschaft aufeinanderstoßen. Und zwar die von Emma, die romantisch veranlagt ist und ein bisschen wie aus der Zeit gefallen wirkt, und die ihres Mannes, die sehr viel bodenständiger ist.«

»Genau, weil Frauen nämlich kompliziert sind. Wir Männer sind leichter zufriedenzustellen, wir brauchen nur eine anständige Mahlzeit!«

Während der folgenden fünfundvierzig Minuten lasse ich sie weiter am Text arbeiten, fordere sie auf, über Flauberts Erzählstruktur nachzudenken.

»Wie Sie sehen, lässt sich doch einiges aus diesem kurzen Abschnitt herausholen.«

Mein enthusiastisches Strahlen läuft ins Leere.

»Madame!«, spricht mich Hélène an, nachdem die Glocke das Ende der Stunde verkündet hat. »Wer entscheidet eigentlich, welche Texte auf den Lehrplan kommen? Sind Sie dafür zuständig? Nehmen Sie's mir nicht übel, ich weiß ja, dass Sie Flaubert mögen, aber sehr aktuell ist der nicht gerade. Wissen Sie, mit Stromae könnten wir mehr anfangen, oder so was in der Art.«

Nicht zu glauben …

Demnächst verlangen sie noch, dass die Schule umbenannt wird. Weg mit dem klassischen und seriösen Ulysses S. Grant, seinerzeit Präsident der Vereinigten Staaten, und Bühne frei für Hugh Grant, *den* Schauspieler der romantischen Komödie!

Das kann ein langes Schuljahr werden.

Kapitel 2

Der Montag ist mein anstrengendster Tag, nach vier Stunden Unterricht stehen noch zwei individuelle Lehrstunden auf dem Plan. Abends will ich dann nur noch nach Hause, ein heißes Bad nehmen, mich mit einer großen Schüssel Popcorn vor den Fernseher setzen und einen Vampirfilm ansehen.

Für jeden Film gibt es den perfekten Zeitpunkt. Damit ein Film seine Wirkung voll entfalten kann, sollte man ein paar Grundregeln beachten.

Der Dezember beispielsweise eignet sich hervorragend für romantische Komödien, die einem Schmetterlinge in den Bauch zaubern und einem selbst beim dreißigsten Mal die Augen zum Leuchten bringen und das kleine Herz mit Liebe anschwellen lassen – aber, Achtung, auch mit Trübsal. Sich wochenlang bergeweise romantische Komödien reinzuziehen ist die wohl sicherste Methode, am letzten Tag des Jahres in einer Depression zu landen, und dann bleibt einem am Silvesterabend nichts anderes übrig, als sich hemmungslos zu betrinken.

Im Sommer schaue ich mir *Stolz und Vorurteil* an (natürlich nicht irgendeinen, sondern den mit Colin Firth) oder *Betty und ihre Schwestern*. Und wenn es mal richtig heiß ist, *Stirb langsam: Jetzt erst recht* mit Bruce Willis. Obwohl ich ihn bestimmt schon ein Dutzend Mal gesehen habe, brauche ich immer eine halbe Ewigkeit, um das Rätsel mit den Wasserkanistern zu lösen.

An einem Montag wie diesem, an dem meine Schüler mir wegen Flaubert die Ohren vollgejammert haben, hilft nur noch eins: eine anständige Folge *The Walking Dead*. Zombies, die sich gegenseitig umbringen und verspeisen, beruhigen mich irgendwie, ich kann dabei hervorragend entspannen.

Als ich, in Gedanken schon bei Zerteilungen und Enthauptungen, die Wohnungstür aufstoße, schlägt mir ein bestialischer Gestank entgegen. Spontan tippe ich auf fermentierten Kuhdung und Garnelen, die mehrere Tage in der prallen Sonne auf der Fensterbank gestanden haben.

»Was stinkt denn hier so furchtbar?«

»Wie bitte? Ach das. Keine Sorge, ich probiere nur eine neue Gesichtsmaske aus.«

Tatsächlich kommt der Geruch vom Sofa. Dort liegt meine Mitbewohnerin Claudia und hat sich suspektes Zeug ins Gesicht geschmiert.

Wie soll ich sie beschreiben, ohne ihr unrecht zu tun? Claudia ist sehr engagiert. Noch engagierter geht gar nicht. Umweltaktivistin. Veganerin. Besessen von Natürlichkeit bis hin zur Ganzkörperbehaarung. In einem Wort? Verrückt, aber liebenswert.

Claudia und ich teilen uns seit zwei Jahren die Wohnung, denn irgendwann war ich der Ansicht, dass ich in meinem Alter nicht mehr bei meiner Schwester wohnen sollte, und allein hätte ich mir bei meinem Gehalt höchstens ein winziges Loch leisten können.

Ich habe mich in dieser Wohnung sofort wohlgefühlt. Ein komisches Gefühl, nebenbei bemerkt, wenn man sich an einem Ort, den man nie zuvor betreten hat, gleich zu Hause fühlt. Geräumiges Wohnzimmer mit verblichenem Parkett und weiß gestrichenen Wänden, dank zweier Doppelfenster lichtdurchflutet. Darin ein großes pfauenblaues Samtsofa, ein paar Möbel im Industrial-Look und Grünpflanzen. Die grau-weiß gekachelte Küchenecke mit gelben Schränken ist durch eine niedrige Glaswand vom Wohnbereich abgetrennt. Dann sind da noch zwei großzügige Schlafzimmer und ein Badezimmer mit einer Wanne auf Füßen.

Allerdings herrscht trotz meines Protests meistens Unordnung: Überall liegen Schuhe, Kleidung und Zeitschriften herum, außerdem Tiegel, leere Flaschen oder Kartons, die Claudia für ihre spleenigen Projekte benötigt …

Seit Neuestem hat sie sich darauf verlegt, Cremes und undefinierbare Pasten selbst herzustellen, mit denen sie mehr oder weniger erfolgreich herkömmliche Kosmetik und Schönheitsprodukte zu ersetzen versucht.

»Wenn du willst, Max, im Topf in der Küche ist noch ein Rest.«

Mit Vornamen heiße ich Maxine, aber die meisten

Freunde nennen mich Max. Ich weiß, das klingt nicht gerade sexy, ich bin mir auch nicht so sicher, was ich davon halten soll.

»Nein danke, lass mal.«

»Solltest du aber ruhig mal ausprobieren. Das ist eine Creme auf Basis von Zucchini und fermentierten Kräutern. Das öffnet die Poren.«

Aha. Schade, dass es nicht die Nasenlöcher verschließt. »Ein andermal vielleicht«, sage ich und notiere mir im Geiste, dass ich unbedingt den Topf wegwerfen muss, denn der Gestank geht sicher nie wieder raus.

Ich flüchte ins Badezimmer, in dem sich bereits Darcy, meine zwei Jahre alte Cockerhündin, verkrochen hat.

Sie kaut hingebungsvoll und sichtlich entzückt auf einem Riegel meiner Mitbewohnerin. Vielleicht ist er aus einem Bioknochen ausgeschnitten worden.

Ich will schon lachen, als mein Blick auf die Badewanne fällt.

»Ach ja, und sei bitte vorsichtig«, ruft mir Claudia vom Sofa hinterher, »ich weiche gerade Sojabohnen ein. Die werden hinterher getrocknet, dann kann man sie pressen und Geschirrtücher daraus weben. Hundert Prozent natürlich. Genial, oder?«

Genial? Ich bin nicht sicher, ob das das Wort ist, das mir dazu eingefallen wäre.

Vielleicht eher so was wie »pff«.

Kapitel 3

»Geschirrtücher aus Sojafasern? Was bitte soll das sein?«, fragt Audrey.

»Claudias neuester Einfall. Ich sehe schon vor mir, dass ich eines Tages nach Hause komme und Darcy komplett kahl rasiert vorfinde, weil Claudia beschlossen hat, sich einen Naturschal aus hundert Prozent Hundefell zu machen.«

Wir lachen. Wie jeden Freitagabend sitze ich mit Samya und Audrey bei einem Drink im Blues Pub, einer der beiden Kneipen in Savannah-sur-Seine. Da sich in der anderen Kneipe alles um Motorräder und ums Stricken dreht – die verwunderliche Kombination geht auf die Hobbys des Besitzerehepaars zurück –, war die Wahl nicht sehr schwierig.

Der Inhaber des Blues Pub hingegen ist eingefleischter Musikfan mit einem besonderen Faible für französische Musik. Die Wände des Lokals sind mit Fotos tapeziert und wohin man blickt, hängen Gitarren in allen Farben und Größen. Das Ergebnis – etwas schräg, aber originell – kann sich sehen lassen. Es herrscht eine gemütliche Atmosphäre, und in regelmäßigen Abständen finden Karaoke-Abende statt. Natürlich gehören wir immer zu den Ersten, die zum Mikrofon greifen.

Wir arbeiten alle drei im Lycée U. Grant. Samya und ich haben im gleichen Jahr angefangen und Audrey, die als Berufsberaterin in Teilzeit arbeitet, etwa zwei Jahre nach uns.

Samya und ich waren schnell die allerbesten Freundinnen, und als Audrey dazustieß, haben wir sie spontan in unseren Kreis aufgenommen. Man muss dazu sagen, dass sie gleich am ersten Tag mit dem Schuhabsatz im Lüftungsgitter des Fahrradschuppens hängen geblieben und den restlichen Tag über gehumpelt ist, ohne dabei die Miene zu verziehen. Wir waren sofort hin und weg.

Von uns drei ist Samya die Einzige, die in einer Beziehung lebt. Sie hat vor zwei Jahren den wundervollsten Typen der Welt geheiratet, mit dem sie eine kleine, vierjährige Tochter hat, Inès. Wenn Liebenswürdigkeit einen Namen hätte, dann wäre es Samya. Samya sieht in allem und jedem nur das Gute und ist immer hilfsbereit. Sie hat stets ein Leuchten in den Augen, ist romantisch bis zum Gehtnichtmehr und unsterblich in ihren Mann verliebt.

Ganz anders die resolute und direkte Audrey, die für nichts auf der Welt ihre Unabhängigkeit aufgeben würde und eine Beziehung kategorisch ablehnt. Die Männer, so glaubt sie, würden früher oder später immer versuchen, einen auf die Rolle der Hausfrau zu reduzieren. »Den ganzen Tag am Herd stehen und schmutzige Socken wegräumen – nicht mit mir!«, sagt sie immer.

Ich erzähle ihr lieber nicht, was meine Schüler zu dem Auszug aus *Madame Bovary* gesagt haben, sonst wird sie fuchsteufelswild, und wir müssen uns die nächste Stunde einen feministischen Vortrag anhören, der sich gewaschen hat.

Und ich? Ich beklage mich, weil ich allein bin. Mittlerweile bin ich fast so weit, dass ich sogar schmutzige Socken romantisch fände. Jedenfalls romantischer als Geschirrtücher aus hundert Prozent Sojafasern oder Gesichtsmasken aus verfaultem Gemüse.

»Mädels, darf ich euch daran erinnern, dass wir nicht hier sind, um über Claudia zu reden, sondern über Max' zukünftige große Liebe?«, ruft uns Samya zur Ordnung.

»Große Liebe! Jetzt übertreib nicht. Bisher habe ich mit dem Typen nur gechattet. Ich hab ihn noch nicht live gesehen, also bleibt mal locker.«

»Wie heißt er noch mal?«, fragt Audrey.

»Germain. Ja, ich weiß, was ihr jetzt sagen werdet. Klingt nicht gerade aufregend. Aber er macht einen ziemlich netten Eindruck. Irgendwie süß.«

»Und was macht dieser Germain so?«

»Er ist Steuerberater.«

Audrey und Samya sehen sich an, dann brechen sie in Gelächter aus.

»Was ist daran so lustig? Steuerberater ist kein schlechter Beruf. Sehr angesehen.«

»Und sehr öde!«, ergänzt Audrey.

»Ach, und Berufsberaterin ist besser?«, schlage ich zurück. »Aber jetzt mal im Ernst, ich glaube, mit ihm könnte es wirklich was werden. Er sucht eine feste Beziehung. Eigentlich hätte er heiraten sollen, aber kurz vor der Hochzeit hat sich seine Verlobte, das herzlose Miststück, ans andere Ende des Landes abgesetzt.«[1]

»Der Arme«, sagt Samya mitfühlend wie immer.

»Ich weiß nicht«, meint Audrey skeptisch, »wenn eine Frau einen Heiratsantrag annimmt und sich dann aus dem Staub macht, dann stimmt etwas nicht mit ihm. Wann triffst du ihn?«

»Nächsten Samstag. Dieses Wochenende kann er nicht, da ist er auf einem Seminar für Steuerberater, glaube ich.«

Audrey legt sich pantomimisch einen Strick um den Hals, und Samya spuckt fast ihren Daiquiri wieder aus.

»Also wirklich, Mädels, das ist nicht nett von euch. Und was, wenn er der Mann meines Lebens ist? Wenn dieses Date direkt in eine wundervolle, glückliche Beziehung führt? Wenn er derjenige ist, der alles verändert?«

»Und wenn er einer ist, der Kätzchen den Hals umdreht?«, witzelt Audrey.

»Oder Hunden die Ohren abschneidet?«, fällt Samya mit ein.

»Aufhören, wir haben gesagt, keine Tiere«, protestiere ich, ehe ich in das Gelächter meiner Freundinnen einfalle.

»Und wenn er die Reinkarnation von Gustave Flau-

1 Jede Ähnlichkeit mit einer früheren Geschichte ist nicht zufällig.

bert im Körper eines Steuerberaters ist? O mein Gott, stellt euch das mal vor! Langeweile zum Quadrat!«

»Ich weiß gar nicht, warum ich euch das überhaupt erzählt habe.«

»Weil wir toll sind!«

»Und du uns anbetest.«

Das Schlimme daran ist, dass sie recht haben.

Kapitel 4

Ich weiß wirklich nicht, was sie gegen Steuerberater haben. Genauer betrachtet ist Berufsberaterin oder Lehrerin auch nicht so viel aufregender. Wir sind alle meilenweit entfernt vom Kriegsreporter oder Elefantenbesamer[2].

Auf dem Weg zu meiner Schwester, die mich zum Essen eingeladen hat, muss ich grinsen, als ich an das Gespräch von gestern Abend denke. Mit jedem Cocktail haben meine Freundinnen noch einen draufgelegt und aus Germain nacheinander einen Greis mit Rollator, einen Kükentöter, einen Frutarier und einen Pythagoras-Anhänger gemacht (Letzterer war Samyas Beitrag, die nie den wahren Segen der Mathematik vergisst).

Sollen meine Freundinnen ruhig skeptisch sein, ich weiß, dass mein Bruder und meine Schwester mich zuverlässig dem erstbesten Junggesellen in die Arme schubsen würden. Ich bin das Nesthäkchen der Familie, und

2 Doch, doch, das gibt es!

aus irgendeinem unerfindlichen Grund beunruhigt sie mein Single-Dasein von Jahr zu Jahr mehr. Wahrscheinlich fürchten sie, dass ich Staub ansetze und dauerhaft zum Ladenhüter werde.

Laetitia, die Älteste von uns Geschwistern, eine blühende Mittvierzigerin, glückliche Ehefrau, Mutter zweier Kinder und Zahnärztin von Beruf, organisiert regelmäßig Abendessen, zu denen sie Kollegen, Freunde von Kollegen, ja sogar vollkommen Fremde einlädt, die sie im Supermarkt vor dem Mayonnaise-Regal aufgegabelt hat, in der Hoffnung, mich endlich unter die Haube zu bringen.

Mein Bruder Julien, vier Jahre älter als ich, schlägt in die gleiche Bresche, und auch wenn er mich nicht um jeden Preis mit all seinen Bekannten verkuppeln will, seziert er meine amourösen Niederlagen jedes Mal auf freudsche Art. Glaubt mir, ein Psychologe als Bruder ist die Pest. So einem bleibt wirklich nichts verborgen.

Wir drei stehen uns seit jeher sehr nah, wir waren immer ein eingeschworenes Team. Sehr zum Missfallen meiner Mutter, die nie wusste, wen von uns sie ausschimpfen und bestrafen sollte, weil wir einander immer in Schutz nahmen.

Und als vor drei Jahren meine Großmutter Moune gestorben ist, hat uns das nur noch mehr zusammengeschweißt.

Ich habe meine Großmutter über alles geliebt, und ihr Tod war ein echtes Trauma für mich.

Sie ist bei einem Autounfall ums Leben gekommen.

Und ich bin gefahren.

Wir waren auf dem Weg zu Audreys Bühnenpremiere in der Rolle der Stella Spotlight, und da wir spät dran waren, wollte ich eine Abkürzung nehmen, um den Anfang des Stücks nicht zu verpassen.

Es ist schon merkwürdig. Während meine Erinnerung an Moune immer mehr verblasst, steht mir dieser Abend noch bis ins kleinste Detail klar vor Augen.

Sie trug den korallroten taillierten Blazer, den ich ihr gerade erst zum Geburtstag geschenkt hatte, dazu ein cremefarbenes Top und dunkelblaue Jeans.

Moune war stolz auf ihre noch immer schlanke Linie und gab sich gern modern. Ohrringe mit türkisen Anhängern vervollständigten ihr Outfit. Während der Fahrt redeten wir über Gott und die Welt, sie erzählte mir mit dem für sie typischen Humor von ihrem Nachmittag im Seniorenclub.

»Du hast ihnen was vorgeschlagen?!«, rief ich, und dabei kippte meine Stimme.

»Jetzt fang du nicht auch noch an! Ich wüsste nicht, warum man keinen Pole-Dance-Kurs machen sollte, bloß weil man nicht mehr fünfundzwanzig ist! Verführung ist keine Frage des Alters, außerdem hat die ein oder andere unter uns ja auch noch einen Mann, den sie beglücken möchte. Na schön, ein paar der Damen haben natürlich eine Hüftprothese. Du hättest ihre Gesichter sehen sollen! Denen ist regelrecht die Kinnlade runtergeklappt.«

Ich musste lachen, als ich ihre aufrichtige Bestürzung

sah über den so eklatanten Mangel an geistiger Offenheit unter ihren fast achtzigjährigen Freundinnen, deren Sinnlichkeit auf der Richterskala nicht mehr abgebildet wurde.

Es war Winteranfang, und seit Tagen schneite es.

In einer Kurve passierte es dann: Wir kamen auf der Eisschicht ins Rutschen, ich verlor die Kontrolle über den Wagen, und obwohl ich sofort reagierte, konnte ich den Unfall nicht verhindern.

Unterhalb des Ohrs habe ich eine drei Zentimeter lange Narbe zurückbehalten. Und auf dem Herzen den Tod meiner Großmutter.

Wenn wir ein Taxi genommen hätten, oder wenn ich einen anderen Weg gewählt hätte, wäre das alles vielleicht nicht passiert. Da sie es hasste, fotografiert zu werden, habe ich kein einziges Bild von ihr. Geblieben sind mir nur meine Erinnerungen. Sie fehlt mir so sehr.

Vor allem für meine Mutter war es sehr schwer, die eigene Mutter zu verlieren, und aus einem Grund, den ich bis heute nicht kenne, hatte sie das Bedürfnis, ihre Trauer in der Ferne zu verarbeiten. Weit weg von allen, die sie kannte, einschließlich ihrer Kinder. Sie ist mit meinem Vater nach Kanada gezogen. Einfach so, von einem Moment auf den anderen, gleich nachdem sie Mounes Wohnung ausgeräumt hatten. Papa war seit etwa einem Jahr in Rente, Mama war nicht berufstätig. Innerhalb weniger Monate haben sie ihr Hab und Gut verkauft und alles hinter sich gelassen, um Tausende von Kilometern entfernt ein neues Leben zu beginnen.

Laetitia spricht seitdem nicht mehr mit ihnen. Sie hält sie für egoistisch, und auch wenn sie es mir nicht sagt, weiß ich, wie sehr sie darunter leidet, dass ihre Kinder ihre Großeltern nie sehen.

Manchmal denke ich, dass sie meinetwegen fortgegangen sind. Vielleicht befürchtet Mama, dass sie mir Vorwürfe machen könnte, weil ich am Steuer gesessen habe, und dass sie mir so noch eine weitere Last aufbürden würde, zusätzlich zu den Schuldgefühlen, die ich ohnehin schon habe. Aber ehrlich gesagt, weiß ich es nicht so genau. Bei unseren viel zu seltenen Telefonaten reden wir nie über die Vergangenheit. Sie spricht nicht von dem Unfall, und ich stelle ihr keine Fragen.

Nach Mounes Tod habe ich eine Zeit lang bei meiner Schwester gewohnt, die mir sehr geholfen hat. Auch mein Bruder war mir eine große Stütze. Doch selbst wenn ich stets beteure, dass es mir wieder besser geht, steckt dieses Schuldgefühl noch tief in mir drin. Die Wunde hat sich geschlossen, aber die Nähte, das spüre ich, sind noch nicht sehr fest.

Als ich mich Laetitias Haus nähere, verscheuche ich die schmerzlichen Erinnerungen an jenen Abend und an den korallroten Blazer, der für mich bis in alle Ewigkeit mit dem Anblick von zerbeultem Blech verbunden sein wird.

Zwischen uns Geschwistern besteht ein stillschweigendes Abkommen: Wir sprechen nicht mehr über Moune. Und auch nicht über unsere Eltern.

»Hallo, Schwesterherz«, begrüßt mich Laetitia. »Ich

hoffe, du hast Hunger! Ich hab mein berühmtes Curry-Hühnchen gemacht. Thomas ist mit den Kindern im Kino, es ist also genug für ein ganzes Regiment da.«

In der Blüte ihres Lebens, glücklich verheiratet und auch noch eine ausgezeichnete Köchin. Müsste so was nicht gesetzlich verboten werden?

»Das trifft sich gut, ich habe heute Mittag sicherheitshalber nichts gegessen.«

Ich behalte für mich, dass ich in Wirklichkeit eine neue Diät angefangen habe, um die fünf Kilo zu verlieren, mit denen ich seit mindestens zehn Jahren kämpfe. Derzeitige Bilanz: fünfundzwanzig verlorene Kilo gegenüber sechsundzwanzig zugenommenen. Die Schlacht ist also noch lange nicht gewonnen.

Ich folge Laetitia ins Wohnzimmer, wo bereits Julien mit einem Glas Whisky in der Hand auf dem Sofa sitzt.

»Wie geht's dem schönsten Mann im ganzen Land?«

Julien dreht sich zu mir um, und sofort hellt sich sein Gesicht auf. Er sieht in der Tat gut aus. Groß, athletisch gebaut, dunkle Haare und meerblaue Augen, die mitten im Winter einen Eisberg zum Schmelzen bringen würden. Von ihm geht eine ungeheure Anziehungskraft aus, wie übrigens auch von Laetitia.

Ich dagegen habe seit jeher Komplexe, weil ich braune Augen habe. Wahrscheinlich ein genetischer Defekt, jedenfalls entspreche ich überhaupt nicht dem Klischee »blond mit blauen Augen«. Da, wo eigentlich Lagunenblau sein sollte, ist bei mir nur schlammfarbener Acker.

»Dem geht es ausgezeichnet!«, erwidert mein Bruder

bescheiden. »Wie war der Schulanfang? Finden deine neuen Schüler vor deinen Augen Gnade?«

»Ach, hör bloß auf. Gustave Flaubert ist total out und Stromae um so vieles interessanter, reicht das als Antwort?«

Er lacht. Ich setze mich aufs Sofa und erzähle ihm die Episode in allen Einzelheiten, während Laetitia auf dem Couchtisch Knabberzeug anrichtet.

»Und sonst, wie geht's Adrien?«, frage ich Julien meinerseits.

»Gut.«

»Konnte er heute Abend nicht mitkommen?«

»Nein … Er … Er hatte schon was vor.«

»Probleme? Habt ihr euch gestritten?«

Auch wenn er sich vorbeugt, um sich ein paar Nüsse zu nehmen, bemerke ich, dass sich sein Blick verfinstert hat. Für jeden anderen wäre es kaum wahrnehmbar. Für mich, die ihn in- und auswendig kennt, hingegen sehr wohl.

»Noch immer kein Datum für die Hochzeit – ist es das? Aber warum nicht?«

»Schwierig, wenn man seinen Eltern noch nicht mal gesagt hat, dass man mit einem Mann zusammenlebt.«

»Ach was. Es ist doch nichts einfacher als das: Mama, Papa, ich werde Julien heiraten. Ob es euch passt oder nicht. Na gut, Letzteres kann man vielleicht auch weglassen.«

Er sieht mir in die Augen, mit dieser Intensität, die ich gewöhnt bin, die jedoch bisher noch jeden umgehauen hat, der ihm zum ersten Mal begegnet. Abgesehen von seinen Patienten vielleicht, die sich von seiner Gegenwart wahrscheinlich wie in eine warme Decke gehüllt fühlen.

»Genau das ist ja der Punkt«, sagt er. »Als Homosexueller ist man quasi gezwungen, es anzukündigen. Als wäre es eine große Neuigkeit, wie die Geburt eines Kindes oder eine Beerdigung. Ihr Heteros habt das Problem nicht. Ihr müsst nicht Heiligabend die ganze Familie zusammentrommeln, euch feierlich erheben, als wolltet ihr einen Toast ausbringen, tief Luft holen und verkünden: Ich muss euch etwas mitteilen, also ich glaube, ich bin heterosexuell.«

So habe ich es zugegebenermaßen noch nie betrachtet. In unserer Familie war die Homosexualität meines Bruders nie ein Problem. Eines Tages brachte er einfach Händchen haltend jemanden mit nach Hause. Dieser Jemand hieß Bertrand. Mama hat Crêpes gemacht. Ende der Geschichte.

»Und er hat Angst, dass seine Eltern damit Schwierigkeiten haben könnten?«

»Ehrlich gesagt, weiß er es nicht mal. Nach dem, was er mir von seinen Eltern erzählt hat, bin ich fast sicher, dass nach der ersten Überraschung für sie alles in Ordnung sein wird. Aber er hat Angst. Und ich will ihn nicht dazu drängen, etwas zu tun, wozu er noch nicht bereit ist.«

»Aber ihr seid seit fast zwei Jahren zusammen!«

Er lässt die Schultern hängen.

»Ich weiß …«

Er führt sein Glas an die Lippen und nimmt einen Schluck Whisky. Für einen Moment macht sich zwischen uns Schweigen breit.

In meiner Verlegenheit taste ich mechanisch nach meiner Narbe. Es ist ein richtiger Tick geworden. Oder auch ein echtes Bedürfnis.

»Jetzt hört auf mit euren Geschichten, da vergeht einem ja der Appetit! Ich habe drei Wurzelbehandlungen und zwei Brücken geopfert, um euch ein opulentes Mahl zu zaubern!«, schaltet sich Laetitia ein. »Habt ihr kein unverfänglicheres Gesprächsthema? Meinetwegen die unglaubliche Preissteigerung der Klobrillen. Ich hab gerade drei ausgewechselt und hätte fast einen Kredit aufnehmen müssen.«

Sie sieht uns nacheinander an, dann prusten wir alle gleichzeitig los.

Ehe wir uns an den Tisch setzen, besteht sie darauf, uns besagte Klobrillen zu zeigen, und wir brechen angesichts von so viel Schönheit in Begeisterung aus – mittlerweile fast heulend vor Lachen.

»Ach ja, ich hab auch eine Neuigkeit für euch! Ich hab nächste Woche ein Date. Ein total netter Katzentöter. Er heißt Germain.«

Kapitel 5

»Und, wie war dein Essen gestern? Wie geht's deiner Schwester?«, flüstert Audrey mir zu.

Wir sitzen mit dem gesamten Lehrerteam bei einer Besprechung in einem Klassenzimmer. Der perfekte Rahmen, um meinen Freundinnen von dem gestrigen Abend zu erzählen.

»Sehr nett. Laetitia geht es super, sie hat neue Klobrillen gekauft.«

Als ich ihre verdutzten Gesichter sehe, hätte ich um ein Haar laut gelacht, was mitten in der Vorstellung der Projekte für das neue Schuljahr durch Yliès Dupuis, unseren Vorgesetzten, wohl eher nicht so gut angekommen wäre.

Er ist der jüngste Schuldirektor im ganzen Département und erst seit drei Jahren bei uns; doch schon jetzt kann man sagen, dass er mit seiner dynamischen Art und seinem Engagement auf einem guten Weg ist, unser doch eher konservatives Gymnasium aus seinen veralteten Strukturen zu befreien und zu modernisieren.

Ich kann gar nicht sagen, wie oft ich schon samstags Kuchen verkauft habe, um Gelder für Exkursionen zu sammeln.

Er besitzt die Gabe, uns bei all seinen Unternehmungen mitzureißen. Dank seines Charismas? Gut möglich. Weil er gut aussieht? Offensichtlich. Sportliche Figur, kurz rasierte Haare, markantes Kinn, grüne Augen. Kurz, eine Erscheinung, die selbst Audrey dazu bringen könnte, ihr überzeugtes Singledasein aufzugeben.

Kein Vergleich zu Monsieur Choupart, seinem Vorgänger. Der auch keine Haare hatte, aber aus anderen Gründen.

Yliès – ja, wir nennen ihn beim Vornamen (weil er so unglaublich sexy klingt) – plant, im neuen Schuljahr kostenlose außerschulische Aktivitäten anzubieten. Und wie immer verlässt er sich dabei auf unseren guten Willen.

»Warum, glauben Sie, sind amerikanische Highschool-Serien bei uns so erfolgreich? Haben Sie sich mal angesehen, an was für Schulen die Jugendlichen dort lernen? Was sie dort alles geboten bekommen? Falls ein Produzent auf die Idee käme, eine Teenie-Serie in einer französischen Schule zu drehen, würde sie optisch vermutlich eher an *Derrick* erinnern als an *Beverly Hills*. Ich möchte, dass wir uns ein Beispiel nehmen an dem, was man in den USA besser macht als bei uns. Wir sollten außerhalb der Unterrichtsstunden AGs anbieten. Nur so wird die Schule zu einem lebendigen Ort für die Schüler und nicht nur zu einem Gefängnis, in dem sie bis zum

Abi ihre Zeit absitzen. Abgesehen davon, können wir die Schule auf diese Weise auch für neue Schüler attraktiv machen. Als Privatschule sind wir auf Anmeldungen angewiesen, und wie wohl jeder der hier Anwesenden weiß, sind die Schülerzahlen seit Jahren rückläufig.«

Sofort tauchen vor meinem geistigen Auge Cheerleaderinnen in knappen Miniröcken auf, die Basketballspieler in Sweatshirts mit dem Namen ihrer Mannschaft anhimmeln. Reizend. Savannah, ja, aber Savannah-sur-Seine, falls ich euch erinnern darf. Ein kleiner, aber bedeutender Unterschied.

»Ich habe mir überlegt«, fährt Yliès fort, »dass wir vielleicht einen Chor gründen und ein Musical einstudieren könnten, das wir am Schuljahresende präsentieren.«

»Schau an, Broadway-sur-Seine«, flüstert Samya belustigt.

Ich lache laut auf.

Audrey dagegen ist urplötzlich hochinteressiert. Was nicht sehr überraschend ist, denn sie liebt Musicals. Ich kann gar nicht sagen, wie oft sie uns schon in *The Sound of Music* oder *My Fair Lady* geschleppt hat.

»Würde sich jemand dazu bereit erklären, das Projekt zu leiten?«

Schneller als Darcy sich eine Frikadelle einverleiben kann, hat meine Freundin schon die Hand gehoben, die Augen leuchtend vor Aufregung.

»Ich! Ich stelle mich gerne zur Verfügung!«, ruft Audrey, was ihr ein breites Lächeln von Yliès einträgt, das wiederum in mir das brennende Verlangen auslöst, ebenfalls zu singen.

Mit ihm. Im Bett. Nackt.

»Perfekt! Hat jemand noch andere Ideen?«, fragt er und sieht dabei mich an.

Jede Menge. Leider alle nicht jugendfrei.

»Eine Schreibwerkstatt?«, sagt mein Mund, der mal wieder schneller ist als mein Gehirn.

»Eine Schreibwerkstatt? Hattest du nichts Spannenderes auf Lager?«, höhnt Audrey, als wir ein paar Stunden später vor einem riesigen Becher Pfirsich Melba sitzen.

Meine Diät hat drei Tage, acht Stunden und vierundfünfzig Minuten gedauert. Also acht Stunden und vierundfünfzig Minuten länger als die letzte: Ich bin extrem stolz auf mich.

»Das war das Erste, was mir eingefallen ist. Ich musste irgendetwas sagen, unter seinem Blick bin ich immer kurz davor, mich aufzulösen. Aber, ist ja klar, dass er mit seinem Musical bei dir offene Türen eingerannt hat.«

»Eine Schreibwerkstatt kann doch total nett sein«, kommt mir Samya zu Hilfe.

»Ach, hör auf, das sagst du doch jetzt nur, damit ich dich nicht mit deinem Schachclub aufziehe. Mal im Ernst, Mädels«, fährt Audrey fort, »es geht darum, die Schule zu modernisieren, und da kommt ihr mit euren alten Kamellen.«

»Ich weiß gar nicht, was du gegen Schach hast«, entgegnet Samya mit gespielter Entrüstung. »Es gibt ganz viele coole Leute, die Schach spielen.«

»So? Wer denn bitte? Monsieur Paul aus dem Seniorenheim?«

»Wer ist Monsieur Paul?«, erkundige ich mich.

»Keine Ahnung! Aber er ist bestimmt nicht cool.«

»Entschuldige, dass wir das Niveau der Schule etwas anheben wollten! Und außerdem, Audrey, ich will dich in deinem Enthusiasmus ja nicht bremsen, aber wenn ich an *Glee* denke, scheint mir, dass sich eher Loser für den Chor anmelden, oder?«

»Volltreffer! Stoßen wir auf Savanna-de-Losers an und essen wir lieber unser Eis, um meine fast viertägige Diät zu feiern.«

Zu Hause flüchte ich mich vor Claudias Unordnung gleich in mein Zimmer, in dem ich normalerweise arbeite – aus gutem Grund. Dieser Raum gehört nur mir allein. Ich habe mir viel Zeit genommen, ihn einzurichten und mir mein eigenes Universum zu schaffen, in dem ich mich wohlfühle und das zu mir passt. Ich lächle, als ich an die Monate zurückdenke, in denen ich auf einer Matratze auf dem Boden geschlafen habe, bis ich endlich das passende Bett gefunden hatte.

Worüber könnte ich die Schüler in meiner Werkstatt schreiben lassen? Und vor allem, wird überhaupt jemand kommen?

Das Kopfkissen in den Rücken gestopft, sitze ich mit dem Notizbuch auf den Knien und dem Bleistift im

Mund auf dem Bett und versuche, mein Projekt zu umreißen. Langsam kenne ich Yliès und weiß, dass er sich allein mit der Erklärung meiner guten Absichten nicht zufriedengeben wird.

Bisher steht auf der ersten Seite meines Heftes »Projekt Schreibwerkstatt«. Und »Ideen finden«. Nicht schlecht für den Anfang.

»Hast du vielleicht eine Idee, Darcy?«

Meine Hündin liegt in ihrem Körbchen und öffnet gnädig ein Auge, als sie ihren Namen hört. Da jedoch kein Leckerli in Sichtweite auftaucht (Darcy ist verrückt nach Katzenzungen, warum auch immer …), schließt sie das Auge wieder und gibt ein typisches Hundeseufzen von sich, um mich zu informieren, dass sie mein Projekt nicht interessiert. Undankbares Tier!

Ich lasse den Blick durch mein Zimmer wandern. Vielleicht hat sich ja hinter einem der blau-weiß gestreiften Vorhänge eine Idee versteckt. Oder hinter einem der Fotos, die auf einer Familienreise nach San Francisco entstanden sind. Das war kurz vor Mounes Tod, unser letzter gemeinsamer Urlaub.

Ein dreimaliges kurzes Klopfen an der Tür reißt mich aus meinen Gedanken. Natürlich gerade in dem Moment, in dem mir jede Menge Ideen kommen wollten. Unmengen von Ideen. Na ja, zumindest eine: Papier zum Schreiben mitbringen.

»Ja, Claudia?«

Meine Mitbewohnerin steckt den Kopf zur Tür rein. Erstaunlicherweise ist ihre Haut makellos. Vielleicht lasse ich mich doch noch zu fermentierten Zucchini bekehren.

Allerdings kann man das von ihren Haaren nicht behaupten. Sie ist gerade in einer *No-poo*-Phase, also »kein Shampoo«. Meine Haare sind schon richtig eklig, wenn ich sie drei Tage lang nicht wasche. Nicht auszudenken, wie sie nach sieben oder noch mehr Tagen aussehen würden …

»Sag mal, Max, hast du vielleicht morgen früh Zeit, mit mir ein paar Hunde aus dem Tierheim Gassi zu führen? Die Frau, mit der ich das normalerweise mache, ist krank.«

Ich frage mich, ob sie wohl eine Überdosis Tofu hatte, hüte mich jedoch davor, die Frage laut auszusprechen.

»Acht Hunde müssen raus, das ist für einen allein ein bisschen schwierig.«

Sofort drängt sich mir ein Bild auf: Claudia, die wie ein Drachen hinter acht losstürmenden Hunden herfliegt. Fast möchte ich Nein sagen, nur um ihr heimlich zu folgen und sie mit dem Handy zu filmen.

»Um wie viel Uhr? Ich hab morgen am frühen Nachmittag einen Zahnarzttermin.«

»In der Regel gehen wir um zehn los und sind vor zwölf zurück. Ganz easy. Eine kleine Runde durch den Park und zurück nach Hause.«

Ich habe genau so viel Lust, einen gemütlichen Samstagmorgen im Bett zu opfern wie ein Huhn Lust darauf hat, als Nugget zu enden.

»Na klar, kein Problem, du kannst auf mich zählen!«

Andererseits sind Nuggets gar nicht so übel …

Kapitel 6

Claudia arbeitet seit mehreren Jahren ehrenamtlich für das Tierheim Babines & B. Wenn ich mich auch manchmal über ihre Schrullen lustig mache, bewundere ich doch ihr Engagement für alles Mögliche. Sie gehört zu den Menschen, die ihr ganzes Leben nach ihren Überzeugungen ausrichten.

Was mich betrifft, ich könnte nicht mal auf das Palmöl in Nutella verzichten. Mich dann an einen Baum zu ketten, um gegen die Rodung eines Waldes zu protestieren, käme mir irgendwie scheinheilig vor.

Um Punkt zehn, mit zwei Hunden an jeder Hand, sind wir startklar. Die Hunde japsen im Chor, sie können gar nicht schnell genug aus ihrem Gefängnis herauskommen, um sich die Pfoten zu vertreten.

Mein Gespann ist recht ungewöhnlich: eine Bulldogge, ein Yorkshireterrier, ein Labrador und eine merkwürdige Promenadenmischung mit dem Kopf eines Pudels und dem Körper eines Chihuahuas.

»Bin ich das, oder riecht es hier nach Käse?«

Ich rümpfe die Nase und schnuppere, um der Ursache für den Gestank auf den Grund zu gehen und mache Miss Tinguett, die Bulldogge, als Übeltäterin aus.

»Aha, du bist das! Tut mir leid, meine Hübsche, aber so wie du stinkst, wirst du nie eine Familie finden. Da muss man was dagegen unternehmen.«

Als wollte sie mir beipflichten, dreht Miss Tinguett den Kopf zu mir. Mit ihrem breiten Hals und der heraushängenden Zunge sieht sie fast aus, als würde sie lächeln. Gegen meinen Willen und trotz des üblen Geruchs schmelze ich dahin.

Ich habe mich schon immer zu Hunden hingezogen gefühlt. Bedingungslose Liebe ohne jeden Groll, genau das, was man sich auch von seinen Mitmenschen wünschen würde. *Moune war so*, schießt es mir durch den Kopf. Ein menschlicher Labrador, nur ohne den Wurstgeruch.

Komischerweise mochte sie Katzen lieber, deren Zuneigung man sich erst einmal verdienen muss. Vielleicht, weil es eine größere Herausforderung ist. Und hat das Tier erst einmal beschlossen, einem sein Vertrauen zu schenken, so sagte sie immer, war das Band sehr viel stärker. Außerdem bewunderte sie die Katzen für ihre Unabhängigkeit. Im Grunde genommen war sie die unwahrscheinliche Mischung aus Hund und Katze, so etwas wie ein Croissant mit Mayonnaise.

»Max? Alles in Ordnung? Du wirkst so abwesend.«

»Nein, nein, es geht schon, keine Sorge. Ich hab an meine Großmutter gedacht. Also, wollen wir?«

»Klar, auf geht's.«

Wir lassen das Tierheim hinter uns und nehmen Kurs auf den nahe gelegenen Park. Ich gehe schnell. Nicht etwa, weil ich mich dazu entschlossen hätte, etwas Sport zu machen, um die Sahne von gestern abzutrainieren, sondern weil die Hunde wie verrückt an ihren Leinen ziehen, als wären sie Kinder vor dem Eingang zum Disneyland. Wenige Minuten später bin ich schon auf der Hauptallee des Parks. Eigentlich praktisch, diese Art der Fortbewegung. Es ist ziemlich schönes Wetter, und ich bewundere die Beete mit den Spätblühern. Sofern mir Zeit dazu bleibt, so schnell, wie sie vorbeiziehen.

Etwa hundert Meter vor mir entdecke ich plötzlich etwas, das aussieht wie ein ...

Oh. Mein. Gott.

Ein Hase.

Wären wir in einem Film, gäbe es an dieser Stelle eine Aufnahme in Zeitlupe. Close-up auf die Hunde, die Lefzen vorgereckt. Dann auf meine sich weitenden Augen. Und schließlich auf den Hasen, der die Ohren aufstellt, das kleine weiße Stummelschwänzchen, das innehält.

Dann läuft wieder alles in normaler Geschwindigkeit weiter.

Im Bruchteil einer Sekunde entgleitet mir die Situation. Die Hunde haben den Hasen schon gewittert (der seinerseits vermutlich schon sein Ende gewittert hat), noch bevor ich ihn gesehen habe. Mit Volldampf stürmen sie los (selbst der Chihuahoodle), und ich mache einen Satz. Übergangslos wechsle ich vom Stechschritt in den Laufschritt. Ich konzentriere mich darauf, die Leinen nicht loszulassen. Von fern höre ich Claudia, die mir irgendeinen unverständlichen Ratschlag hinterherruft. Ich glaube, sie empfiehlt mir, den Hunden zu befehlen, stehen zu bleiben. Als wäre ich nicht selbst draufgekommen. Und vor allem, als würden sie auf mich hören.

»Steeeehen bleiben! Das ist ein Befeeeeeehl!!«

Ich bin sicher, dass die Szene durchaus komisches Potenzial hätte. Wäre nicht ich die darin verwickelte Person.

Da der Hase schlau ist und nicht als Ragout enden will, schlägt er ohne Vorwarnung einen Haken. Die Hunde folgen ihm, indem sie eine etwas großzügigere, aber dennoch plötzliche Kurve beschreiben. Mit ihren vier Beinen ist der Richtungswechsel für sie selbstredend leichter zu bewerkstelligen als für mich mit meinen zweien. Mein Oberkörper beschließt, den Hunden zu folgen, meine Beine, die Verräter, laufen geradeaus weiter. Die Strafe folgt auf dem Fuße, ich stürze und werde ein paar Dutzend Meter mitgeschleift. Ich verschlucke dabei sogar ein Gänseblümchen.

Glücklicherweise erlaubt mein Sturz dem Hasen, sein charmantes Hinterteil zu retten.

Als die Hunde ihre Niederlage einsehen, bleiben sie endlich stehen. Und ich bleibe liegen und drehe mich, die Leinen noch immer fest umklammert, mühsam auf den Rücken. Ich schließe die Augen und versuche, wieder zu Atem zu kommen, überprüfe, ob meine Gliedmaßen mir noch gehorchen. Rechtes Bein, okay. Linkes Bein, tja, muss gehen.

Eine klebrige Flüssigkeit und der starke Geruch nach Füßen zwingen mich dazu, die Augen zu öffnen. Über mir schwebt der Kopf von Miss Tinguett, ein einziges breites Grinsen, und weil einmal keinmal ist, schleckt ihre Zunge ein zweites Mal über meine Wange.

»Alles in Ordnung, Maxine? Hast du dir wehgetan?«

Ich stütze mich auf einen Arm, schiebe mit dem anderen Arm den Stinkekäse auf vier Beinen von mir weg, spucke ein halb verschlucktes Grasbüschel aus und bekomme einen Lachanfall.

»Wie war das? Ein ganz entspannter Spaziergang?«

Das linke Bein nachziehend und mit einer Schramme auf der rechten Wange, schleppe ich mich um 14 Uhr zu Laetitias Praxis. Im Gegensatz zu den meisten anderen Menschen gehe ich ausgesprochen gern zum Zahnarzt. Also gut, ich gehe ausgesprochen gern zu meiner Schwester. Die zufälligerweise meine Zahnärztin ist.

Das Ritual habe ich vor ein paar Jahren eingeführt. Alle zwei Wochen lasse ich mir einen Termin bei ihr geben und verbringe eine entspannte halbe Stunde auf dem hydraulischen Stuhl. So sehe ich sie wenigstens regelmäßig. Sie fand es anfangs etwas befremdlich, aber ich weiß, dass sie meine Besuche inzwischen ebenfalls zu schätzen weiß. Einmal hat sie mir sogar per SMS Datum und Uhrzeit meines nächsten Termins geschickt, weil ich vergessen hatte, ihn beim Gehen mit Anne abzustimmen.

»Hallo, Anne! Na, was machen Gabrielles Windpocken?«

Bei zwei Terminen im Monat seit über vier Jahren baut man automatisch eine Beziehung zur Sprechstundenhilfe auf.

»Hör mir bloß damit auf. Sie ist von Kopf bis Fuß übersät. Der Kinderarzt hat mir ein rotes Zeug verschrieben, das ich auf die Pusteln schmieren soll. Sie sieht aus wie eine überdimensionale Lichterkette. Aber was ist denn mit dir passiert?«

Was soll ich ihr sagen …

Variante 1: Auf dem Weg hierher wurde ich Zeugin, wie eine Oma überfallen wurde und bin eingeschritten, um den Angreifer unschädlich zu machen. Sorte schwarzer Gürtel in Karate.

Variante 2: Ich bin von einer Brücke gesprungen, um ein Kind vor dem Ertrinken zu retten. Sorte Superheldin auf High Heels.

Ich zögere.

»Ein paar Hunde haben mich zu Fall gebracht, als sie einem Hasen hinterhergejagt sind.«

Tja. Heute Abend, bei Germain, werde ich mich vielleicht doch für die Geschichte mit der Oma entscheiden.

»Das haben die ja sauber hingekriegt. Du hast im wahrsten Sinne des Wortes ins Gras gebissen!«

Um mir nicht noch weitere blöde Bemerkungen auf meine Kosten anzuhören, humpele ich in Richtung Wartezimmer.

»Ich hör dich hinter meinem Rücken kichern, Anne!«

»Stimmt ja gar nicht«, sagt sie, ehe sie vollends in Gelächter ausbricht.

Glücklicherweise ist das Wartezimmer leer, und keine zwei Minuten später kommt schon Laetitia.

»Da ist ja meine Lieblingsschwester!«, begrüßt sie mich strahlend. »Was hast du denn da an der Wange? Hast du dich mit Anne geprügelt?«

»Sie wollte mir meinen Krankenkassenkarte nicht wiedergeben. Da musste ich zu härteren Mitteln greifen.«

Mit schnellen Schritten[3] folge ich ihr in das Behandlungszimmer und mache es mir auf dem Stuhl bequem. Wie jedes Mal sage ich mir, dass wir zu Hause auch so einen bräuchten. Der wäre einfach perfekt für meine Horrorfilmnächte mit Claudia und Darcy. Tatsächlich hat meine Hündin eine Schwäche für das unheimliche Genre. Vermutlich wegen der Musik, vielleicht auch wegen der vielen Knochen, bei denen ihr sicher das Wasser im Maul zusammenläuft. Leider muss sie sich mit dem Popcorn begnügen, von dem jedes Mal, wenn wir vor Schreck zusammenzucken, reichlich zu Boden fällt.

»Und, was kann ich heute für dich tun?«, fragt Laetitia.

»Einmal Zahnreinigung, bitte! Ich hab doch heute Abend ein Date.«

»Max, du hast mit Sicherheit die saubersten Zähne auf dem ganzen Planeten, schließlich kommst du alle zwei Wochen. Irgendwann löst sich noch dein Zahnschmelz auf. Du solltest dich lieber um deine Fingernägel kümmern.«

3 Und etwas uneleganten, ich weiß, ich weiß.

Blitzschnell schiebe ich meine Hände unter den Po, damit sie sie nicht zu packen bekommt und mir eine Predigt hält. Ich kaue Nägel, seit ich denken kann, mit dem Ergebnis, dass meine Hände in etwa so ansehnlich sind wie ein Nacktmull.

»Wie heißt er noch mal?«, fragt sie und verdreht die Augen.

»Germain. Und bei dir? Wie geht's? Was machen die Klobrillen?«

»Denen geht's gut. Eine schläft sogar schon durch.«

Genau deshalb gehe ich gern zum Zahnarzt. Weil ich zwanzig Minuten mit meiner großen Schwester plaudern und herumalbern kann. Sicher werdet ihr mir jetzt sagen, dass der Tag kommen wird, an dem sie die Furcht einflößenden Geräte, die neben dem Stuhl hängen, einsetzen wird.

»Und wie läuft's in der Schule? Ist der Direktor immer noch so schnuckelig?«

»Lass uns nicht darüber sprechen. Jedes Mal, wenn er mich anguckt, steigt meine Körpertemperatur um zehn Grad.«

»Was war noch mal der Grund, weshalb du nicht mal dein Glück bei ihm versuchst?«

»Weil er mein Vorgesetzter ist. Und weil ich jedes Mal, wenn er mich etwas fragt, totalen Blödsinn fasele. Da kannst du dir ja vorstellen, was passiert, wenn ich ihn nackt sehe.«

»Vielleicht hat er ja einen Bierbauch. Oder dichtes schwarzes Fell auf dem Rücken.«

»Aaaah, du bist eklig … Wo nimmst du so was nur her?«

»Déformation professionnelle. Ich sehe zu viele schreckliche Dinge, die zudem auch noch schlecht riechen.«

»Zum Glück bist du nicht Fußpflegerin.«

»Oder Urologin«, sagt sie und lacht.

Kapitel 7

Ich treffe Germain in einem Restaurant auf halbem Weg zwischen Savannah-sur-Seine und dem Pariser Arrondissement, in dem er wohnt.

Ich habe lange überlegt, was ich anziehen soll und mindestens zehn Fotos in unterschiedlichen Outfits an Samya und Audrey geschickt, ehe ich mich dann doch für ein schlichtes schwarzes Kleid entschieden habe. Mit Schwarz kann man nichts verkehrt machen, es macht schlank und passt zu allem. Was tut man nicht alles für die Liebe …

Dazu habe ich Schuhe mit hohen Absätzen ausgesucht, um ein wenig bei meiner Größe zu mogeln. An dem Tag, an dem ich geboren wurde, war nämlich nicht nur der Gleichgewichtssinn bereits vergeben (ja, ich weiß, da sind hohe Schuhe ganz schön gewagt), ich habe auch die Verteilung der Zentimeter verpasst. Ich muss wirklich am denkbar schlechtesten Tag geboren sein. Bestimmt an einem Montag.

Am längsten hat es gedauert, mich für eine Handtasche zu entscheiden. Schon als kleines Mädchen hatte ich einen Handtaschen-Tick. Moune besaß mehrere Hermès-Taschen, die sie in ihrem Garderobenschrank aufbewahrte, und ich konnte sie stundenlang anschmachten. Wenn ich mich mit ihren Schals und Schuhen verkleiden und eine ihrer Taschen umhängen durfte, war ich das glücklichste Mädchen auf der ganzen Welt.

Mittlerweile schenke ich mir jedes Jahr eine Handtasche zum Geburtstag, und ich habe in meinem Kleiderschrank ein extra Regalfach nur für meine Taschen.

Um zu dem schwarzen Kleid einen farblichen Akzent zu setzen, habe ich mich schließlich für eine orange Tasche entschieden, deren Leder so weich ist, dass ich im Laden vor Rührung fast in Tränen ausgebrochen bin, als ich zum ersten Mal darüber gestrichen habe.

Jetzt muss ich nur noch einen Mann finden, der die gleiche Wirkung auf mich hat. Vielleicht ist es ja Germain,[4] sage ich mir, als ich das Restaurant betrete.

Das Dolce Vita ist eine charmante Pizzeria[5] mit klassischer, aber angenehmer Einrichtung mit weißen Säulen und Grünpflanzen. In der Mitte des Gastraums plätschert sogar ein kleiner Springbrunnen.

Ich lasse den Blick durch das Lokal schweifen. Da es erst sieben Uhr ist, sind noch nicht viele Gäste da. Ich sollte ihn also problemlos finden.

4 Ich sehe, dass ein paar Leute schmunzeln …

5 Ja, ich weiß, ein total origineller Name für eine Pizzeria …

Der dahinten könnte es sein. Ich mache ein paar Schritte auf den fraglichen Tisch zu, an dem ein einzelner Mann sitzt. Der erhebt sich lächelnd und küsst mich zur Begrüßung auf die Wange. Mit seinen Grübchen und den großen blauen Augen sieht er ziemlich gut aus. Ein Typ wie Brandon Walsh aus *Beverly Hills*. Ich stand zwar immer mehr auf Dylan McKay, aber Brandon tut's auch.

»Hallo, Maxine. Hast du gut hergefunden?«

»Ja, ja, kein Problem.«

»Ein Kollege hat mir das Restaurant empfohlen. Ich hab nachgeguckt, es hat sehr gute Bewertungen. Vier Punkte für Hygiene.«

»Man kann nicht vorsichtig genug sein«, stimme ich zu, woraufhin sein Lächeln noch breiter wird und die Sicht auf perfekte blitzweiße Zähne eröffnet.

Vertraue niemals einem Mann, der gelbe Zähne hat, sagt Laetitia immer. Wahrscheinlich Zahnarzthumor.

»Du bist also Lehrerin?«

»Ja, für Französisch. Dieses Jahr unterrichte ich die elften Klassen.«

»Das muss ein schöner Beruf sein.«

»Ist es. Zumindest, wenn man damit zurechtkommt, dass die Schüler Gustave Flaubert am liebsten auf den Müll werfen würden, und Proust und Verlaine gleich mit. Aber klar, wenn man so drüber nachdenkt, ist Maître Gims auf seinem Gebiet vermutlich ein großer Autor.«

Er lacht. Vertraue niemals einem Mann, der nicht über

deine Witze lacht, und wenn sie noch so schlecht sind, sagt Julien immer. Was dann wohl Psychologenhumor wäre. Germain lacht über meine Witze und hat auch noch schöne Zähne. Das zahnärztlich-psychologische Team in der Familie dürfte zufrieden sein.

Nachdem ich minutenlang die Karte studiert habe, bestelle ich Penne all'arrabiata und ein Glas Rotwein, weil das seriöser wirkt als eine Orangina.

»Ich nehme das Gleiche wie die Dame«, sagt Germain.

Das finde ich süß.

Während wir auf das Essen warten, erzählt Germain von sich, von seinem Job als Steuerberater und von seiner Chefin, die ihre nicht mal dreißigjährige Tochter an den Krebs verloren hat.

»Sie war die beste Freundin meiner Verlobten. Also, meiner Ex-Verlobten …«

Wenn Samya da wäre, würde sie mitfühlend seine Hand betätscheln. Wenn Audrey da wäre, würde sie ihn fragen, was mit ihm nicht stimmt, dass seine Verlobte die Hochzeit abgesagt hat. Und ich …

»Dann hast du schon mal den Ring fürs nächste Mal.«

Angesichts seiner entgeisterten Miene wird mir bewusst, dass ich, wie so oft, nicht besonders diplomatisch war.

»Ich wollte damit nur sagen, dass es bestimmt ein nächstes Mal geben wird. Dass du eine neue Beziehung haben wirst, die diesmal gut ausgehen wird.«

Seine Gesichtszüge entspannen sich.

»Das will ich hoffen. Ich wünsche mir nichts mehr,

als wieder jemanden zu haben, mit dem ich mein Leben teilen kann.«

»Leg dir einen Hund zu«, würde Audrey sagen. Das hat sie mir gegenüber so oft wiederholt, bis ich schließlich Darcy adoptiert habe.

»Ich suche jemanden, der die gleichen Vorstellungen von einer Beziehung hat wie ich«, fährt Germain fort. »Eine Frau, die solide ist und nicht von heute auf morgen ans andere Ende des Landes zieht. Und nicht jede Woche ihre Meinung ändert.«

Als ich ihm gerade beipflichten will, bringt der Kellner unsere Teller.

Ich seufze.

»Wusst ich's doch!«

»Was wusstest du?«

»Ich hätte lieber Lasagne bestellen sollen. Ich hatte noch gezögert. Zuerst wollte ich Lasagne nehmen, aber dann dachte ich, dass ich mal was anderes bestellen sollte, weil ich ja immer Lasagne esse. Aber jetzt bereue ich es doch. Entschuldige, was hast du gerade gesagt? Ich hab den Faden verloren.«

»Nicht so wichtig«, sagt er. »Sehen lecker aus, die Nudeln. Köstlich.«

Ich lächle. Er ist wirklich süß, er gefällt mir. Ich habe ein gutes Gefühl, ich denke, dass wir beide gut zusammenpassen würden.

Kapitel 8

»Und, wie war dein Date?«, fragt mich Audrey. »Wie ist der Steuerberater so?«

Wie jeden Sonntagmorgen haben wir uns am Stadtrand zum Joggen verabredet.

Vor ein paar Monaten haben wir damit angefangen. Vielleicht wegen der neonfarbenen Ausrüstung, vielleicht aber auch, weil alle es machen und wir den Anschein erwecken wollen, im doppelten Wortsinn auf dem Laufenden zu sein.

Claudia begleitet uns manchmal, aber gestern Abend war sie bei einer Demo zum Schutz irgendeines vom Aussterben bedrohten Murmeltiers, ich weiß nicht mehr genau welches, und ist erst frühmorgens nach Hause gekommen.

Zusammen mit anderen Mitgliedern des SPKV, des Solidarisch-Partisanischen Kampfverbandes, hat sie vor dem Werk eines Schokoladenherstellers, der besagtes Murmeltier für seine Unternehmenskommunikation verwendet, einen Sitzstreik veranstaltet und sich mit einem Klebstoff auf Pflanzenbasis auf dem Asphalt festgeklebt.

Als ich sie, kurz bevor ich zu meinem Lauftreff mit den Mädels aufgebrochen bin, getroffen habe, hatte sie zwar einen nackten Hintern (von ihrer Jeans war nur noch die Vorderseite übrig – pflanzlicher Klebstoff ist ein echtes Teufelszeug), aber ein Strahlen auf dem Gesicht. Offenbar ist es ihrer Gruppe gelungen, die Werbung zu stoppen, und die Murmeltiere können wieder ruhig schlafen. Dank Menschen wie Claudia ist unsere Welt ein kleines bisschen besser geworden. Auch wenn ich mich manchmal über sie lustig mache, liebe ich sie für ihr großes Herz.

Während wir uns dehnen und auf der Stelle hüpfen, um uns warm zu machen, erzähle ich von meinem Abend.

»Es war wirklich schön. Er ist echt nett. Und sieht obendrein noch gut aus. Er hat zwei kleine Grübchen, wenn er lächelt.«

»Hat er dir erzählt, warum er am Tag der Hochzeit sitzen gelassen wurde?«, fragt Samya.

»Das war nicht am Tag der Hochzeit, sondern davor. Eine traurige Geschichte. Die beste Freundin seiner Verlobten ist an Krebs gestorben und hat ihr Briefe geschickt, damit sie nach ihrem Tod lauter Sachen für sie macht. Wie in *P. S. Ich liebe dich*, ihr wisst doch noch, das Buch, von dem ich euch erzählt habe. Anscheinend hatten sie die Verfilmung zusammen gesehen … Jedenfalls ist seine Ex in die Berge gefahren, und als sie zurückkam, hat sie ihn verlassen, weil er sie angeblich zu sehr geliebt hat und sie nie gestritten haben. Total bekloppt!«

»Der Arme …«, sagt Audrey mitfühlend.

»Siehst du! Sogar du findest das traurig.«

»Nur, weil ich Männern nicht über den Weg traue, heißt das noch lange nicht, dass ich kein Herz habe.«

Als wir uns ausreichend aufgewärmt haben, setzen wir uns langsam in Bewegung. Kurze Schritte, rhythmische Armbewegungen, kontrollierter Atem. Und das über die gesamte Strecke, bis zu der Stelle, an der wir gewohnheitsmäßig zusammenbrechen, an einer Bank.

Nach dreihundert Metern.

Leicht traben und sehr oft stehen bleiben. Samya, Audrey und ich sind mittlerweile Expertinnen für Intervalltraining.

»Also würdest du ihn gern wiedersehen?«, fragt Samya.

»Ich denke schon. Anscheinend sucht er jemanden, mit dem er sein Leben teilen kann.«

»Dann soll er sich einen Hund anschaffen!«, ruft Audrey.

»Ich wusste, dass du das sagen würdest. Gestern konnte ich förmlich deine Stimme hören.«

»Ist doch wahr, denkt ihr etwa nicht sofort an einen Hund, wenn ihr so was hört? Ich schon. Mal ehrlich, Samya, wenn deine Tochter dir in ein paar Jahren erzählt, dass sie jemanden kennengelernt hat, der sanft und treu ist, dann denk an mich und frag sie, ob er ein gepflegtes Fell hat.«

Als Audrey das sagt, wirkt sie so ernst, dass Samya und ich vor Lachen explodieren.

»Also bei dir und dem Steuerberater geht was?«, unternimmt Samya einen Versuch, uns zu beruhigen.

»Er wollte sich wieder bei mir melden.«

Wie zur Bestätigung gibt mein Arm einen Piepton von sich.

»Ah, na bitte. Wetten, das ist er?«

Ich fische mein Handy aus der Armtasche – sportlich, aber immer vernetzt, schließlich sollte man das Wesentliche nicht aus den Augen verlieren.

»Gewonnen! Ich lese vor:

›*Maxine, ich danke dir für den schönen Abend, aber mir ist lieber, wir belassen es dabei. Du scheinst ein eher unbeständiger Typ zu sein, und nach allem, was ich durchgemacht habe, brauche ich jemanden an meiner Seite, auf den ich mich verlassen kann. Eine Frau, die mir nicht auch noch das bricht, was von meinem Herzen übrig geblieben ist. Es tut mir leid. Ich wünsche dir alles Gute.*‹«

»Sorry, dass ich mich wiederhole«, meldet sich nach einem Moment eisiger Stille Audrey zu Wort, »aber er soll sich verdammt noch mal einen Hund zulegen. Der bricht ihm wenigstens nicht das Herz und wedelt auch noch mit dem Schwanz.«

Kapitel 9

Es wäre etwas übertrieben, wenn ich behaupten würde, dass mich diese Trennungs-SMS oder, genauer gesagt, diese prophylaktische Trennungs-SMS, besonders traurig gemacht hätte. Schließlich haben wir uns nur ein paarmal auf einer Dating-Seite unterhalten und zusammen einen Teller Pasta gegessen.

Nein, ich bin nicht unglücklich. Aber ich fühle mich zurückgewiesen, gedemütigt, wie eine Versagerin.

Ich habe eine Reihe von Antworten verfasst und wieder gelöscht, angefangen bei einem weinerlichen »Aber waruuuuum?? Gib mir doch eine Chaaaance!!« über ein heuchlerisches »Na ja, für mich war's auch nicht das Wahre« und ein erbostes »Fahr doch zur Hölle!«, bis ich den Klassiker »Dir auch alles Gute. Umarmung.« abgeschickt habe.

»Dann sagen Sie mir doch mal, was für ein Männerbild der Autor in diesem Text entwirft.«

»Dass die Männer alle Feiglinge und Waschlappen sind«,

ruft Inès spontan, ohne dass ich mir erst ein Opfer ausgucken muss.

Ein kleiner Sieg, der mich stolz macht.

Alle Mädchen der Klasse geben geräuschvoll ihre Zustimmung kund. Ich applaudiere innerlich.

Was natürlich nicht das Geringste mit einem gewissen Steuerberater aus Paris zu tun hat, der von Weitem und bei Nebel an Brandon Walsh erinnert.

»Rodolphe lässt die Frau in dem Glauben, dass er Gefühle für sie hat, obwohl er genau weiß, dass er nichts für sie empfindet, und dann wirft er sie weg wie einen alten Schuh«, fasst Inès nun den Inhalt des Auszugs aus *Madame Bovary* zusammen, den sie sich näher anschauen sollten.

»Vielleicht hat die Frau sich aber auch nur was eingebildet«, meldet sich Romain zu Wort. »Der Typ hat ihr schließlich nichts versprochen, aber mit euch Weibern geht's ja immer gleich durch. Man braucht euch nur ins Kino einzuladen, und schon stellt ihr euch euer Hochzeitskleid vor und überlegt, wie viele Kinder ihr haben wollt!«

Hochzeitskleid?

Was für ein Unsinn …

Als würden wir uns sofort unser künftiges Hochzeitskleid ausmalen …

Elfenbeinfarben.

Mit Spitzenkorsage.

Romain fährt fort: »Während wir nur an den Film denken, den wir gleich sehen werden, und vielleicht noch mal kurz überprüfen, dass wir keinen Mundgeruch haben, damit wir euch küssen können.«

»Ist doch nicht unsere Schuld, wenn ihr so beschränkt seid«, mischt sich Julie ein. »Sorry, dass wir ein bisschen Niveau haben und weiterdenken als an die nächsten zwanzig Minuten.«

»Tja, mit ihren ganzen Plänen für die nächsten zehn Jahre hat die Tussi in dem Buch ihren Typen vergrault. Wenn sie sich nicht so verrückt gemacht und ihn nicht so unter Druck gesetzt hätte, wäre zwischen ihnen vielleicht alles ganz cool geblieben«, schließt Romain.

Die Schulglocke verkündet das Ende der Stunde.

»Machen Sie sich zu Hause noch mal ein paar Gedanken dazu und schreiben Sie mir bis zur nächsten Stunde eine kleine Zusammenfassung über die großen Liebesgeschichten in der Literatur und stellen Sie die Gemeinsamkeiten heraus.«

»Das ist einfach«, spottet Jonathan, »sie gehen alle schlecht aus.«

»Ach ja?«

»Ja. Weil die Liebe einen verblöden lässt! Nehmen Sie's mir nicht übel, Madame.«

»Maxine?«

Ich räume gerade meine Sachen ein, als ich hinter mir Yliès' Stimme höre. Ich drehe mich um.

Stell ihn dir nicht nackt vor. Stell ihn dir nicht nackt vor.

Den knackigen Po in schwarzen Boxershorts, den muskulösen Oberkörper rasiert – so kommt er auf mich zu.

Verdammt!

»Ja?«

»Sind Sie mit Ihrem Projekt weitergekommen? Eine Schreibwerkstatt ist eine tolle Idee. Wirklich.«

Mist, die Schreibwerkstatt. Richtig, ich hatte angefangen, mir etwas zu überlegen, aber dann kamen mir die Hunde, meine Schwester und Germain dazwischen. Und so bin ich im Ideenfindungsstadium stecken geblieben. Beim Punkt »Papier zum Schreiben bereitstellen.«

»Oh ja, bin ich. Ich habe mir schon ein paar Gedanken gemacht.«

Das Lächeln, das er mir schenkt, ist die kleine Lüge wert.

»Und? Worüber sollen die Schüler arbeiten?«

Mechanisch fahre ich mit den Fingern über meine Narbe.

»Was glauben Sie? Für welches Thema interessieren sie sich wohl am meisten?«

Vielleicht komme ich mit der Strategie durch. Ich stelle eine Frage, auf die ich keine Antwort weiß, und hoffe, dass mein Gegenüber mir irgendwelche Brocken hinwirft, die ich mir natürlich sofort zu eigen machen werde.

»Ich hab keine Ahnung. Für sich selbst?«, erwidert er schelmisch.

Na gut, es funktioniert nicht immer.

»Ja, das ist wohl wahr. Aber ehrlich gesagt, dachte ich eher an …«

Denk nach, Maxine, denk nach! Auf dem Gang höre ich ein paar Schüler, Jungen und Mädchen, lachen, und da kommt mir die rettende Idee: »Die Liebe, natürlich!«

»Sind Sie sicher?«

»Todsicher. Die Liebe. Gibt es etwas Interessanteres als das?«

Kapitel 10

Es geht doch nichts über einen Karaoke-Abend, wenn man schlecht drauf ist. Findet ihr nicht? Komisch. Mich hat es schon immer entspannt, schön schief und hysterisch zu singen, es lässt meine Sorgen geradezu dahinschmelzen wie ein Laufband die Pfunde.

»Was kann ich euch heute zu trinken bringen, Mädels?«, fragt Steeve, der Kellner.

Da er uns jeden Freitagabend und manchmal auch an anderen Wochentagen sieht, könnte er uns unsere Getränke vermutlich im Schlaf bringen.

»Drei Mojitos für uns und ein Virgin für die Dame da drüben, die keinen Alkohol trinkt«, sage ich und zeige auf Claudia.

Als ich mich zu Hause ausgehfertig gemacht habe, habe ich ihr vorgeschlagen, uns zu unserer Gesangsorgie zu begleiten.

»Und, wie läuft's bei dir so?«, flötet Audrey Steeve zu.

»Alles bestens, meine Hübsche. Ich war bei einem Casting für eine Nebenrolle in einer Fernsehserie, und heute Morgen haben sie angerufen, sie wollen mich noch mal sehen.«

Wir brechen in aufrichtigen Jubel aus. Steeve arbeitet schon seit Jahren an seinem Durchbruch als Schauspieler, doch zu mehr als zu einer Werbung für Hustenbonbons hat es bisher nicht gereicht. Mit dem Kellnerjob hält er sich weiterhin über Wasser.

»Der ist ja süß«, flüstert Claudia, als Steeve sich einem anderen Tisch zuwendet.

»Vergiss es«, seufzt Audrey. »Wenn ich doch nur ein Mann wäre.«

»Ach, er ist …?«

»Genau. Aber ich gebe die Hoffnung nicht auf, dass er eines Tages das Ufer wechselt. Er kann ja nicht ewig meinem umwerfenden Charme widerstehen.«

Audrey hatte schon immer eine Schwäche für Steeve. Mit seinen langen blonden Haaren, den blauen Augen und dem sinnlichen Mund ist er aber auch wirklich 'ne Wucht – und unglaublich schwul.

Wir plaudern über alles und nichts. Vor allem über nichts.

Ich gestehe meinen Freundinnen, dass ich mich wie eine Versagerin fühle, nachdem Germain mit mir Schluss gemacht hat, bevor es überhaupt losging.

Audrey, die eben noch mit den Wimpern geklimpert hat, als Steeve unsere Gläser auf den Tisch gestellt hat, sagt allen Ernstes, dass wir keine Männer nötig haben. Samya schickt diskret Nachrichten an ihren Mann, um sich zu erkundigen, ob zu Hause alles in Ordnung ist.

Und Claudia hofft, dass die Minze in ihrem Virgin Mojito aus ökologischer und nicht aus industrieller Landwirtschaft stammt.

Unterm Strich ein wirklich netter Abend.

»Mädels, vergesst nicht, dass wir zum Singen hier sind. Also, wer macht den Anfang?«

»Sag bloß, ihr habt das ernst gemeint, diese Sache mit dem Karaoke?«, fragt Claudia, und in ihrem Blick zeichnet sich leichte Panik ab. »Ihr wollt doch wohl nicht vor all den Leuten hier singen. Die werden uns doch alle ansehen.«

»Sagen wir mal so: Genau darum geht es in der Regel beim Karaoke«, erwidert Audrey. »Du wirst sehen, es ist lustig.«

»Oh nein, das würde ich mich nie trauen!«

»Du? Du traust dich nicht? Warte mal, Claudia, du kettest dich an Bäume, legst dich quer über die Straße, klebst deinen Hosenboden am Asphalt fest, und ausgerechnet du hast Angst davor, ein kleines Lied zu singen?«

»Aber ich kann überhaupt nicht singen … Hey, was machst du da, Max, komm zurück, setz dich wieder hin!«

Doch ich ignoriere ihren flehenden Blick, gehe zu dem Typen, der für die Musikanlage zuständig ist, flüstere ihm einen Songtitel ins Ohr und nehme das Mikrofon entgegen, das er mir hinhält.

Dann schließe ich die Augen, wie Johnny Halliday auf der Bühne des Stade de France, als wollte ich mein Publikum schon einmal einstimmen, das vor Ungeduld den

Atem anhält, das danach lechzt, mich endlich singen zu hören.

Die ersten Noten des Stücks erklingen.

»Schaaaau, der Tag bricht aaaaan, voller Zärrrtlichkeit, über der Stadt …«

Neben Peter und Sloane ist Rock'n'Roll der reinste Diät-Joghurt.

Ich mache ein paar Schritte auf unseren Tisch zu. Samya und Audrey krümmen sich bereits vor Lachen, und ich singe weiter:

»Mit diiiir, ist mein Leben ein Traaaauuum, alles, was ich haaaab!«

Jetzt bin ich nicht mehr zu halten.

»Ich brauche nichts, sondern nur diiiiiiich, und sonst niiiiiemaaaaand, ich brauche nihihiiiichts, sondern nuhuuur dihihiiiiiich!«

Samya und Audrey sind inzwischen aufgesprungen und haben mit mir den Refrain angestimmt. Claudia wirkt verstört, wahrscheinlich wird sie mich beim SPKV wegen öffentlicher Demütigung meiner Mitbewohnerin anzeigen.

Wir anderen drei wiegen uns in den Hüften und singen im Chor, falsch und laut, wie es sich beim Karaoke gehört. Aus dem Augenwinkel aber beobachte ich, wie sich schließlich heimlich, still und leise auch auf Claudias Gesicht ein Lächeln anbahnt; und am Ende summt auch sie mit. Na also, wusst' ich's doch. Niemand kann Peter und Sloane widerstehen. Niemand!

Als die Musik ausklingt, brandet Applaus auf, ich verabschiede mich von meinem Publikum – an die zehn Personen, aber jeder fängt ja mal klein an – und setze mich wieder an den Tisch.

»Und, was sagst du? Ich setze mich zwar nicht für die Rettung der Murmeltiere ein, aber mit meiner Stimme mache ich die Welt doch auch ein bisschen besser, oder?«

Claudia lacht.

»Vielleicht hätte ich mein Glück am Broadway versuchen sollen«, fahre ich fort. »Wer weiß, wenn ich Gesangsunterricht genommen hätte, hätte ich heute vielleicht auch meine eigene Show in Las Vegas, wie Céline Dion.«

»Jetzt geht das wieder los. Du mit deinem ›hätte, wäre, wenn‹!«, ruft Samya. »Das hatten wir ja seit einer Weile nicht mehr.«

»Außerdem, tut mir leid, wenn ich dir widersprechen muss, Max«, fällt Audrey ihr ins Wort, »aber in unserer Gruppe gibt es nur einen Star, und der bin ich. Bei Musicals macht mir so schnell keiner was vor. Also, schwing deinen Arsch raus aus Las Vegas und lass mich ans Mikro. Jetzt werde ich euch mal zeigen, was ich draufhabe.«

Einige Songs und viele Mojitos später ist es beinahe ein Uhr nachts, als wir die Bar verlassen. Ich kann nicht mehr richtig geradeaus gehen, Audrey macht einer Straßenlaterne eine Liebeserklärung, und Samya versucht, uns mit ihrem Terminkalender zu fotografieren.

Die unerschütterliche Claudia hingegen hält uns in ihren Fair-Trade-Stiefeletten einen flammenden Vortrag über die Gemeinde, die die öffentliche Beleuchtung nicht reduziert und damit die Kernkraftindustrie am Laufen hält, dass uns schwindlig wird (auch wenn das gar nicht mehr nötig ist).

Tja, es ist eben nur noch eine von uns nüchtern.

Morgen werde ich das letzte Glas, das ich getrunken habe, bereuen, ich werde das Gefühl haben, dass Darcy in ein Megafon bellt, und werde beten, dass niemand Fotos gemacht hat.

Aber im Moment lache ich mit meinen Freundinnen. Und das tut gut.

Kapitel 11

Zu behaupten, ich sei mit Kopfschmerzen aufgewacht, wäre eine starke Untertreibung. Stellt euch vor, jemand bohrt euch Löcher in den Schädel. Multipliziert das Gefühl mit zehn, und ihr habt gerade mal eine vage Vorstellung von dem Zustand, in dem ich mich seit meinem Erwachen im Morgengrauen, also mittags gegen halb eins, befinde.

»Ich trinke nie wieder Alkohol! Nie wieder, hörst du? Den Satz werde ich mir gleich heute Nachmittag in den Unterarm tätowieren lassen.«

»Also, mir geht's gut«, flötet Claudia und bringt mir einen Becher mit einem Gebräu, das den Trommelwirbel in meinem Kopf zum Verstummen bringen soll.

Der Geruch lässt Schlimmes befürchten, die erste Kostprobe bestätigt: Es schmeckt nach Tod und Verderben.

Vermutlich leichenblass beobachte ich aus halb geöffneten Augen meine Mitbewohnerin, die in ihrem Sud aus Wildrinde und Waldmoos rührt und dabei einen

Lärm erzeugt, als hätte sie einen Presslufthammer in der Hand.

Ihre Augen leuchten, ihre Haut ist wie Samt. Ich hasse Menschen, die nicht trinken. Jemand, der noch nie einen ausgewachsenen Kater hatte, sollte kein Recht haben zu leben.

»Du hattest recht, Max, ich hab mich gestern wirklich amüsiert. Und es hat eine Menge Vorteile, nicht zu trinken.«

»Ach ja, und welche?«

Abgesehen davon, dass man sich nicht wie auf einem schwankenden Boot fühlt und eine glühend heiße Tasse mit einem Cocktail aus Ei, Avocado, Sellerie und Aspirin in den Händen hält? Aber das sind nur Details.

»Na ja, das ganze Schauspiel, das man geboten bekommt. Es gibt nichts Lustigeres als ein paar sturzbetrunkene Mädels, die versuchen zu singen.«

Anscheinend schaue ich sie ziemlich verdattert an, denn sie bricht in Gelächter aus.

»Das nächste Mal nehme ich *dich* mit. Zufälligerweise findet kommende Woche die Generalversammlung des SPKV statt. Wir wollen unsere nächste Aktion besprechen, diesmal geht es um einen Hersteller von Frühstückszerealien für Kinder, der für seine Werbefilme Tiger misshandelt. Das wird sicher total nett, wir werden bestimmt eine Menge Spaß haben.«

Die Antwort, die mir spontan einfällt, ist: lieber sterben. Eher würde ich mir eine Doku über die Fortpflanzung der Libelle mit pakistanischen Untertiteln ansehen.

Da unterbricht uns ein derart schrilles Klingeln, dass ich für einen Moment um mein Gehör fürchte.

Nur mein Telefon. Scheiß Alkohol.

Ich gehe ran, halte aber das Gerät so weit wie möglich von mir weg. Leider kann ich so nichts hören. Nach etwa dreißig Sekunden gebe ich auf und halte mein Handy ans Ohr.

»Ja?«, flüstere ich und bitte stumm darum, dass der Anrufer seine Lautstärke der meinen anpassen möge.

Sofort tönt mir herzzerreißendes Schluchzen entgegen, und ich bin schlagartig nüchtern. Zweiter, ebenfalls durchaus begrüßenswerter Nebeneffekt ist, dass ich drum herum komme, Claudias Mixtur zu trinken.

»Samya? Bist du das?«

»Ach Max, es ist furchtbar ...«

Sie ist es.

»Ist was mit Inès?«

»Ich ... Er ...«

Es ist das erste Mal, dass ich sie in diesem Zustand sehe oder vielmehr höre.

»Du machst mir Angst, Samya. Hol erst mal tief Luft, und dann erklär mir ganz in Ruhe, was los ist.«

»Er ist weg.«

»Wie, er ist weg? Gilles? Wo ist er denn hin? Wann kommt er zurück?«

Einige Sekunden verstreichen, dann beginnt Samya mit beängstigend monotoner Stimme ihren Bericht.

»Er hat heute Morgen den Koffer vom Kleiderschrank runtergeholt und aufs Bett gelegt, und dann hat er seine

Sachen aus der Kommode rausgenommen. Jeans und T-Shirts. Sogar das T-Shirt, das ich ihm zum Vatertag geschenkt habe, weißt du, das mit der Aufschrift ›Finger weg von meiner Tochter, oder ich brech dir die Knochen‹. Er hat alles in den Koffer gepackt, der war so voll, dass er ihn fast nicht zumachen konnte. Dann hat er mich traurig angesehen und gesagt, dass er weggehen würde. Und dass es nicht meine Schuld sei. Er hätte sich in eine andere Frau verliebt. Eine Schauspielerin. Er hat sie bei der Arbeit kennengelernt.«

»Er verkauft Klimaanlagen, wie kann er da eine Schauspielerin kennenlernen?«

»Das hab ich ihn auch gefragt. Anscheinend haben sie in der Nähe gedreht, und es war heiß in ihrer Garderobe, da kam sie in den Laden. Es war Liebe auf den ersten Blick. Und jetzt ist er fort. Auf Promotion-Tour mit ihr. Und er hat sein Vatertags-T-Shirt mitgenommen. Kannst du dir das vorstellen? Welcher Mistkerl tut so etwas?«

»Äh, hm, na ja …«

Sie lässt mir nicht die Zeit, meinen Satz von unsagbarer literarischer Qualität zu beenden und bricht erneut in Schluchzen aus.

»Was soll ich nur ohne ihn tun?«

Kapitel 12

Als ich zwanzig Minuten später mit zwei unterschiedlichen Schuhen und noch nicht wirklich ausgenüchtert bei Samya aufschlage, sitzt sie im Schneidersitz auf dem Sofa. Sie trägt ein Hemd von Gilles, das ihr, da sie nur einen Meter fünfundfünfzig groß ist, bis zu den Knien reicht, und schiebt sich alle dreißig Sekunden mechanisch einen mit Schokolade überzogenen Marshmallow aus der riesigen Salatschüssel, die vor ihr auf dem Couchtisch steht, in den Mund.

Fehlt nur noch der Soundtrack von *Love Story*, um das Wohnzimmer vollends in einem Meer aus Tränen versinken zu lassen.

Schweigend setze ich mich neben sie.

Es ist nicht leicht, die richtigen Worte zu finden, wenn für eine beste Freundin gerade die Welt zusammenbricht. Samya ist in einem Zustand, dass mir angst und bange wird. Sie weint, dann wieder lacht sie hysterisch, als sie an ein Detail aus dem Gespräch am Morgen denken muss. Sie steckt mitten in einem Nervenzusammenbruch. Und die Schüssel mit den Marshmallows leert sich zusehends.

Wenig später ist auch Audrey, die ich unterwegs informiert habe, zur Stelle und setzt sich zu uns. Wie ich sie kenne, ist sie stinksauer und hält sich nur mit Mühe zurück, um nicht allzu deutliche Worte über Gilles und »seinen Schwanz auf Wanderschaft« vom Stapel zu lassen.[6]

»Hast du denn gar nichts bemerkt?«, frage ich vorsichtig.

Danke, Maxine, für diese dämliche Frage. Hätte sie es kommen sehen, wäre sie nicht in diesem Zustand.

»Entschuldige, ich ziehe diese blöde Frage zurück. Was ich eigentlich sagen wollte, ist … Wie kann Gilles dir so etwas antun?«

Gilles ist der zauberhafteste Typ, den ich kenne. Noch zauberhafter als ein Welpe oder ein Panda-Baby, und das will was heißen. Ich kann immer noch nicht glauben, dass ausgerechnet er seine Frau betrogen und verlassen haben soll.

»Der hat sein hinterhältiges Spiel einfach gut getarnt! Neulich fand er, die Kartoffeln hätten zu lange gekocht. Vielleicht war das ein Zeichen, vielleicht hätte mich das misstrauisch machen sollen.«

Wieder bricht sie in Gelächter aus, ein unnatürliches, alles andere als frohes Lachen. Erneut stopft sie sich ein Bärchen in den Mund.

6 An dieser Stelle fehlt definitiv ein Emoji, das Äffchen, das sich die Augen zuhält.

»Hat dieser Mistkerl dir gesagt, wie lange er wegbleibt?«, bellt Audrey. »Oder ob er wenigstens anruft, um sich nach Inès zu erkundigen?«

»Wer weiß. Vielleicht schickt er mir ja eine Postkarte, so was wie ›Hier ist super Wetter, wir rammeln wie die Kaninchen. Übrigens, hat Inès nach mir gefragt?‹.«

Ihr Lachen wird jetzt wieder durch Schluchzen abgelöst. Sie bekommt kaum Luft, so sehr presst ihr der Kummer die Lunge zusammen.

Audrey und ich schauen uns an, dann rutschen wir, ohne ein Wort zu sagen, links und rechts an Samya heran und nehmen sie in die Arme. Schließlich gibt es nicht viel zu sagen, Hauptsache, wir sind da und lassen sie mit ihrem Schmerz nicht allein.

»Weißt du was? Inès und du, ihr kommt einfach für ein paar Tage zu uns, bis du wieder etwas klarer siehst. Claudia ist sicher einverstanden. Du wirst sehen, sie stellt haufenweise Naturkosmetik her, die einfach nur göttlich duftet.«

Was nur halb gelogen ist … Schließlich stellt Claudia tatsächlich Naturkosmetik her. Punkt.

»Das ist lieb von dir. Aber wir wollen dir nicht zur Last fallen. Außerdem ist Inès gerade in einer schwierigen Phase, sie frisst jeden Tag irgendwas aus, um meine Grenzen zu testen.«

»Macht nichts, da kann ich schon mal üben. Ich meine, falls ich eines Tages Kinder haben sollte, was ja nicht so selbstverständlich ist. Schließlich ist momentan nicht mal ein potenzieller Vater in Sicht.«

Audrey stupst mich an. Es ist nicht der beste Zeitpunkt für Witze.

»Ach komm schon, Samya, du solltest jetzt besser nicht alleine sein. Ich halte dir auch die Haare, wenn du die ganzen Marshmallows wieder auskotzt.«

Sie hält inne und legt das Marshmallow, das sie gerade zum Mund führen wollte, in die Schüssel zurück. Dann sieht sie nacheinander Audrey und mich an, und in ihrem Gesicht wird ein Schmerz sichtbar, wie ich ihn noch nie zuvor bei ihr gesehen habe.

»Er kommt doch zurück, oder? Er wird doch merken, dass er einen Riesenfehler macht? Es wird doch alles wieder gut, oder?«

An Audreys Blick errate ich, dass sie schon eine sehr genaue Vorstellung von dem Willkommensgeschenk hat, mit dem sie ihn begrüßen würde: Vermutlich würde sie ihm die Eier mit Stacheldraht umwickeln, damit ihm jede Lust vergeht, so etwas noch einmal zu tun. Selbstverständlich ganz ruhig und sanft, so wie es ihre Art ist.

Und in diesem Fall würde ich ihr dabei sogar helfen.

Doch stattdessen sagen wir im Chor: »Natürlich, es wird alles wieder gut.«

Oktober

Kapitel 13

Ich weiß nicht, wer die Antifaltencreme erfunden hat, aber ich möchte dieser Person aufrichtig danken. Die Creme ist jeden Morgen meine Rettung, dank ihrer kann ich das Antlitz einer lebenden Toten in das eines Menschen verwandeln.

Die letzten Nächte waren gelinde gesagt chaotisch und haben mich eines gelehrt: erstens, eine liebende Frau, die von ihrem Mann wegen einer Schauspielerin sitzen gelassen wurde, hat viel Redebedarf, und man muss eine Menge Rachepläne schmieden; zweitens, hinter dem engelsgleichen Gesicht eines vierjährigen Kindes kann sich ein wahrer Teufel verbergen. Stellt euch einfach eine Kreuzung zwischen Rotkäppchen und Lord Voldemort vor, dann habt ihre eine ungefähre Vorstellung, wovon ich rede.

Inzwischen verschwindet der Fußboden nicht mehr nur unter Claudias Sachen, sondern auch unter Puppen, glatzköpfigen Playmobilfiguren und anderem Spielzeug, das die Heimtücke besitzt, sich unsichtbar zu machen, sich jedoch als sehr schmerzhaft erweist, wenn man versehentlich drauftritt.

Mittlerweile bin ich Meisterin einer neuen olympischen Disziplin. Denn natürlich darf ich Dornröschen nicht wecken, wenn meine Fußsohle wieder einmal auf schmerzliche Weise Bekanntschaft mit einem kahlen Playmobilmännchen macht.

Warum Inès ihre Figuren systematisch skalpiert? Fragt mich nicht, ich habe keine Ahnung, obwohl ich mir wirklich jede erdenkliche Mühe gebe, sie zu verstehen. Und die Püppchen sehen ohne Haare wirklich zum Fürchten aus.

Darcys Blicke werden mit jedem Tag flehender. Das arme Tier muss sich von diesem Lord Voldemort im Blümchenkleid eine ganze Reihe von Sonderbehandlungen gefallen lassen: Spängchen über den Ohren, ein Stirnband um die Schnauze und, der absolute Gipfel, Puppen in ihrem Körbchen. »Sch! Still, Wauwau, die Babys schlafen«, ermahnt Inès meine Hündin, weil diese missbilligend kläfft, als sie die Eindringlinge in ihrem Bett entdeckt. Sicherheitshalber verstecke ich das Telefon vor Darcy, damit sie nicht beim SPKV anruft, um sich zu beschweren. Jetzt fehlt nur noch, dass Claudia sich mit ihrem Spezialkleister auf dem Wohnzimmerboden festklebt.

Es ist das reinste Chaos. Allerdings, das muss ich leider gestehen, liebe ich dieses kleine Mädchen. Ich könnte mich totlachen über die unglaublichen Dinge, die sie ständig mit vollem Ernst von sich gibt.

Und ich könnte ihr stundenlang zuhören, wenn sie ihren Puppen Geschichten erzählt: »Es war einmal eine Prinzessin. Auf einmal verirrt sich die Prinzessin im Wald. Dann kommt auf einmal der Prinz. Und dann ist die Geschichte zu Ende, und die Babys müssen heia machen.«

Hätte ich doch damals nur Lasagne bestellt … Vielleicht würden Germain und ich dann in diesem Moment Hand in Hand an Babygeschäften vorbeispazieren und uns unsere zukünftigen Kinder vorstellen. Als Erstes wünsche ich mir ein zauberhaftes Mädchen mit großen, neugierigen Augen, blau natürlich, das immerzu lachen und uns fragen würde …

»Tante Massine?«

»Ja, Inès?«

»Kannst du mir den Popo abputzen, ich hab Aa gemacht!«

Kapitel 14

Der große Abend ist gekommen. Heute Abend feiert meine Werkstatt für Kreatives Schreiben Premiere.

Zwischen zwei schweren Niederlagen beim Memory – wie kann sich ein so kleines Kind so viele Karten gleichzeitig merken? –, bin ich mit meinem Projekt ein gutes Stück vorangekommen.

Ich habe ausreichend Themen zur Bearbeitung festgelegt, mit denen ich locker bis zu den Weihnachtsferien hinkommen müsste.

Heute Abend werden wir uns mit Liebesliedern beschäftigen, oder wie man seiner Flamme in drei Strophen und einem Refrain seine Liebe erklärt.

In meiner Eigenschaft als Französischlehrerin, aber vor allem als Karaoke-Profi, habe ich mir meine Klassiker vorgenommen: *Je t'aime* von Lara Fabian, *Que je t'aime* von Johnny Hallyday und *Pour que tu m'aimes encore* von Céline Dion.

Um mich in Stimmung zu bringen, habe ich zu Hause ein paarmal die Tonleiter rauf und runter gesungen, vielleicht drei, vier Stunden lang. Ohne Unterbrechung.

Darcy war kurz davor, nach Prozac zu verlangen.

Samya hat meine Idee mit den Liebesliedern zwar gutgeheißen, hat aber heimlich versucht, mir *Ne me quitte pas* von Jacques Brel und *Je suis malade* von Serge Lama auf die Playlist zu schmuggeln.

Kleine Notiz für mich für die Zukunft: Niemals eine depressive Freundin zum Karaoke mitnehmen, wenn man nicht mitansehen möchte, wie sie das Publikum in einen kollektiven Selbstmordversuch mit Cocktailschirmchen treibt.

Eine Viertelstunde vor Beginn erreiche ich den Raum, den Yliès für die außerschulischen Aktivitäten bereitgestellt hat. Entgegen meiner Erwartungen bin ich aufgeregt. Ich habe auf meinem Laptop ein paar Stücke ausgewählt, die heute Abend für die passende musikalische Untermalung sorgen sollen. Ich lege auf den Tischen das Papier bereit. Die Schüler können kommen.

»Auf der Ankündigung stand 19 Uhr, aber heute kommt ja niemand mehr pünktlich«, brumme ich zwanzig Minuten später vor mich hin. Heutzutage gilt es als spießig, pünktlich zu sein.

Um die Schüler herbeizulocken, wähle ich ein Lied aus. Niemand kann Musik widerstehen.

»Im Sand du nacktes Kind, das Haar im Wind, lass den Lenz herein, mein Edelstein …

Denn was du auch tust, wohin du auch schaust, ist die Liebe …«

Momentan ist da, wo ich hinschaue, nichts, aber auch gar nichts zu sehen: nur gähnende Leere. Ach ja, und ein Riss in der Wand. Die Schule verfällt.

»Die Liebe, sie regnet hernieder, auf dich nackt im Flieder.«

Ich weiß nicht, ob es Liebe regnen kann, aber auf jeden Fall regnet es Langeweile.

Und doch ist die Werkstatt auf dem Schwarzen Brett in der Eingangshalle der Schule angekündigt. Ich habe nachgesehen. Dreimal. Denn bei den ersten beiden Malen war ich nicht sicher, ob ich richtig geguckt hatte.

Es ist 19.45 Uhr, als der Hausmeister mich fragt, ob ich noch lange brauche. Ich schlage ihm vor, eine kleine Pause einzulegen und ein Liebeslied zu schreiben. Er sagt, das mit der Liebe sei alles Quatsch, kein einziges Liebeslied bringe ihm seine Frau wieder, die letztes Jahr mit ihrem Bankberater durchgebrannt ist.

Er heißt Henri, und ihm wachsen Haare aus den Ohren. Er erzählt mir eine Viertelstunde, wie traurig sein Leben jetzt sei und wie wütend er auf den Lover seiner Frau sei, was er mit ihm anstellen würde, und ich sehe nur die Haare aus seinen Ohren sprießen.

Vielleicht hat seine Frau ihn deshalb verlassen. Wegen dieser Ohrhaarbüschel, die sie sich jeden Abend beim Essen angucken musste, fünfzehn Jahre lang …

Was wohl passiert, wenn man an den Haaren zieht? Öffnet sich dann der Mund?

Wenig inspiriert von meinem Vorschlag, ein Liebeslied zu schreiben, hat Henri sich schließlich wieder dem Reinemachen zugewandt. Er fehlt mir. Sogar seine Haare. Na gut, so sehr nun auch wieder nicht. Ich starte ein neues Lied.

»*Seit ich so weit fort bin von dir, bin ich fort von mir, ich denk an diiiiiich …*

Es gab eine Zeit, vergiss das nicht, da warst du alles für miiiiiiich …«

Was für ein Meisterwerk! Die Schüler wissen gar nicht, was ihnen entgeht.

Gut, zurück zu meinem Versuch, ein Liebeslied zu schreiben. Was könnte sich auf Durchhänger reimen?

»*Ich liebe deinen Bauch und wie er hängt … oh, du hast mein Herz gekränkt.*« Da bleibt dir die Spucke weg, was, Francis Cabrel?

Eine Stunde und fünfundvierzig Minuten später. Das ist mal eine wirklich großzügig ausgelegte akademische Viertelstunde.

Um 21 Uhr muss ich mich mit dem Offensichtlichen abfinden: Es ist niemand gekommen und es wird auch in den nächsten acht Stunden niemand auftauchen.

Ich schließe den Raum ab und in meinem Kopf hallt es: »*Ne me quitte pas … Ne me quiiitte pas …*«

Samya hatte recht.

»Und?«, fragt Claudia, kaum dass ich zur Tür rein bin. »Ist's gut gelaufen?«

Sie sitzt auf dem Boden, in einem Berg aus Wollknäueln.

»Es ist niemand gekommen. Meine einzige Ablenkung war Henri, ein Mann, dem Haare aus den Ohren wachsen und den seine Frau für ihren Bankberater verlassen hat.«

»Netter Abend!«

»Das kannst du laut sagen. Und du, was machst du Schönes?«, frage ich und lasse mich aufs Sofa fallen.

Sofort gesellt sich meine Hündin zu mir, die voller Ungeduld darauf gewartet hat, meine Rippen mit ihren Pfoten zu bearbeiten.

»Ich stricke uns warme Decken für den Winter. Aus natürlicher Wolle von Schafen aus artgerechter Haltung. Wir müssen unsere Daunendecken loswerden.«

»Wie du meinst.«

Der gefürchtete Tag ist gekommen: Ich habe nicht einmal mehr die Kraft, mich mit Claudia zu streiten. Die Schüler hatten recht, was meine Lebenslust angeht.

»Tante Massine?«, fängt Inès an, die gerade aus dem Bad kommt.

Kleine Anmerkung: Sie wirkt ziemlich kleinlaut, was nichts Gutes verheißt.

»Was denn, Süße?«

»Ich hab es nicht absichtlich gemacht. Ich hab gebadet, und dabei ist eine von deinen Taschen nass geworden. Entschuldige, *Tatie*.«

»Eine von meinen Taschen ist nass geworden?«

»Ja, sie war das Boot für meine Playmobilfiguren.«

Heute haben es nicht nur die Schüler auf mich abgesehen, sondern auch die Kinder.

Kapitel 15

Da es mit Germain nicht geklappt hat, hat meine Schwester ihre Bemühungen, mich an den Mann zu bringen, wieder verstärkt. Ihre Lieblingsmethode ist nach wie vor: ein Essen organisieren. So werde ich mit Nachbarn, Freunden von Nachbarn, Arbeitskollegen meines Schwagers, Freunden von Arbeitskollegen meines Schwagers bekannt gemacht. Fehlen nur noch die Nachbarn der Freunde der Arbeitskollegen, dann hätte ich sie alle durch. Anscheinend bin ich wirklich ein hoffnungsloser Fall.

Für das Essen heute Abend aber hat sie sich etwas Neues einfallen lassen: Zum ersten Mal lädt sie einen ihrer Patienten ein. Ein supernetter Typ, hat sie letzte Woche gesagt, als ich mal wieder auf ihrem Behandlungsstuhl lag.

Ich bin skeptisch. Die Typen, denen ich in ihrem Wartezimmer begegne, sind wahrlich nicht mein Fall. Aber gut, vielleicht hat sie ja noch andere Patienten auf Lager als Mittfünfziger in Cordhose und Slippern.

Ich habe mich hübsch gemacht. Man kann ja nie wissen, ob nicht doch eine Mischung aus Brad Pitt und Robert Downey Jr. zu ihrer Kundschaft gehört. Der zufällig auch noch Single ist. Wäre schließlich jammerschade, sich so einen entgehen zu lassen.

Ich habe mich für ein kupferrotes, etwas weiter geschnittenes Kleid entschieden, das meine Problemzonen kaschiert, die trotz des harten Lauftrainings mit meinen Freundinnen einfach nicht verschwinden wollen, dazu cremefarbene Schuhe und eine goldene Handtasche, die perfekt zu meinen Ohrringen passt, großen Kreolen, die ich von Audrey und Samya zum Geburtstag bekommen habe.

»Du siehst toll aus«, empfängt mich meine Schwester mit einem strahlenden Lächeln.

Sie selbst sieht einfach nur umwerfend aus in ihrem Bleistiftkleid in der Farbe gebrannter Mandeln. Mit ihrer zierlichen und schlanken Figur kann sie sich körpernahe Schnitte erlauben. Dagegen ähnele ich wohl eher einem Textmarker als einem Bleistift.

Ich folge ihr ins Wohnzimmer, in dem bereits ihr Patient auf dem Sofa sitzt und sich angeregt mit meinem Schwager unterhält. Als er mich erblickt, steht er auf und lächelt mich an. Perfekte Zähne, aber das war bei Laetitia auch nicht anders zu erwarten.

»Guten Abend, ich bin Georges, freut mich, Sie kennenzulernen.«

»Ich bin Maxine, aber alle nennen mich Max.«

Georges ist ziemlich ansehnlich. Halblange Haare, grüne Augen. Nicht sehr groß.

»Georges wegen George Clooney?«

Nach dem Zähne-Check überprüfe ich als Nächstes, ob er über meine Witze lacht. Julien wäre stolz auf mich.

»Nein, eher wegen Georges Brassens. Hat wohl mit der Generation zu tun.«

Gut aussehend, Zahnpasta-Lächeln, humorvoll. Ich entspanne mich. Bleib auf dem Teppich, bleib auf dem Teppich.

»Und was machen Sie so, Georges?«, frage ich ihn, während ich mich in einen der Sessel setze.

»Ich laufe Schuhe ein, Größe 41.«

»Wie bitte?«

»Ich bin Schuheinläufer. Meine Kunden sind Schuhgeschäfte. Die Leute wollen sich heutzutage keine Blasen mehr laufen, und so sind einige Hersteller auf die Idee gekommen, diesen Service anzubieten. Und da komme ich ins Spiel. Momentan ist es noch ein ziemlicher Nischenberuf.«

Wer hätte das gedacht.

»Und warum Größe 41?«

»Weil ich selbst Größe 41 trage. Ich weiß, was Sie jetzt sagen werden: Für einen Mann ist das ganz schön klein ...«

Nein, ehrlich gesagt war das nicht mein erster Gedanke ...

»... aber in meinem Beruf ist das recht praktisch, denn so kann ich sowohl Herren- als auch Damenschuhe einlaufen.«

Sofort zerplatzt das Bild unserer zukünftigen Kinder vor meinen Augen und stattdessen erscheint das von behaarten Männerbeinen in karierten Shorts und High Heels von Louboutin.

Ehe ich in Gelächter ausbrechen kann, rettet mich Laetitia und fragt, ob ich ihr in der Küche helfe, die Toastscheiben mit Butter zu bestreichen. Ich lasse mich nicht zweimal bitten, und sobald wir außer Hörweite des Schuheinläufers sind, pruste ich los.

»Also wirklich, Laeti, machst du das eigentlich mit Absicht? Hab ich dir mal was getan, als wir klein waren? Lässt du mich für irgendetwas büßen?«

Auch sie schüttelt sich vor Lachen.

»Er hat mir erzählt, dass er was mit Schuhen macht, aber darauf wäre ich wirklich nicht gekommen.«

»Schuheinläufer, das ist doch nicht zu fassen. Warum nicht gleich Achselschnupperer oder Matratzentester?«

»Oder Hersteller von Tee aus Pandakot!«

»Gibt es das?«, frage ich und heule inzwischen fast vor Lachen.

»Ja, ich hab gestern eine Doku über Pandas gesehen.«

Es dauert eine Weile, bis wir uns wieder beruhigt haben. Zum Glück habe ich mich heute nur dezent geschminkt.

Als wir wieder ins Wohnzimmer kommen, sind die beiden Männer inzwischen beim aktuellen Weltgeschehen angekommen. Das Thema Schuhe scheint erschöpft.

»Und Sie, Maxine? Ihre Schwester hat mir erzählt, dass Sie Französischlehrerin sind, richtig?«

»Ja, ich arbeite an einem Gymnasium in Savannah-sur-Seine. Ich unterrichte mehrere elfte Klassen.«

»Macht es Ihnen Spaß?«

»Na ja, es ist nicht immer einfach, die Schüler für die große Literatur zu begeistern, aber ich gebe mein Bestes.«

»Maxine hat immer davon geträumt, Journalistin zu werden«, schaltet sich meine Schwester ein.

»Ach wirklich?«, sagt Georges erstaunt. »Ich schreibe auch.«

Na also, da haben wir doch etwas, worüber wir uns unterhalten können.

»Sie schreiben? Romane? Essays?«

Plötzlich schiebt sich das Bild unserer potenziellen gemeinsamen Kinder wieder vor mein geistiges Auge.

»Nein, ich schreibe Witze für Carambar.«

... um sich sofort wieder in Luft aufzulösen. Und zwar endgültig. Die dämlichen Kalauer auf der Innenseite der Bonbonpapiere fand ich schon als Kind eher unlustig.

»*Wie heißt das Reh mit Nachnamen? Porter*! Re-porter, verstehst du? Ha ha. Das ist von mir«, sagt er und lächelt dabei vielsagend wie Chandler in *Friends*.

Ich glaube, der Schuheinläufer war mir doch lieber.

Kapitel 16

Laetitia hat mir schon viele Typen vorgestellt, aber einer wie Georges war noch nie dabei. Als ich im Auto sitze, lasse ich das Abendessen Revue passieren und muss so lachen, dass ich Seitenstiche bekomme.

Erst auf dem Parkplatz vor meinem Haus beruhige ich mich.

Plötzlich muss ich an Moune denken. Sie hätte Georges gemocht. Mit einem Schuheinläufer wäre sie der Star in ihrem Seniorenclub gewesen. Ich hätte ihr alles haarklein erzählen müssen, während sie mir ihre berühmten Pancakes gemacht hätte, deren Rezept sie sicher gehütet und schließlich mit ins Grab genommen hat.

In der Wohnung ist es still. Claudia ist unterwegs. Mit ihren Freunden vom SPKV bereitet sie eine Aktion gegen eine Fernsehanstalt vor, die ihrer Ansicht nach ihre Position ausnutzt, um für eine Sendung, in der unverheiratete Bauern die Liebe suchen, das Image von Tieren zu missbrauchen, ohne sie nach ihrer Meinung gefragt zu haben.

Ja, dank Claudia wird die Welt für Tiere vielleicht eine bessere werden, aber es wird nichts Lustiges mehr im Fernsehen geben. Tja, man kann nicht alles haben.

Ich sehe die Haare der friedlich schlummernden Inès, die unter der Decke hervorlugen. Sie und Samya schlafen auf dem Schlafsofa im Wohnzimmer. Ich versuche, möglichst geräuschlos in mein Zimmer zu gelangen.

»Und, wie war der Abend?«, flüstert Samya und stützt sich auf den Ellbogen.

»Entschuldige, dass ich dich geweckt hab.«

»Ich hab nicht geschlafen.«

Sie braucht es mir gar nicht zu sagen. Seit Gilles gegangen ist, leidet Samya an Schlafstörungen. Sie sieht furchtbar aus. Zwar war sie immer schon schlank, aber mittlerweile schwimmt sie in ihren Jeans. Wenn ich nur etwas für sie tun könnte. Von Gilles kam bisher keine Nachricht.

»Ich erzähl's euch morgen, dir und Audrey. Das ist eine längere Geschichte. Ihr dürft euch auch lustig machen. Und jetzt versuch ein bisschen zu schlafen. Ich muss noch Arbeiten korrigieren.«

Nachdem ich Darcy gestreichelt habe, die, alle viere von sich gestreckt, in ihrem Körbchen liegt, setze ich mich an meinen Schreibtisch und hole den Stapel Arbeiten aus meiner Tasche. Heute habe ich die Aufsätze zum Thema »Liebe in der Literatur« eingesammelt, in denen meine Schüler sich auch Gedanken über Gemeinsamkeiten und Unterschiede der berühmtesten Liebesgeschichten der Weltliteratur machen sollten.

Bestimmt waren sie zu sehr mit dieser Aufgabe beschäftigt und konnten deshalb nicht zur ersten Veranstaltung der Schreibwerkstatt kommen. Natürlich. Diese Schüler sind so fleißig!

Ich beginne, die erste Arbeit zu lesen.

»... Zu den großen Liebesgeschichten der Weltliteratur gehört auch die von Anna und Christian ...«

Sieh an, ich kann mich gar nicht erinnern, dass es bei Anna Karenina einen Christian gab.

»..., die sich in der Trilogie *Fifty Shades of Grey* findet ...«

Aha, hätte mich auch gewundert. Das kann ein langer Abend werden. Auf Zehenspitzen kehre ich in die Küche zurück und suche den Wasserkocher und eine große Tasse, um mir einen Tee zu machen. Samya ist doch endlich vor Erschöpfung eingeschlafen.

Auf dem Rückweg weicht mein Fuß einer Playmobilfigur aus. Ein persönlicher Sieg.

Allerdings treffe ich den Legostein, der ein Stück weiter auf mich lauert.

Wieder über die Aufsätze gebeugt, einen heißen Apfel-Zimt-Tee neben mir, mache ich mich aufs Schlimmste gefasst. Und tatsächlich stoße ich zwischen Romeo und Julia, Tristan und Isolde auch auf Bella und Edward, Tris und Four sowie Hermine und Ron.

Vielleicht hätte ich präzisieren sollen, dass es mir um die klassische Literatur geht.

Bei der zehnten Arbeit nimmt das Drama seinen Lauf. Als ich das Heft aufschlage, um die Rückseite von Seite eins zu lesen, springt mir ein Strichmännchen genau in der Mitte des Blattes ins Auge. Runder Kopf, ein einzelner dicker Arm und zwei Beine. Mit lila Filzstift gemalt.

Es ist nicht schwer, den Urheber des Kunstwerks auszumachen, denn die Künstlerin hat ihr Werk sogar signiert. Inès.

Aber es wäre auch zu schade gewesen, wenn sie ihren Namen nicht unter dieses wunderbare Männchen gesetzt hätte.

Eigentlich finde ich es ganz niedlich. Für ein paar Sekunden lächle ich sogar gerührt, ehe mir doch leicht der Schweiß ausbricht, als ich aus dem Augenwinkel auf die anderen Arbeiten schiele.

Fieberhaft öffne ich eine nach der anderen, und mit jedem Männlein, jedem Haus, jeder Schnecke finde ich das Ganze sehr viel weniger niedlich.

Aber ich rege mich nicht auf, höchstens ein ganz kleines bisschen, und stecke alle Aufsätze zurück in die Tasche. Ich muss morgen wohl mal ein Wörtchen mit der Künstlerin reden.

Und mit ihrer Mutter.

Es ist fast halb zwölf, Zeit, ins Bett zu gehen und noch ein bisschen Radio zu hören. Das wird mich entspannen.

Ich tapse um das Bett herum, um meine Schlafanzughose zu holen, und trete nicht nur auf eine, sondern gleich auf zwei Playmobilfiguren. Eine trägt einen spitzen Hut. Wer hätte gedacht, dass ich mal die kahlköpfigen Gefährten zu schätzen lerne.

Mein stummer Aufschrei übertrifft all meine bisherigen Schreie.

Höchste Zeit, dass dieser Tag zu Ende geht. Laetitias von vornherein zum Scheitern verurteilter Verkupplungsversuch, Inès' Strichmännchen und das auf Klatschpresse-Niveau eingefrorene literarische Verständnis meiner Schüler. Mir reicht's.

Kapitel 17

Gemütlich zwischen zwei Kissen eingekeilt, schalte ich das Radio ein, um mir meine Lieblingssendung anzuhören. Ein bisschen Ablenkung kann ich jetzt gut gebrauchen.

Sofort klingt die fröhliche und dynamische Stimme der Moderatorin durch die Stille des Zimmers.

»Guten Abend allerseits! Heute sprechen wir mit meinem Gast Gilbert Musso über Zufall und Schicksal. Gilbert Musso hat gerade seinen ersten Roman mit dem vielsagenden Titel *Ich habe mich entschieden und sage vielleicht* veröffentlicht. Er ist in der nächsten halbe Stunde bei uns in der Sendung. Machen Sie es sich bequem, gleich geht es los mit unserer heutigen Ausgabe von *Im Vertrauen, unter uns*, Sie hören Europe 1.«

Die Stimme ist die von Justine Julliard, einer jungen Frau, deren großes Talent ich bewundere. Von Haus aus Journalistin aus dem Bereich Printmedien, hat sie aus Leidenschaft fürs Radio vor ein paar Jahren an einem Wettbewerb teilgenommen, in dem Nachwuchstalente für den Hörfunk gesucht wurden, und hat ihn haushoch gewonnen. Damals habe auch ich für sie gestimmt.

Vor ein paar Monaten war ich mit den Mädels sogar mal bei der Aufzeichnung einer ihrer Sendungen dabei.

Manchmal denke ich, dass ich an ihrer Stelle sein könnte. Wenn ich mir am Morgen der Aufnahmeprüfung für die Journalistenschule nicht den Knöchel gebrochen hätte, weil ich noch einmal zurückgekehrt war, um meinen Ausweis zu holen, wenn ich deswegen nicht die Prüfung verpasst hätte, würde ich heute vielleicht auch beim Radio arbeiten. Das hätte mir bestimmt gefallen. Sehr sogar, da bin ich mir sicher. Und vielleicht hätte ich auch einen Nachwuchswettbewerb gewonnen.

»Also, Gilbert Musso, bevor wir Ihren ersten Roman vorstellen, wollen wir erst einmal über Sie sprechen. Unsere Hörer haben sich sicher schon gefragt, ob Sie nach Guillaume und Valentin nun der dritte der Brüder Musso sind, der mit dem Schreiben begonnen hat.«

»Brüder sind wir nicht, aber wir sind tatsächlich über mehrere Ecken miteinander verwandt. Die Tante meiner Mutter ist die Cousine der Schwägerin der Mutter von Guillaume und Valentin.«

Ich errate das Lachen in Justine Julliards Stimme.

»Aha. Sprechen wir lieber über Ihren Debütroman, der heute im Verlag Michel Afond erscheint. Wie sind Sie auf die Idee zu dem Buch gekommen?«

»Ich fuhr in meinem Wagen durch die Rue de l'Échiquier in Paris, als sich vor einer roten Ampel aus heiterem Himmel mein Navi abschaltete. Bevor es den Geist aufgab, hatte es mich angewiesen, rechts abzubiegen, doch ich fragte mich plötzlich, was wohl passieren würde, wenn ich stattdessen einfach links abbog. Und aus dieser Überlegung heraus hat meine Fantasie auf einmal ein ganzes Szenario entworfen.«

Ich lasse mir nicht ein Wort von dem entgehen, was dieser Gilbert Musso erzählt.

»Ist alles, was geschieht, dem Zufall geschuldet? Oder würde es so oder so geschehen, ganz gleich, welche Entscheidung wir treffen?«

»Das ist die Frage, die sich Ihre Heldin zu Beginn des Romans stellt ...«

»Ja, sie stellt sich permanent die Frage, wie ihr Leben aussehen würde, wenn sie sich an einem bestimmten Punkt anders entschieden hätte, sodass sie letztlich an ihrem Leben vorbeilebt. Eines Morgens bekommt sie Besuch von einer alten Dame, die ihr ein Geschäft vorschlägt: Sie kann einen Monat lang das Leben leben, das ihres gewesen wäre, wenn sie an einem bestimmten Punkt in der Vergangenheit eine andere Entscheidung getroffen hätte.«

»Faszinierend ...«

Genau das ist das Wort, Justine. Ich bekomme eine Gänsehaut.

»Stellen Sie sich vor, jemand gibt Ihnen die Möglichkeit, die Zeitachse zu teilen ...«, fährt Gilbert Musso unbeirrt fort.

»Wie Marty McFly?«

»Genau! Sodass Sie herausfinden können, wie Ihr Leben

in dieser parallelen Zeitachse aussehen würde. Genau das erlebt meine Protagonistin.«

»Dann wollen wir für sie hoffen, dass es bei ihr besser läuft als bei Marty!«, witzelt Justine. »An dieser Stelle machen wir eine kleine Pause, in ein paar Minuten geht es weiter. Bleiben Sie dran, denn gleich spreche ich mit meinem Gast Gilbert Musso über seinen neuen Roman *Ich habe mich entschieden und sage vielleicht*.«

Während die Werbung läuft, kann ich nicht umhin, über meine eigenen Was-wäre-Wenns nachzudenken. Mit einem Mal machen sie sich in mir breit. Es ist nur ein Roman, geschrieben von einem Musso, der mit den anderen Mussos nicht viel mehr als den Namen gemein hat, aber trotzdem. Es wäre einfach nur genial, einmal so etwas zu erleben.

Beschwörend starre ich meine geschlossene Schlafzimmertür an, als rechne ich damit, dass jeden Moment die alte Frau hereinkommt, von der er in seinem Roman erzählt. Ich starre so lange darauf, bis mir scheint, dass der Griff heruntergedrückt wird.

Darcy, die aufs Bett springt und mir die Hände ableckt, holt mich wieder in die Realität zurück.

»Kannst du dir das vorstellen, Darcy? Ach nein, natürlich nicht, du bist ja ein Hund. Es interessiert dich nicht, was morgen ist, solange nur jeden Tag dein Napf gefüllt wird.«

Wieder erklingt Justine Julliards Stimme, für die Fortsetzung der Sendung kuschle ich mich jetzt richtig ins Bett und kraule meine Hündin hinter den Ohren.

Was wäre, wenn …
Eine gute Idee für einen Roman.
Schade, dass mir das nicht eingefallen ist!

Kapitel 18

Ich werde von Sonnenstrahlen geweckt, die durch die Vorhänge hereinfallen. Ich habe seit Jahren nicht mehr so gut geschlafen. Es hat unglaublich gutgetan.

Ich ziehe die Decke bis ans Kinn, will noch ein bisschen die mollige Wärme genießen. Die Baumwolle ist fast so weich wie Flanell.

Noch die letzten Augenblicke wohliger Benommenheit auskosten, bevor ich die Augen öffne und den Tag in Angriff nehme. Ich muss immer noch ein paar Arbeiten korrigieren, und vor allem habe ich ein Hühnchen zu rupfen mit einem gewissen kleinen Mädchen, ihres Zeichens Künstlerin.

Da ich also früher oder später aufstehen muss, setze ich zunächst einen, dann den zweiten Fuß auf den Boden, räkele mich, hebe die Arme über den Kopf, strecke die Hände mit den perfekt manikürten Fingernägeln gen Himmel, wobei mein Negligé hochrutscht.

Noch im Halbschlaf, die Augen noch nicht ganz geöffnet, schleppe ich mich zur Tür.

»Darcy? Wo bist du, Süße?«, rufe ich gähnend.

Wahrscheinlich ist Claudia mit ihr Gassi gegangen, ich muss so fest geschlafen haben, dass ich nichts gehört habe.

Meine verklebten Augen brauchen dringend einen anständigen Kaffee, oder besser gleich zwei. Wie ferngesteuert durchquere ich das Wohnzimmer, umrunde das ausladende gelbe Ledersofa und wende mich der roten Lackküche mit Kochinsel zu. Ich öffne einen Hängeschrank, hole einen Kaffeebecher heraus, lege eine Kapsel in die Espressomaschine ein und setze mich dann mit dem dampfenden Getränk in der Hand auf einen der Hocker. Ich nehme einen Schluck, der Kaffee ist kochend heiß.

Schönes Sofa, denke ich, während ich auf meinen Kaffee puste, damit er abkühlt. Hübsche Farbe.

Das Geräusch der auf den Fliesen zerberstenden Tasse übertönt meinen Aufschrei.

Wie, ein gelbes Sofa? Ich habe kein gelbes Sofa. Schon gar nicht aus Leder! Falls mir je in den Sinn kommen sollte, ein Ledersofa zu kaufen, ginge das nur über Claudias Leiche und über die Leichen sämtlicher anderer Mitglieder des SPKV gleich mit.

Die Augen mit einem Mal weit aufgerissen, sehe ich mich erschrocken um, drehe mich dabei immer wieder um die eigene Achse. Die Wohnung ist fantastisch, sie ist riesengroß und mit ihren Fensterfronten sehr hell, und überall stehen geschmackvolle und teure Möbel und Grünpflanzen. Fantastisch, wirklich. Aber vollkommen fremd.

Und dennoch bin ich vor fünf Minuten, ohne zu zögern, in die Küche gegangen. Habe sogar den richtigen Schrank geöffnet. Als wüsste ich genau, wo sich was befindet, obwohl ich keine Ahnung habe, wo ich bin.

Vorsichtig mache ich ein paar Schritte auf dem grauen Eichenparkett, weiche den Scherben des Kaffeebechers aus.

»Claudia? Samya? Seid ihr da?«, rufe ich.

Nichts.

»Darcy? Komm, Schätzchen, komm zu mir.«

Immer noch nichts.

Offensichtlich schlafe ich noch. Das muss ein Traum sein. Ja, genau. Das ist es, es kann gar nicht anders sein. Ich kneife mich fest in den Arm, aber das ändert nichts. Rasch kehre ich in mein Zimmer zurück, unterwegs kneife ich mich noch einige Male, und zwar immer fester, proportional zu meiner wachsenden Panik.

Auch mein Zimmer hat nichts mit dem gemein, das ich kenne, und in dem ich gestern Abend eingeschlafen bin.

Es ist groß, so groß, dass meine gesamte Wohnung hineinpassen würde. Helles Holzparkett, weiß lackierte Möbel, grau-weiße Vorhänge, ein Kleiderständer, auf dem ein paar Kleidungsstücke hängen, ein Kingsize-Bett mit einer weißen, mit gelben Ananas bedruckten Tagesdecke, Unmengen von Kissen.

»Ist da jemand?«, versuche ich es erneut.

Doch mir antwortet nur mein stoßweise gehender Atem. Langsam bekomme ich es wirklich mit der Angst zu tun. Ich versuche, mir die Ereignisse des gestrigen Abends in Erinnerung zu rufen.

Ich war in meinem Zimmer, dem echten, und habe Arbeiten korrigiert. Bella und Edward hatten Romeo und Julia ersetzt. Inès' Zeichnungen auf den Arbeiten. Die beiden Playmobilfiguren, auf die ich getreten bin. Dann habe ich das Radio eingeschaltet und *Im Vertrauen, unter uns* gehört, die Sendung von Justine Julliard. Gast war irgendein Musso, der über seinen ersten Roman gesprochen hat.

Sosehr ich mein Gedächtnis auch bemühe, ich finde nichts, was auch nur annähernd erklären würde, wieso ich in dieser fremden Wohnung aufgewacht bin.

»Wenn das ein Scherz ist, Claudia, schön, der ist dir gelungen. Haha, es war wirklich sehr lustig.«

Kein Geräusch. Nicht einmal der Hauch eines Geräuschs. Verwirrt blicke ich um mich.

»Gnade. Wer auch immer da ist, tut mir nichts, ich mache alles, was ihr wollt.«

Ich muss entführt worden sein, ja, eine etwas dramatische Vermutung, das gebe ich zu. Auch wenn die Einrichtung eher an die Suite eines Luxushotels erinnert als an einen finsteren und kalten Kerker.

In einem an der Wand lehnenden Spiegel entdecke ich mein Spiegelbild und kann einen weiteren, diesmal überraschten Schrei nicht unterdrücken, obwohl ich die Hände auf den Mund presse.

Die Frau in dem Spiegel bin ich. Aber ich bin es auch wieder nicht.

Ich trage ein blaues Satin-Negligé. Ein Stoff, den ich normalerweise vermeide, weil er sich jedes Mal verdreht, wenn man die Position wechselt. Ich bin schlanker, unleugbar. Meine Haare sind lang und sehen aus, als käme ich gerade vom Friseur. Und meine Fingernägel … sind perfekt, mit ihrer French Manicure.

Ganz offensichtlich bin ich kurz vorm Durchdrehen, das kann alles nicht wahr sein. Vermutlich habe ich etwas gegessen, was mir nicht bekommen ist, ein Bio-Gericht made by Claudia, für Solidarität und gegen Lebensmittelverschwendung.

Verwirrt und mit weichen Knien und schwitzenden Händen kehre ich ins Wohnzimmer zurück. Ich tigere durch den Raum, auf der Suche nach irgendetwas, einem Hinweis, einer versteckten Kamera. Das muss ein Scherz sein. Ein geschmackloser Scherz, aber ein Scherz.

Mein Blick bleibt an ein paar Bilderrahmen hängen, die anscheinend Fotos zeigen. Ich gehe näher ran, rechne fest damit, dass jeden Moment jemand hinter einer Ecke hervorspringt und »Buh!« schreit.

Da ist ein Hochzeitsfoto. Die Braut trägt eines der schönsten Brautkleider, die ich je gesehen habe. Ein Bustier in Herzform, die Taille betont von einer langen Schärpe in pudrigem Rosé, ein mehrlagiger Rock, der bis zum Boden reicht. Ich gehe noch näher ran, um das Bild besser betrachten zu können, ehe ich ausrufe: »Aber das bin ja ich!«

Inzwischen bin ich so nah herangekommen, dass ich fast mit der Nase an das Foto stoße.

»Das ist unmöglich!«

Das kann nicht ich sein. Es ist durchaus nachvollziehbar, dass ich die Ereignisse des gestrigen Abends vergessen habe und damit den denkwürdigen Rausch, der mich in diese Wohnung geführt haben muss, aber ich vergesse doch nicht meine eigene Hochzeit.

Ich richte meinen Blick auf den, der der Bräutigam zu sein scheint, also mein Ehemann. Groß, dunkelhaarig, graue Augen. Perfekt geschnittener dunkelblauer Anzug mit Nadelstreifen. Ich sehe ihn zum ersten Mal, und dennoch spüre ich unterschwellig eine wohlige Wärme, die sich in meinem ganzen Körper ausbreitet.

So, wie wir einander mit Blicken nahezu verschlingen, müssen wir sehr verliebt sein. Trotzdem habe ich nicht die leiseste Ahnung, wer dieser Mann ist. Ich glaube nicht, ihm je irgendwo begegnet zu sein, weder hier noch sonst irgendwo.

An der Wand hängen weitere Fotos. Der Unbekannte im Nadelstreifenanzug und ich auf Liegestühlen, mit dem Rücken zur Kamera, inmitten einer türkisblauen Lagune. Auf einem anderen Foto schläft er mit nacktem Oberkörper – gut gebaut ist er auch noch – und mit Kopfhörern in einer Hängematte.

Dann wieder ich in einem eng anliegenden Abendkleid, über das ganze Gesicht strahlend, in der Hand eine Art Pokal oder Trophäe, schwer zu sagen. Meine Augen leuchten. Und, o mein Gott, auf diesem Foto sind sie blau … ich hab doch immer davon geträumt, blaue Augen zu haben wie Laetitia.

Minutenlang laufe ich durch die Wohnung, durchquere alle Räume, öffne Schränke, einmal, zweimal, rufe vergeblich nach allen Menschen, die mir einfallen, von meinen besten Freundinnen bis hin zu Leuten, die ich kaum kenne. Auf die erste Panik folgt echte Angst.

Ich weiß nicht, wo ich bin, ich bin ich, aber irgendwie auch wieder nicht. Offensichtlich bin ich mit einem Typen verheiratet, den ich nicht einmal kenne, zu dem mein Körper sich jedoch hingezogen zu fühlen scheint … Als wäre mein Geist in einen neuen Körper umgezogen, ohne dass Letzterer irgendetwas bemerkt hätte. Das würde auch erklären, wieso ich noch halb schlafend zielstrebig in die Küche gegangen bin. Aber es erklärt nicht, was an diesem unheimlichen Ort vor sich geht!

Weil ich mich nicht einmal traue, mich auf das Sofa zu setzen, sinke ich mitten im Wohnzimmer zu Boden und schließe die Augen.

Und da, nach ein paar Sekunden, höre ich Justine Julliards samtweiche Stimme durch meinen Kopf hallen.

»Stellen Sie sich vor, jemand gibt Ihnen die Möglichkeit, die Zeitachse zu teilen …«

Nein, das kann nicht sein …

»Stellen Sie sich vor, wir hätten die Möglichkeit herauszufinden, wie unser Leben verlaufen wäre, wenn wir an einem gewissen Punkt eine andere Entscheidung getroffen hätten.«

Die Radiosendung gestern Abend … Der Gast, dieser Schriftsteller … Mein Erwachen in dieser Wohnung … Das ist unmöglich.

Es ist ein Roman, nur ein ganz banaler Roman, geschrieben von einem Typen, dessen Mutter die Tante der Schwägerin der Cousine des Schwagers der Mutter von Guillaume Musso ist oder so ähnlich.

Wie immer, wenn ich mich fürchte, führe ich die Hand an meine Narbe, die von dem Unfall, die, die mich an Moune erinnert, und stelle fest, dass auch sie nicht mehr da ist.

Kapitel 19

Eine Schwierigkeit in einer fremden Wohnung, die dennoch die eigene zu sein scheint, besteht darin, seine Sachen wiederzufinden. Seit geraumer Zeit suche ich mein Handy. Normalerweise lasse ich es immer in meiner Handtasche, und ich kann mich über Nacht doch nicht so verändert haben, dass ich es auf einmal woandershin räume. Also eigentlich ganz simpel, sollte man meinen. Nur leider muss ich meine Tasche erst mal finden.

In dieser Wohnung liegt offensichtlich nichts herum. Kein Vergleich zu dem Chaos, das ich mit Claudia bewohne, und meine Füße finden diesen neuen Zustand gar nicht mal so schlecht. Allerdings hat mein Chaos System, und wenn ich das Haus verlassen möchte, muss ich nur zwei, drei Dinge hochheben, und schon finde ich meine Schlüssel, meinen Schal oder auch die letzte Mahnung für die Wasserrechnung.

Hier aber finde ich nichts. Langsam frage ich mich, ob ich überhaupt Sachen habe. Wozu hat man eine so große

Wohnung, wenn man sie nicht mit einem Haufen ebenso nutzloser wie unverzichtbarer Dinge füllt?

Nach zwanzig Minuten und mindestens ebenso vielen geöffneten Schränken finde ich endlich eine Handtasche. In Anbetracht der Einrichtung hätte ich eine märchenhaft schöne Tasche erwartet, die mich, zumindest für einen Moment, mit dieser surrealen und wirklich beängstigenden Situation versöhnt hätte –, aber weit gefehlt. Diese hier ist eher von der schlichten Sorte. Schönes schwarzes Leder, nette Form, doch wahrhaftig nichts Besonderes. Und danach habe ich so lange gesucht!

Es liegt ein Handy drin. Das muss meines sein. Rasch durchsuche ich das Verzeichnis nach Audreys Nummer – ohne Erfolg.

In diesem Leben speichere ich die Nummern meiner Freunde offenbar nicht ab. Zum Glück kenne ich sie auswendig. Nach dem zweiten Klingeln geht Audrey ran.

»Hallo?«

»Audrey, ich bin's. Hör zu, du wirst mich für verrückt erklären, aber ich bin gerade in einer fantastischen Wohnung aufgewacht, die anscheinend mir gehört, nach den Fotos an den Wänden zu urteilen, nur kann ich mich an absolut nichts erinnern. Offenbar bin ich verheiratet, sogar mit einem ziemlich süßen Typen, aber frag mich nicht, wie er heißt, ich hab nicht die geringste Ahnung. Ach ja, und schlanker bin ich auch, und ich habe eine andere Frisur. Ich bin gestern in meiner Wohnung eingeschlafen, also in meiner richtigen Wohnung, nicht in der, in der ich heute Morgen aufgewacht bin. Wobei die mir wohl irgendwie auch gehört. Kannst du mir folgen?«

Ich lasse ihr keine Zeit zu antworten, sondern fahre fort.

»Ich hab ein paar Aufsätze korrigiert, ein bisschen Radio gehört, dann bin ich eingeschlafen und zack!, als ich heute Morgen aufgewacht bin, war ich in der vierten Dimension, und das alles nur wegen Marty McFly. Die Zeitachse hat sich geteilt. Nur dass ich überhaupt nicht weiß, wo sie sich geteilt hat. Vielleicht heiße ich nicht mal mehr Maxine, wer weiß. Jedenfalls ist es der reinste Horror, und ich begreife nicht, was los ist. Du musst mir helfen. Du musst mir sagen, wer ich bin! Ja, ich weiß, das klingt alles total verrückt, aber glaub mir, ich bin kurz davor durchzudrehen.«

Keine Antwort.

»Audrey, bist du da? Sag doch was. Langsam werde ich hysterisch.«

»Was soll das Ganze? Ist das eine neue Masche?«

»Bitte?«

Das ist Audreys Stimme am anderen Ende der Leitung, ich bin mir ganz sicher. Ich habe mich nicht verwählt.

»Versuchen Sie, neue Anhänger für Ihre Sekte zu werben? Ich hab nämlich langsam die Nase voll von den ganzen Anrufen, jeden Tag dieselbe Leier. So eine Geschichte hab ich allerdings noch nicht gehört. Oder versuchen Sie mir gerade einen Staubsauger anzudrehen?«

»Was redest du denn da, Audrey? Was hab ich mit

Staubsaugern am Hut? Mir ist gerade wirklich nicht nach Scherzen zumute. Ich bin's, Maxine!«

»Tut mir leid, ich kenne keine Maxine.«

»Aber Audrey, ich …«

Das Tuten des Telefons schneidet mir das Wort ab. Audrey hat aufgelegt.

»Das ist ein Albtraum! Ich muss unbedingt aufwachen!«, schreie ich beinahe.

Ich stürze in mein Zimmer zurück, werfe mich aufs Bett und ziehe mir die Decke über den Kopf. Ich mache die Augen fest zu und murmele beschwörend wie eine Zauberformel: »Ich werde aufwachen, ich werde aufwachen«.

Ich warte ein paar Minuten, bis die Erinnerung an das unerfreuliche Gespräch mit Audrey allmählich verblasst und mein Herzschlag sich wieder normalisiert.

Langsam öffne ich wieder die Augen und luge unter der Decke hervor. Immer noch dieselbe schicke Einrichtung. Und immer noch genau so fremd.

In meiner Panik und Verzweiflung beginne ich mit den Füßen zu strampeln wie ein kleines Mädchen, das einen Wutanfall hat. Trete in die Matratze, immer schneller, immer fester. Dann fange ich an zu schreien.

Ich höre kaum das Klingeln des Handys, das in meinem Ausbruch tief unter die Decke gerutscht ist. Jemand ruft mich an. Das muss Audrey sein. Um mir zu sagen, dass alles nur ein Scherz war, dass sie sich köstlich amüsiert hat, als sie mir weismachen wollte, dass sie mich nicht kennt. Und dann werden wir mit Samya essen gehen. Sie werden mir helfen, Licht ins Dunkel zu bringen und diese verrückte Geschichte aufzuklären.

Ich flehe stumm, dass die Mailbox nicht anspringt, und tauche blitzschnell unter die Decke, um das Telefon hervorzukramen.

»Hallo, Audrey?«

»Audrey? Welche Audrey? Ich bin's, Emma. Falls du es vergessen hast: Wir haben seit zwanzig Minuten ein Meeting, wir warten hier alle auf dich. Wo steckst du? Du weißt doch, dass Geduld nicht gerade zu den Kernkompetenzen des Chefs gehört. Ich hoffe, du hast einen guten Grund! Außerdem waren die Einschaltquoten gestern eher bescheiden, auch wenn du großartig warst. Offenbar zieht Literatur bei unseren Hörern nicht so gut wie die rührselige Geschichte von dem dreibeinigen Hund, der Kilometer zurückgelegt hat, um sein Frauchen wiederzufinden.«

»Äh … Wer ist da bitte?«

Kapitel 20

»Was soll das heißen, wer ist da bitte? Ich bin's, Emma! Deine Assistentin. Die Frau, die seit vier Jahren beinah zwanzig Stunden am Tag an deiner Seite ist und für dich schuftet. Machst du Witze? Wenn Ja, ist das nicht sehr lustig, Maxine …«

Die erste Information ist beruhigend, ich heiße immer noch Maxine. Die zweite allerdings ist ziemlich verstörend: Ich habe eine Assistentin. Was für eine Assistentin? Ich habe nicht den blassesten Schimmer. Aber ganz gleich was für eine Art von Assistentin sie auch ist, ihre tiefe Stimme wirkt sympathisch.

Inzwischen ist am anderen Ende der Leitung Emma, die ich mir jetzt rothaarig mit Dutt und kleiner runder Brille vorstelle, in ihrem Monolog fortgefahren.

»… Jeff ist auf hundertachtzig, die Zuhörerzahlen zum Saisonauftakt nach der Sommerpause heute Morgen sind eingebrochen und RTL schneidet zur Sendezeit 21.30 Uhr bis Mitternacht besser ab als wir. Er hat sich schon sämtliche Fingernägel abgekaut. Und du weißt, was das heißt!«

»Jeff? Die Zuhörer? Tut mir leid, ich weiß, dass Ihnen das sonderbar erscheinen muss, aber ich habe keine Ahnung, wovon Sie reden.«

»Wie, du hast keine Ahnung? Hast du dein Gedächtnis verloren, oder was?«

Gedächtnisverlust, genau, das ist eine gute Idee. Denn wenn ich ihr jetzt damit komme, dass sich die Zeitachse geteilt hat, lande ich auf direktem Weg in der Psychiatrie. Akute *»Zurück in die Zukunft«*-Guckeritis. Die Frau arbeitet mit mir, also mit meinem parallelen Ich: Sie wird mir sagen können, wer ich bin, und vielleicht findet sich dann eine Erklärung für diese ganze Geschichte und alles bekommt einen Sinn.

Amnesie, Amnesie, denk nach, Maxine! Was könnte ich vorschieben, was erklären würde, weshalb ich mich an nichts erinnere?

»Ich glaube, ich bin heute Morgen in der Dusche ausgerutscht und gefallen …«

Sehr gut, eine hervorragende Idee.

»Du bist gefallen? Hast du dich verletzt?«

»Ich glaube nicht. Als ich vor einer Stunde die Augen aufgemacht habe, lag ich auf dem Boden im Badezimmer. An das, was davor geschehen ist, kann ich mich nicht erinnern. Totales Blackout.«

»Aber du bist bei dir, oder? Ich meine, weißt du, wo du bist?«, fragt mich Emma, und ihre Stimme ist jetzt eine Oktave höher geklettert.

»Ja, ich bin bei mir. Glaube ich zumindest, den Fotos an den Wänden nach zu urteilen.«

»Rühr dich nicht vom Fleck, ich bin so schnell wie möglich bei dir«, verabschiedet sie sich und legt auf.

Als ich mich aufs Sofa setze, um auf diese Emma zu warten, die ich nicht kenne, frage ich mich, wie alt sie wohl sein mag. Dreißig? Vierzig? Mittlerweile bin ich mir doch nicht mehr sicher, dass sie rothaarig ist. Sie hört sich nicht an wie eine Rothaarige. Vermutlich ist sie eher blond oder brünett. Aber eigentlich habe ich überhaupt keine Ahnung.

Ich versuche, die wenigen Informationen zu ordnen, die ich im Laufe des Gesprächs von ihr bekommen habe. Sie hat von Zuhörern und von RTL gesprochen, die besser sind als wir. Ich arbeite also beim Radio.

»Gut kombiniert, Watson«, beglückwünsche ich mich laut.

Fragt sich nur, bei welchem Sender. Für Scotland Yard reicht's noch nicht.

Ich bin auf dem Sofa eingeschlafen, als es endlich an der Tür klingelt. Ein Blick aufs Handy zeigt: Es ist zwei Uhr durch. Wenn das so schnell wie möglich ist, wie lange braucht sie dann, wenn sie sich Zeit lässt? Wahrscheinlich lange genug, um Bruce Willis wieder Haare wachsen zu lassen.

»Ah, Gott sei Dank, dir geht es gut!«, seufzt sie, als sie wie ein Wirbelwind hereingefegt kommt.

Sie stellt ihre riesige Tasche auf dem Sofa ab und schließt mich rasch in die Arme. Angesichts meines verdutzten Gesichts beruhigt sie sich etwas.

»Du erkennst mich wirklich nicht, was?«

Die Frau vor mir ist groß und sehr schlank, hat kurze dunkle (wusst ich's doch!) Haare und ist geschmackvoll gekleidet: weiße Bluse, dunkelblaue Jeans und breiter, brauner Samtgürtel. Dazu trägt sie kamelfarbene Lederstiefeletten mit hohen Absätzen. Ich bin mir sicher, dass ich sie noch nie gesehen habe.

»Es tut mir leid …«

»Aber das ist ja furchtbar, Maxine! Was machen wir nun mit den Sendungen? Das ist wirklich der denkbar schlechteste Zeitpunkt. Erinnerst du dich an irgendetwas, oder hast du alles vergessen?«

Ich kann ihr natürlich nicht sagen, dass ich mich sehr gut an mein Leben erinnere, nur dass es nicht das Leben ist, von dem sie spricht.

»Ich … Ich weiß nicht mal mehr, wie der Typ da heißt«, sage ich und zeige auf mein Hochzeitsfoto.

»Jasper? Du hast vergessen, wie dein Mann heißt?«

»Schlimmer noch. Ich wusste nicht mal mehr, dass ich verheiratet bin.«

»Dann ist es wirklich ernst.«

»Warum?«

»Weil er neben der Arbeit das Wichtigste für dich ist. Du bist verrückt nach ihm. Wie kannst du ihn vergessen haben?«

Ich lasse mir ein paar Sekunden Zeit, um im Stillen den Namen des Mannes auszusprechen, mit dem ich seit etwa drei Stunden mein Leben teile. Jasper. Komischer Name …

»Du hast doch niemandem was gesagt?«, erkundige ich mich.

»Nein, du hast mich gebeten, es für mich zu behalten, also habe ich es getan. Auch wenn ich nicht verstehe, warum.«

»Ich möchte niemanden beunruhigen. Wenn ich Glück habe, ist es nur vorübergehend, und in ein paar Stunden ist alles wieder wie vorher.«

»Das will ich hoffen! Ich habe Jeff gesagt, dass du mit vierzig Grad Fieber im Bett liegst.«

»Das gibt uns etwas Zeit.«

»Ja, bis morgen früh um acht.«

»Ach … so wenig?«

»Mehr war ohne weitere Erklärungen nicht drin. Ich würde vorschlagen, du lässt dich von einem Arzt untersuchen. Vielleicht bringen ja Medikamente oder ein paar Elektroschocks deine Erinnerung zurück.«

Ich bin schon auf dem Weg zur Tür, als sie hinter mir hüstelt.

»Maxine?«

»Ja?«

»Du bist im Negligé.«

Ich sehe an mir herunter: Tatsächlich, ich habe mich noch gar nicht angezogen.

»Du bist ja wirklich total neben der Spur. Langsam mach ich mir ernsthaft Sorgen.«

Ich bin noch viel mehr neben der Spur, als du dir vorstellen kannst. Sehr viel mehr. Ich nehme Kurs auf mein Schlafzimmer, um dort etwas zum Anziehen zu suchen, halte jedoch auf halbem Weg inne und drehe mich zu Emma um. Irgendetwas stimmt nicht. Abgesehen von allem anderen, natürlich.

»Sag mal, nennst du mich immer Maxine?«, frage ich sie.

»Ja, warum? Das ist schließlich dein Name.«

»Das weiß ich. Seltsamerweise habe ich meinen Namen nicht vergessen. Aber nennst du mich nie Max?«

»Nein. Du hasst diese Abkürzung.«

Verrückt. Seit Jahren sagen alle Max zu mir. Warum sollte das plötzlich nicht mehr so sein? Ist hier denn wirklich alles anders?

Kapitel 21

In der Praxis des Neurologen, der zu meiner großen Enttäuschung überhaupt keine Ähnlichkeit mit Doctor Shepherd aus *Grey's Anatomy* hat, warte ich auf die Untersuchungsergebnisse. Emma war unglaublich effizient: zwei aus dem Taxi getätigte Anrufe, und schon hatten wir die nötigen Termine. Fast möchte ich sie bitten, mir einen Termin beim Augenarzt zu machen, nur um zu sehen, ob sie auch das kann.

»Also, Madame Varram, wissen Sie, welches Jahr wir haben?«

Ich zucke nicht zusammen, als er meinen Familiennamen sagt, denn ich habe vorhin schon gehört, wie Emma ihn am Telefon genannt hat. Monsieur und Madame Varram. Maxine Varram, das klingt nicht schlecht. Besser als Maxine Pallaud.

»Madame Varram?«

»Äh, ja, Pardon, ich bin ein bisschen durcheinander, was sagten Sie?«

»Können Sie mir sagen, welches Jahr wir haben?«

»2017.«

»Sehr gut. Und können Sie mir auch sagen, wie der Präsident der Republik heißt?«

»Emmanuel Macron«, antworte ich strahlend.

Ich liebe Quiz.

»Perfekt.«

Es hat sich also nicht alles verändert, was für eine Erleichterung! Ich war schon darauf gefasst gewesen, dass unser Präsident Biff Tannen heißt. Jawohl, denn wenn man schon Marty McFly ist, dann richtig. Aber auch wenn mein Leben nicht mehr dasselbe ist, so hat das, was sich für mich verändert hat, wenigstens keine Auswirkungen auf das Universum. Ich bin erleichtert, ja, aber auch ein bisschen beleidigt.

»Nächste Frage!«, rufe ich begeistert.

Der Neurologe scheint das nicht witzig zu finden. Eine gut gelaunte Amnesie-Patientin, das gehört sich offenbar nicht. Ich reiße mich zusammen und gebe mir Mühe, mich der Situation angemessen zu verhalten.

»Ihre Untersuchungsergebnisse sind hervorragend. Ich kann auf dem MRT nichts Ungewöhnliches erkennen, und auch die neurologischen Untersuchungen geben keinen Anlass zur Sorge. Offenbar ist Ihr allgemeines Erinnerungsvermögen durch den Sturz nicht beeinträchtigt worden. Sie sagen also, als Sie das Bewusstsein zurückerlangt haben, konnten Sie sich an nichts erinnern?«

»Genau.«

Ich überlege, ob ich ihm die Wahrheit sagen soll.

»Offenbar handelt es sich um eine partielle Amnesie

infolge des Sturzes. Aber ich muss schon sagen, es ist doch ein bisschen merkwürdig.«

Erneut studiert er die Bilder, die Stirn vor lauter Grübeln und Unverständnis in Falten gelegt.

»Doktor?«

»Ja?«

»Alles, was hier gesprochen wird, bleibt doch unter uns, nicht wahr?«

»Natürlich. Ich unterliege der ärztlichen Schweigepflicht.«

»Sehr gut.«

Ich hole tief Luft, dann formuliere ich ganz leise meine Frage.

»Hatten Sie schon mal Patienten, die in einem Parallelleben aufgewacht sind?«

»Verzeihen Sie, ich habe Sie nicht richtig verstanden. Ein Parallelleben haben Sie gesagt, habe ich das richtig gehört?«

»Genau. Sie zum Beispiel sind ja Neurologe.«

»Richtig.«

»Stellen Sie sich vor, Sie wachen morgen auf und stellen fest, dass Sie gar nicht Neurologe sind, sondern, was weiß ich, Matratzenwärmer oder so. Und für alle anderen, außer für Sie selbst natürlich, waren Sie schon immer Matratzenwärmer und nicht Neurologe.«

»Matratzenwärmer?«

»Genau. Na ja, das ist nur ein Beispiel, vergessen Sie's. Wenn ich Ihnen sage, dass ich mich ganz genau an mein Leben erinnere, aber dass ich heute Morgen einfach in einem anderen Leben aufgewacht bin … Dass ich gestern noch Französischlehrerin an einem Gymnasium in Savannah-sur-Seine und Single war und in einer WG mit einer fanatischen Öko-Aktivistin zusammengewohnt habe und dass ich heute auf einmal beim Radio arbeite, mit einem ziemlich gut aussehenden Mann namens Jasper verheiratet bin und in einer Luxuswohnung lebe, würden Sie mich dann für verrückt halten?«

»Hmm …«

»Hatten Sie schon einmal so einen Fall?«

»Nein. Und zwar deshalb, weil es das nicht gibt.«

Er ist mir ja wirklich eine große Hilfe! Ich sehe ihm zu, wie er zu seinem Schreibtisch geht und ein Rezept ausschreibt. Voller Hoffnung frage ich: »Gibt es eine Behandlung für mich?«

»Ja, Antidepressiva. Morgens, mittags, abends. Drei Monate lang.«

Emma wartet im Wartezimmer auf mich. Sie sieht besorgt aus: »Und? Was hat er gesagt?«

»Die Untersuchungen haben nichts Ungewöhnliches ergeben.«

»Das ist doch eine gute Nachricht. Aber wirst du dein Gedächtnis wiedererlangen?«

»Er weiß es nicht.«

»Wie, er weiß es nicht? Wie viele Jahre hat er studiert, um dir eine solche Prognose zu stellen?«

Ich seufze.

»Es ist bestimmt nur vorübergehend, ich brauche nur etwas Ruhe.«

Ich muss Zeit gewinnen.

»Grob geschätzt würde ich sagen, du hast Zeit bis … morgen Abend. Für heute haben wir noch eine aufgezeichnete Sendung, aber das war's. Also müssen wir morgen live aufzeichnen. Das ist zwar nicht so ideal, aber nun gut. Du bist Profi, das kriegst du schon hin.«

»Ja, bestimmt! Aber Profi in was?«

Watson, mein lieber Watson, ich ahne, dass wir der Sache langsam näherkommen.

»Na ja, Moderation! Du bist Radiojournalistin und Moderatorin, Maxine. Ich nehme mal an, das ist wie Fahrradfahren.«

Radiomoderatorin. Moderatorin. Radio. Modera … Okay, ich hab's verstanden.

Das ist ja wunderbar!

Und beängstigend.

Als sie die Panik in meinem Blick sieht, wird sie ganz sanft.

»Hör zu, ich hab einen Vorschlag: Wir gehen zu dir, und in den nächsten Stunden helfe ich dir, deine Gedächtnislücken zu füllen.«

Hoffentlich reicht das.

Kapitel 22

Es ist ein seltsames Gefühl, wenn man an einem unbekannten Ort genau weiß, wo was ist. Obwohl ich heute Morgen eine Ewigkeit gebraucht habe, um meine Handtasche zu finden, habe ich nach unserer Rückkehr von der Klinik ganz selbstverständlich zwei große Kaffeebecher aus dem Küchenschrank genommen, sofort die Kaffeekapseln gefunden und die Espressomaschine benutzt, auch wenn sie dem Anschein nach wesentlich komplizierter ist als meine – ihr wisst schon: die, die ich normalerweise benutze.

Ich durfte nur nicht nachdenken, und schon hat mein Körper alles ganz instinktiv gemacht, genau wie unmittelbar nach dem Aufstehen. Dissoziation von Körper und Geist, mein Fall dürfte die Psychiatrie begeistern.

Als ich auf dem Sofa sitze, sieht Emma mich merkwürdig an.

»Was ist?«

»Ich weiß nicht … Ich dachte nur gerade, dass es seltsam ist, wie du dich in dieser Wohnung bewegst und

Kaffee machst, als ob nichts wäre, während du nicht mal wusstest, wie dein Mann heißt.«

»Ja, ich muss zugeben, dass mich das auch beunruhigt. Ich habe keinerlei Erinnerung an mich in dieser Umgebung, und doch erscheinen mir manche Dinge vertraut.«

»Bist du sicher, dass du dich an nichts erinnerst? Du nimmst mich nicht zufällig auf den Arm?«

»Aber nein! Ich schwöre dir, dass ich dir nicht mal sagen kann, was ich gestern Abend gemacht habe oder was ich zum Beispiel vor zwei Tagen gegessen habe.«

Jedenfalls in diesem Leben hier …

Wie sollte ich ihr auch sagen, dass ich mich sehr genau daran erinnere, wie ich gestern Abend in meinem Zimmer war und Aufsätze korrigiert habe, in meinem Snoopy-Schlafanzug und mit ein paar Kilo mehr auf den Rippen, damit ich nicht friere. Oder dass ich mit einem Schuheinläufer für Schuhe der Größe 41 und noch dazu Witzeschreiber für Carambar zu Abend gegessen habe. Irgendetwas sagt mir, dass das nicht zu dem Leben meines neuen Ichs passen würde.

»Ein Lachs-Bagel, einen Salat mit Sojasprossen und einen grünen Tee.«

»Was?«

»Das hast du vor zwei Tagen gegessen.«

»Das weißt du noch?«

»Da ich diejenige bin, die dir dein Mittagessen holt, wenn du beim Radio bist, und du fast immer dasselbe bestellst, ist das nicht sehr schwierig.«

Ein Salat mit Sojasprossen? Nicht mal mit einer kleinen Scheibe Cheddar oder Speck? Dünn sein ist ja furchtbar.

Ich trinke einen Schluck Kaffee und unterdrücke eine Grimasse. Kein Zucker, natürlich. Wusste ich's doch, dass vorhin was fehlte. Das hat man nun davon, wenn man alles seinem Instinkt überlässt.

»Also gut, wo fangen wir an?«, fragt Emma, die ohne mit der Wimper zu zucken das widerliche Gebräu trinkt.

Dazu müsste ich wissen, wo die Zeitachse sich geteilt hat, aber leider habe ich nicht die leiseste Ahnung.

»Gehen wir nach Themen vor. Zuerst die Arbeit, dann das Privatleben.«

»Kein Problem«, stimmt Emma zu. »Also, was den Job betrifft: Du bist Journalistin.«

»Und ich arbeite beim Radio.«

»Genau. Für Europe 1.«

Es macht vermutlich keinen besonders seriösen Eindruck, wenn ich »Wow!« schreie und auf dem Couchtisch ein kleines Freudentänzchen aufführe, oder? Nein, wohl eher nicht. Ich begnüge mich mit einem Nicken. Seriös und professionell.

»Und wie lange schon?«

»Vier Jahre. Die ersten drei Jahre hast du in der Sendezeit 16 bis 18 Uhr eine Sendung moderiert, in der du mit Berichterstattern gesprochen hast, sie hieß *Willkommen bei Maxine*. Und seit Anfang des Jahres hast du den Sendeplatz 21 bis 23 Uhr übernommen und hast eine Sendung, die du alleine moderierst und in die du Gäste einlädst. Sie heißt *Im Vertrauen, unter uns*.«

O. Mein. Gott.

Ich bin Justine Julliard. Ich bin Justine Julliard! Kann ich nicht vielleicht doch Beyoncés Choreo zu *Single Ladies* tanzen? Das wär's wirklich wert. Auch ohne Musik.

»Hatte ich gestern einen Autor zu Gast, mit dem ich über seinen ersten Roman gesprochen habe?«

»Ja, genau! Kommt deine Erinnerung endlich zurück?«, fragt Emma mich hoffnungsvoll.

»Nein.«

Emmas Hoffnung bekommt eine kalte Dusche.

»Aber da ist was aufgeblitzt«, sage ich angesichts ihrer Enttäuschung.

Jetzt ist die Dusche lauwarm. Denn Emma ist mir sympathisch.

»Mag ich meinen Job?«

»Ob du deinen Job magst? Dein ganzes Leben kreist um deinen Job, also ich würde sagen: Ja. Natürlich herrscht ein ungeheurer Druck, die Zuhörerquoten, Nachwuchsmoderatorinnen, die es auf deinen Platz abgesehen haben, die stundenlange Vorbereitung für jede Sendung …«

»Und wie lange kennen wir uns?«

»Du hast mich eingestellt, als du bei Europe 1 angefangen hast.«

»Warst du vorher die Assistentin von jemand anders?«

Ich sehe, wie ihre Züge sich verhärten und ihr Lächeln verschwindet.

»Nein. Ich war Mitherausgeberin eines Nachrichtenmagazins. Und ich war verheiratet. Mit dem Direktor des Magazins. Als ich mich scheiden lassen wollte, habe ich meinen Job verloren.«

»Und warum hast du dir nicht bei einem anderen Magazin einen Job gesucht?«

»Ich hab's versucht. Aber mein Ex-Mann hat in der ganzen Branche Beziehungen. Man hat mir die Türen schon vor der Nase zugeschlagen, bevor sie überhaupt aufgehen konnten.«

»Was für ein Mistkerl!«

»So ist es nun mal. Ich wusste, dass er mir Probleme machen würde, wenn ich ihn verlasse.«

»Und warum hast du ihn verlassen?«

Mir ist bewusst, dass ich zu neugierig bin, aber offenbar kennen wir uns ziemlich gut, mit Sicherheit hat sie es mir bereits erzählt.

»Er hat mit seiner Assistentin geschlafen.«

»Ah ...«

Kapitel 23

Ich bin nun etwas schlauer, was mein Berufsleben angeht, auch wenn es mir bei der Vorstellung, dass ich morgen beim Radio antreten und bluffen muss, eiskalt den Rücken runterläuft. Aber vielleicht ist es ja wie mit der Kaffeemaschine, und mein Instinkt hilft mir, da heil rauszukommen. Schließlich schaffe ich es ja auch, vor dreißig Augenpaaren, die die ganze Zeit auf mich gerichtet sind – na ja, mehr oder weniger … –, Unterricht zu machen.

Vielleicht werde ich aber auch starr vor Angst sein und kein Wort herausbringen. Wenn man den Radiomoderatoren so zuhört, wirkt alles ganz einfach, aber etwas sagt mir doch, dass es noch mal etwas ganz anderes ist, wenn man hinter dem Mikrofon steht. Wie auch immer, es hat keinen Sinn, mir jetzt den Kopf darüber zu zerbrechen, ich werde sehen, was passiert, wenn es so weit ist.

Jetzt ist es erst einmal an der Zeit, mich dem zweiten Aspekt meines Lebens zu widmen.

»Und privat? Kannst du mir etwas über … meinen Mann erzählen?«

»Ihr habt gerade euren dritten Hochzeitstag gefeiert. Er hat dich mit einem Kurztrip nach New York überrascht.«

»Ehrlich?«

»Kennst du das Lied, in dem es heißt, ›Es trieft vor Liebe, es ist schön, aber unerträglich‹?«

Emma erinnert mich an Audrey. Auch sie liebt dieses Lied von Anaïs und singt es oft im Blues Pub.

»Weißt du, wie wir uns kennengelernt haben?«

»Das war bei der Feier, bei der du deinen Preis bekommen hast.«

Mein Blick wandert zu dem Foto, das ich heute Morgen betrachtet habe, das, auf dem ich ein enges schwarzes Kleid und blaue Kontaktlinsen trage.

»Jasper ist mit einem Produzenten befreundet, mit dem du mal gearbeitet hast.«

»Arbeitet er auch in der Medienbranche?«

»Oh nein, ganz und gar nicht. Er ist Anwalt bei einer Pariser Kanzlei.«

»Anwalt?«

»Ja, warum?«

»Ich weiß nicht, irgendwie sehe ich mich nicht mit einem Anwalt. Ich hätte eher an einen Schriftsteller oder einen Fernsehmoderator gedacht. Jemanden mit etwas mehr Glamour.«

»Die meisten Fernsehmoderatoren sind schwul, das macht es ein bisschen schwierig«, lacht Emma. »Und die,

die es nicht sind, sind fast alle totale Scheißkerle. Nein, glaub mir, Anwalt ist wesentlich besser. Und ihr zwei seid sehr verliebt. Das springt einem sofort ins Auge, wenn man euch zusammen sieht.«

»Er war heute Morgen gar nicht da, als ich wach geworden bin …«

»Wie, als du wach geworden bist?«

Bravo, Maxine. Nur zur Erinnerung, du hast dein Gedächtnis verloren!

»Ich meine, als ich im Badezimmer wieder zu mir gekommen bin, war niemand da, also nehme ich an, dass er heute Morgen nicht zu Hause war …«

Emma sieht mich ein paar Sekunden lang an, ich spüre, dass sie überlegt, wie sie reagieren soll, dann fährt sie fort: »Er ist gerade nicht in Paris. Du hast mir erzählt, dass er für ein paar Tage nach London musste. Er hat mit einem seiner Partner einen Fall von internationaler Reichweite übernommen. Es geht um eine Betrugsaffäre oder so, ich hab's nicht richtig verstanden.«

»Wir sehen uns wohl nicht oft, oder?«

»Sagen wir, ihr seht euch weniger als das Durchschnittspaar. Das ist eben der Nachteil, wenn man eine Abendsendung moderiert. Du kommst spät nach Hause, und er geht früh aus dem Haus …«

»Aber wir lieben uns?«

»Heiß und innig«, erwidert sie lächelnd. »Das wirst du sehr bald selbst feststellen können. Du hast mir gestern gesagt, dass er heute Abend zurückkommt.«

»Heute Abend?!« Ich verschlucke mich fast an meinem

bitteren und mittlerweile kalten Kaffee. »Wie soll ich das machen, ich erinnere mich doch gar nicht an ihn!«

Höchstens an diese angenehme Wärme, die sich jedes Mal in meinem Körper ausbreitet, wenn die Rede auf ihn kommt und die ich mir nicht erklären kann …

»Sag ihm einfach die Wahrheit, das wird er doch verstehen.«

Da wäre ich mir nicht so sicher … Hallo, Jasper, ich bin gar keine Radiomoderatorin, sondern Französischlehrerin. Das kommt wohl eher nicht so gut an.

»Vielleicht hilft es deinem Gedächtnis auf die Sprünge, wenn du ihn siehst«, fährt Emma fort. »Und außerdem, vergiss nicht, dass du morgen zum Sender musst, es wäre also wirklich großartig, wenn deine Erinnerung bis dahin zurückkehren würde.«

Ich denke einen Moment nach, dann entschließe ich mich, die Frage auszusprechen, die mir seit Beginn des Gesprächs auf der Zunge liegt.

»Hör mal, Emma, du scheinst ja eine Menge über mich zu wissen …«

»Natürlich, wir verbringen schließlich jeden Tag viele Stunden miteinander, da erzählst du mir eine Menge Dinge. Und davon abgesehen bin ich nicht nur deine Assistentin, sondern auch ein bisschen so etwas wie deine beste Freundin.«

Unvermittelt sieht sie auf ihre Uhr.

»Verdammt, ich hab gar nicht gemerkt, wie die Zeit vergangen ist. Ist es okay, wenn ich dich jetzt alleine lasse? Ich muss meinen Sohn um sechs abholen.«

»Ja, natürlich, keine Sorge. Ich hab eh schon deinen ganzen Tag über den Haufen geworfen. Danke, übrigens.«

»Kein Problem, dafür bin ich doch da. Ich komm dich morgen früh um acht abholen, dann sind wir vor den anderen da und können die Sendung für morgen Abend vorbereiten.«

Sie steht auf und nimmt ihre Handtasche.

»Ah, was ich noch sagen wollte: Vielleicht hilft es dir, wenn du dir inzwischen ein paar deiner Sendungen anhörst. Selbst wenn das deine Erinnerung nicht zurückbringt, vielleicht kommt dir ja die ein oder andere Idee für die Sendung morgen.«

»Ach ja richtig, die Sendung …«

»Keine Sorge. Das ist wie Fahrradfahren, das verlernt man nicht …«

Emma hat eine echte Fixierung aufs Fahrradfahren.

Ob jetzt wohl der richtige Zeitpunkt ist, ihr zu sagen, dass ich beim letzten Mal, als ich aufs Rad gestiegen bin, so dämlich gegen den Bordstein geprallt und gestürzt bin, dass ich drei Wochen lang einen Gips tragen musste?

Nein, das tue ich ihr lieber nicht an.

Kapitel 24

Nachdem Emma gegangen ist, beginnen die vielen Informationen, mit denen sie mich versorgt hat, in mir zu arbeiten. Ich bin Journalistin, ich moderiere eine Radiosendung und habe sogar einen Preis bekommen. Unglaublich. Total aufregend. Und auch total verstörend.

Ich wandere langsam durch die Wohnung, meine Wohnung. Die Panik von heute Morgen hat sich gelegt. Zwar weiß ich immer noch nicht, wie und warum ich hierhergeraten bin, noch ob es nur vorübergehend oder dauerhaft ist; aber ich weiß jetzt ungefähr, wer ich in diesem Leben bin und beschließe, mich auf die einzigen Gewissheiten zu stützen.

Ich fahre mit der Hand über jedes einzelne Möbelstück, beeindruckt von der Qualität. Sie sind geschmackvoll in der Wohnung verteilt, und das Ergebnis, zugleich gemütlich und elegant, gefällt mir sehr. Die schweren Vorhänge in warmem Orangegelb, die die beiden Fensterfronten rahmen, lassen den Raum unglaublich hell wirken.

Ich frage mich, wer von uns beiden wohl diese Wohnung eingerichtet hat, ich oder mein Mann, Jasper, dessen Namen ich laut vor mich hin sage, um mich an seinen Klang zu gewöhnen. Vielleicht haben wir auch einen Innenarchitekten beauftragt, vermutlich macht man das in unseren Kreisen so.

Vor den Fenstern entdecke ich eine Terrasse, die ich bislang noch nicht bemerkt hatte. Sie ist riesig. Unter einem ausladenden cremefarbenen Sonnenschirm stehen zwei weiße Plastikliegestühle mit dicken und scheinbar weichen grauen Auflagen. Etwas weiter eine Gartensitzgruppe, bestehend aus einem großen rechteckigen Holztisch und acht Stühlen, auch diese von einem Sonnenschirm im gleichen Orangegelb wie die Vorhänge überspannt. Begrenzt wird die Terrasse von Kübeln mit Grünpflanzen, die ich nicht einmal benennen könnte. Und hinten rechts in der Ecke steht etwas, das aussieht wie ein … Unfassbar … Ein Jacuzzi! Meine Schwester wird begeistert sein, ständig liegt sie mir damit in den Ohren, dass sie sich einen einbauen lassen möchte.

Meine Neugier ist geweckt. Ich schlage den Weg zum Schlafzimmer ein. Auf dem Bett liegt noch immer die zusammengerollte Decke und stört das Gesamtbild. Schnell ziehe ich sie gerade.

Dann sehe ich mich um, finde aber nicht, wonach ich suche. Frustriert will ich das Zimmer schon verlassen, als ich neben dem Spiegel, aus dem mir heute Morgen mein neues Ich entgegengesehen hat, eine Schiebetür bemerke. Wie alles im Raum weiß lackiert und ohne Griff, war sie meiner Aufmerksamkeit entgangen.

Ich nähere mich und schiebe sie beiseite. Mein Lächeln wird breiter, und ich kann einen Schrei der Überraschung und Freude nicht unterdrücken. Ein Ankleideraum, fast so groß wie das Schlafzimmer, und vom Boden bis zur Decke mit Regalen und Schubladen versehen. Links Jaspers Hemden und Anzüge, rechts meine Klamotten. Viele, sehr viele Klamotten. Blusen, Röcke, Kleider, Abendgarderobe. Und gegenüber, an der hinteren Wand, Regale mit Schuhen. Schuhe in allen Formen und Farben. Ich komme mir vor wie Toni Collette in dem Film *In den Schuhen meiner Schwester*.

Ich trete näher, um alles genauer in Augenschein zu nehmen. Die Sachen sind wunderschön. Ich linse auf die Etiketten: Größe 36. Also habe ich zwei Kleidergrößen abgenommen. In einer Nacht. Das ist mal eine effiziente Diät! Ich denke jetzt lieber nicht an die ganzen Sprossensalate, die ich in diesem Leben wohl habe essen müssen, um dieses Resultat zu erzielen.

Ich greife nach einem Paar mandelgrüner Pumps und schlüpfe hinein. Die Absätze sind etwas hoch, aber offensichtlich ist mein Körper an hohe Schuhe gewöhnt, denn ich kann problemlos darin gehen. Wenn Samya und Audrey mich sehen könnten, sie würden ihren Augen nicht trauen.

Vorsichtig öffne ich nacheinander jede einzelne der tausend Schubladen. Schmuck, Schals, Krawatten, Socken, Manschettenknöpfe … Aber nicht eine einzige Handtasche. Lediglich ein, zwei Stoffbeutel für den Strand. Das überrascht mich. Und, ehrlich gesagt, es enttäuscht mich. Da habe ich Berge von Klamotten und fantastische Schuhe, aber keine passenden Handtaschen. Nicht mal ein lächerliches Louis-Vuitton-Täschchen.

Ich wähle einen Bleistiftrock und ein Oberteil aus, das farblich zu meinen Pumps passt, ziehe alles an und verlasse das Ankleidezimmer, um das Resultat im Spiegel zu begutachten. Ich betrachte mich von allen Seiten. Der Rock sitzt perfekt. Nichts kneift, keine Speckröllchen quellen hervor wie bei Bridget Jones.

Juchzend hüpfe ich auf der Stelle und springe dann wie ein junges Reh ins Wohnzimmer. Ich habe eine fantastische Wohnung, einen Traumkörper, einen schmucken Ehemann, in den ich offenbar verliebt bin und der mich ebenfalls liebt, ich habe einen tollen Job, in dem man mich schätzt und in dem ich Anerkennung bekomme …

Jetzt ist doch wirklich mal ein Carlton-Dance angebracht. In meinem Wohnzimmer schwinge ich beim Gedanken an mein neues Leben fünf Minuten lang die Hüften, ohne Musik und total albern.

Samya und Audrey müssen unbedingt dieses Ankleidezimmer sehen. Sie müssen …

Schlagartig fällt meine Euphorie von mir ab. Ich höre auf zu tanzen und stelle mich darauf ein, dass ich erst mal wieder zu Atem kommen muss. Aber nein. Meine Kondition scheint ziemlich gut zu sein. Ich schnappe mir meine Handtasche, die ich, als ich von der Klinik zurückgekommen bin, im Eingang habe liegen lassen, und eile hinaus. Dann mache ich mich auf den Weg nach Savannah-sur-Seine.

Kapitel 25

Im Blues Pub ist noch nicht viel los. Es ist Samstag, und aus Erfahrung weiß ich, dass sich die Kneipe erst ab 18 Uhr allmählich zu füllen beginnt.

Mein Gespräch mit Emma hat mich dazu gebracht, eins und eins zusammenzuzählen.

Wenn ich Journalistin bin, habe ich nicht auf Lehramt studiert, um Französischlehrerin zu werden, folglich habe ich auch nicht am Lycée U. Grant unterrichtet. Ich bin also Samya und Audrey nie begegnet, was das Gespräch heute morgen mit Audrey erklären würde, die mich nicht zu kennen schien.

Die ganze Fahrt über, am Steuer des blitzblanken schwarzen Cabrios, dessen Schlüssel ich in meiner Handtasche gefunden habe, grübele ich darüber nach.

So, wie man im Moment des Sterbens angeblich sein ganzes Leben an sich vorbeiziehen sieht, blitzen Bilder vor mir auf, unsere gemeinsamen Abende, unser Gelächter, unsere Verabredungen zum Pseudo-Joggen. All die Zeit, die wir drei in den letzten Jahren gemeinsam verbracht haben und in der sie mir so ans Herz gewachsen sind, als wären sie Familie.

Ich muss daran denken, wie verzweifelt Samya war, als Gilles sie verlassen hat und wie traurig ich ihretwegen war.

Ich sollte mir keine Illusionen über unsere Freundschaft hier in diesem Leben machen, sondern muss den Tatsachen ins Auge blicken.

Vielleicht ist es ja möglich, diese Freundschaft neu entstehen zu lassen, in diesem Leben ebenso gute Freundinnen zu werden wie in dem anderen.

Nervös nippe ich an meinem Cocktail, in der Erwartung, sie jeden Moment hereinkommen zu sehen.

Als die Tür aufgeht, zieht sich mein Herz zusammen, aber es sind nicht meine Freundinnen, sondern ein junges Paar, das zu den Stammgästen des Blues Pub gehört. Nachdem sie sich neben mich gesetzt haben, sieht das Mädchen aus dem Augenwinkel verstohlen zu mir herüber und flüstert ihrem Freund etwas zu, der mich nun ebenfalls mustert.

Plötzlich fühle ich mich unwohl in meinen Markenklamotten, mit meinem hippen Haarschnitt und dem Wagen vor der Tür, für den eine Lehrerin mindestens zwei Jahresgehälter hinblättern müsste.

»Entschuldigen Sie die Störung, aber sind Sie nicht Maxine Varran? Die Radiomoderatorin?«

Fast hätte ich laut gelacht und geschmeichelt erwidert, dass sie mich wohl verwechseln muss, als es mir wieder einfällt. Tatsächlich bin ich ja die, für die sie mich hält.

»Ja … Das bin ich.«

Das Mädchen lächelt mich an.

»Ich verehre Sie! Ich höre immer Ihre Sendung. Auch, als Sie noch im Nachmittagsprogramm liefen, da habe ich Sie mir abends als Podcast angehört. Sie sind so natürlich und spontan. Machen Sie bitte so weiter, bleiben Sie, wie Sie sind.«

Etwas verlegen wegen dieser Unterhaltung, auf die ich nicht vorbereitet war, bedanke ich mich und signiere ihr das Notizbuch, das sie mir hinhält. Ich fühle mich wie eine Hochstaplerin. Für sie und für alle anderen bin ich Radiomoderatorin. Aber in Wirklichkeit …

Vertrautes Gelächter lässt mich den Kopf drehen. Von mir unbemerkt, haben sie die Bar betreten. Sie sind zu dritt. Audrey, Samya und eine junge Frau, die ich nicht kenne. Sie setzen sich an unseren Tisch. Ich beobachte sie so diskret wie möglich. Sie bestellen Mojitos, und als Steeve die Getränke bringt, wirft Audrey ihm schmachtende Blicke zu.

Für einen Sekundenbruchteil begegnet Samyas Blick dem meinen, ich wende mich schnell ab, damit sie nicht denkt, dass ich sie anstarre. Als ich mich traue, wieder hinzusehen, unterhält sich Samya angeregt mit der dritten Frau. Die, die in diesem Leben anscheinend meinen Platz einnimmt.

Während der nächsten zwei Stunden nehmen sie keinerlei Notiz von mir. Sie sind genauso, wie ich sie gestern noch erlebt habe. Sie sind fröhlich und unbeschwert und necken einander liebevoll.

Es tut weh, sie so direkt vor mir zu sehen. Einen Augenblick lang bin ich versucht, aufzustehen und zu ihnen hinüberzugehen. Aber was sollte ich sagen? Hallo, ich bin Maxine, und irgendetwas sagt mir, dass wir uns total gut verstehen würden?

Wir sind uns noch nie begegnet, haben keine gemeinsame Geschichte, und wenn es stimmt, was Emma mir über mein Leben erzählt hat, haben wir nicht mehr viel gemeinsam. Ich denke an meine Luxuswohnung, an mein Ankleidezimmer, in das ihre Apartments beinah komplett hineinpassen würden, daran, dass mich vor ein paar Minuten eine junge Frau um ein Autogramm gebeten hat ...

Und selbst wenn das alles keine Bedeutung hätte: Ich habe ein Trio vor mir, und so wie ich Samya und Audrey kenne, ist es mit Sicherheit ebenso solide wie das, das wir drei gebildet haben. Was sollten sie mit einer vierten Karaoke-Verrückten anfangen?

Es hat keinen Sinn, noch länger zu bleiben. Ich stehe auf, bezahle meine Getränke und setze meine Sonnenbrille auf, um die Tränen zu verbergen, die mir in die Augen steigen und die ich nicht werde zurückhalten können.

Auf der Rückfahrt zu meinem neuen Zuhause, zu diesem Leben, das ich mir jahrelang erträumt habe und das in vielerlei Hinsicht wirklich aufregend ist, versuche ich, unter meinem alten Leben einen Schlussstrich zu ziehen. Habe ich denn überhaupt eine andere Wahl, als Maxine Varram zu sein, Moderatorin auf Europe 1?

Schließlich ist das jetzt meine Welt. Und zwar die einzige. Auch wenn mir seit diesem Ausflug in den Blues Pub schwer ums Herz geworden ist, muss ich nach vorn blicken. Morgen werde ich eine Radiosendung moderieren. Morgen werde ich endlich tun, wovon ich immer geträumt habe.

In der Tiefgarage bemerke ich beim Einparken einen Wagen, der vorher noch nicht da war. Mir läuft ein Schauer über den Rücken. Unmöglich zu sagen, ob aus Freude oder aus Angst. Wie er wohl ist? Nett? Witzig? Wird er mich küssen wollen? Natürlich wird er mich küssen wollen, wir sind verheiratet! Was soll ich tun? Und was, wenn er … Egal, mir wird schon eine Ausrede einfallen.

In diesem widersprüchlichen und nicht sehr angenehmen Zustand öffne ich die Wohnungstür.

Mein Mann sitzt auf dem Sofa. Als er mich sieht, hellt sich sein Gesicht auf, er steht auf, kommt auf mich zu und schließt mich zärtlich in die Arme. Er riecht gut, und er hat einen muskulösen Oberkörper. Ich schließe die Augen, in meinem Bauch flattert ein Schwarm Schmetterlinge auf. Blöde Dissoziation von Körper und Geist.

»Du hast mir gefehlt, Liebling«, flüstert er mir ins Ohr.

Kapitel 26

Ich lasse unsere Umarmung möglichst lange andauern. Wenn er mich loslässt, werde ich wieder mit meiner Geschichte vom Gedächtnisverlust aufwarten müssen, wie bei Emma. Da ich nicht wissen kann, wie er reagiert, befürchte ich vor allem, dass er mir jede Menge Fragen stellt.

»Ich habe gestern Abend deine Sendung gehört«, sagt er, nachdem er sich wieder aufs Sofa gesetzt hat. »Das Buch von dem Typen, den ihr eingeladen habt, muss ich unbedingt mal lesen. Ich musste mir sofort vorstellen, wie mein Leben jetzt wäre, wenn ich meiner Leidenschaft gefolgt und nicht Anwalt, sondern Profimusiker geworden wäre.«

Siehst du, Samya, denke ich, *ich bin nicht die Einzige, die sich solche Fragen stellt*. Ich sehe Jasper genauer an, natürlich darauf bedacht, nicht allzu aufdringlich zu wirken. Er ist nicht perfekt, aber er wirkt ungemein charmant und hat eine unbestreitbare Ausstrahlung. Sein offenes Lächeln lässt mich Vertrauen schöpfen.

»Möchtest du was trinken?«, frage ich ihn.

»Gute Idee. Wie wär's mit einem Glas Wein? Und wollen wir dann Sushi bestellen?«

Ich nicke und folge ihm mit dem Blick, als er aufsteht, um zu einem Schrank in der Küche zu gehen. Ich sehe, wie er kurz zögert und dann eine Flasche herausnimmt.

»Ein Vouvray, einverstanden?«

»Perfekt.«

Natürlich habe ich keine Ahnung, was ein Vouvray ist, in meinem ganzen bisherigen Leben habe ich maximal drei Gläser Wein getrunken. Das letzte mit Germain, und das hat einen bitteren Nachgeschmack hinterlassen. Für mich ist Rum das einzig Wahre.

Jasper kommt mit zwei gefüllten Gläsern zurück und setzt sich wieder neben mich.

»Auf uns«, sagt er und schenkt mir dabei einen Blick, der vor Sinnlichkeit nur so trieft und der in mir, seitens eines Fremden, unter normalen Umständen Unbehagen auslösen würde, doch stattdessen wird mir seltsam warm. Sehr warm.

Ich nehme einen Schluck Wein. Er schmeckt unerwartet gut, ich muss den Mädels davon erzählen, denke ich, als mir wieder siedend heiß einfällt, dass es keine Mädels mehr gibt. Meine plötzliche Traurigkeit muss mir ins Gesicht geschrieben stehen, denn Jasper fragt: »Alles in Ordnung, Liebling? Du siehst aus, als wäre irgendwas passiert.«

Das ist der Moment. Los, Maxine, das ist wie mit einem Pflaster, man muss es in einem Ruck abreißen.

»Ich muss dir etwas sagen …«

»Sag nicht, du bist schwanger!«, fällt er mir schroff ins Wort.

Mit einem Mal ist die Sinnlichkeit wie weggeblasen und macht einem unguten Gefühl Platz. Wut, vielleicht. Ich weiche zurück.

»Äh, nein …«

Es sei denn, ich habe vor der Teilung der Zeitachse mit dem Witzeschreiber für Carambar geschlafen, was ich stark bezweifle. Diese Reaktion hätte ich von ihm nicht erwartet. Ich würde gern nachhaken, aber er lässt mir nicht die Zeit dazu.

»Dann raus mit der Sprache. Was ist los?«

»Heute Morgen bin ich im Bad ausgerutscht und muss mir beim Sturz den Kopf gestoßen haben, jedenfalls konnte ich mich, als ich wieder zu mir gekommen bin, an nichts mehr erinnern.«

Na bitte, das Pflaster ist ab. Etwas brutal, aber effektiv.

Jasper sieht mich zweifelnd an, er scheint nicht zu begreifen, was ich gerade gesagt habe.

»Kannst du das noch mal wiederholen?«

»Ich leide unter einer vorübergehenden Amnesie. Es ist nichts Schlimmes. Emma ist mit mir heute Nachmittag zum Arzt gefahren, und dieser Möchtegern-Doktor-Shepherd hat mich untersucht und gesagt, dass es nichts Ernstes ist und sich alles schnell wieder normalisiert.«

»Amnesie?«

»Ja …«

»Aber … Wie äußert sich das?«

Seine Wut ist jetzt vollständig der Sorge gewichen. Er rutscht näher an mich heran und nimmt meine Hand.

»Ich konnte mich nur noch an meinen Namen erinnern, an nichts sonst. Als Emma anrief, weil ich nicht beim Sender erschienen bin, wusste ich nicht, wer sie ist und warum sie auf mich wartet.«

»Das ist ja furchtbar … Aber du … erinnerst dich an mich?«

»Nein.«

»Ah …«

Er wirkt aufrichtig betroffen.

»Es tut mir leid. Aber der Arzt hat gesagt, dass es mit Sicherheit nur vorübergehend ist. In ein paar Tagen ist meine Erinnerung bestimmt wieder da.«

Er nimmt mich in seine Arme, ganz sanft, als fürchte er, ich könnte zerbrechen. Dann streichelt er mir zärtlich über den Rücken. Ein wohliger Schauer durchrieselt meinen Körper. Instinktiv bekomme ich Lust auf ihn, gleich hier, auf dem Sofa …

»Hat der Arzt gesagt, was dir helfen kann, dich zu erinnern?«

»Ja. Mir etwas über mich zu erzählen, mir Fotos zu zeigen, so was in der Art …«

Das hab ich wohl mal in einem Film gesehen. Außerdem könnte ich auf diese Weise mehr über das Leben hier erfahren.

Während ich darauf warte, was seine Hand als Nächstes tut, kann ich für nichts garantieren.

Der Abend ist weit fortgeschritten, als Jasper mir ein Fotoalbum reicht.

»Das hast du angefangen, als wir uns kennengelernt haben«, erklärt er.

Ich setze mich im Schneidersitz aufs Sofa und lege das Album auf den Schoß, versuche, mir meine Aufregung nicht allzu sehr anmerken zu lassen. Das eigene Leben in Bildern zu entdecken – so was erlebt man nicht alle Tage. Jasper schenkt sich ein Glas Wein nach. Ich spüre, dass er mich beobachtet, irritiert von der Situation. Während des Abendessens hat er mir von unserem Leben erzählt, davon, wie wir uns begegnet sind, beinah fiebrig und auf meine Reaktionen lauernd, als hoffe er bei jeder Information, dass sie etwas in mir auslösen würde. Mich überfällt Mitleid, aber ich kann ihm unmöglich die Wahrheit sagen. Er würde mich für verrückt erklären.

»Sind wir das?«, rufe ich, als mein Blick auf das Foto eines im Profil aufgenommenen Paares in Badebekleidung fällt.

»Ja, das sind wir. Das war unser erster Urlaub, in der Dominikanischen Republik.«

»Ich sehe ja super aus!«, entfährt es mir.

Das Bild muss gegen Ende des Urlaubs gemacht worden sein, denn ich bin braun gebrannt. Und vor allem schlank. Ich, die ich mich nie getraut habe, einen Bikini anzuziehen, kann das Modell, das ich auf dem Bild trage, blau mit weißen Tupfen, gar nicht genug bewundern.

Jasper lacht amüsiert.

»Was ist denn jetzt so lustig?«

»Deine Reaktion. Man könnte fast meinen, du hättest die Frau auf dem Foto noch nie gesehen.«

Wie kann ich ihm klarmachen, dass genau das der Fall ist? Schnell blättere ich weiter, auf der Suche nach den Fotos, die mich am meisten interessieren: unsere Hochzeitsfotos.

Tatsächlich gibt es davon nur wenige. Ich finde das Foto, das gerahmt an der Wand hängt, und erneut gerate ich völlig aus dem Häuschen wegen meines Brautkleids.

»Du sahst so schön aus in dem Kleid. Obwohl ich ja anfangs nicht so begeistert davon war zu heiraten, war ich so stolz und glücklich, dein Mann zu werden.«

Auf den folgenden Fotos erkenne ich Emma, sie sieht großartig aus in ihrem lavendelfarbenen Etuikleid. Es gibt auch ein Bild, auf dem ich mit meinem Bruder und meiner Schwester posiere. Es fühlt sich an, als hätte ich sie seit Wochen nicht gesehen. Sofort macht sich in mir eine unerklärliche Sehnsucht nach ihnen bemerkbar.

»Waren viele Leute auf unserer Hochzeit?«

»Nein, du wolltest keine große Hochzeit, und mir war das auch ganz recht. Nur unsere Familien und die engsten Freunde. Ungefähr sechzig Personen. Es war ein sehr schöner Tag.«

Wieder betrachte ich die Fotos, und mich überkommt Traurigkeit, weil ich nichts dabei empfinde. All diese Menschen, die ich nicht kenne, und dieses Bild von mir, das sich so sehr von der unterscheidet, die ich bin. Oder die ich war. Ich blicke da selbst nicht ganz durch.

Plötzlich fühle ich mich unwohl, und ich klappe das Album zu.

»Stimmt etwas nicht, Liebling?«, fragt Jasper.

»Vielleicht war das doch keine so gute Idee.«

»Kommt deine Erinnerung nicht zurück?«

»Nein … Es ist unverändert. Ich … Es war ein langer Tag, ich bin ein bisschen müde. Stört es dich, wenn ich schlafen gehe?«

»Natürlich nicht. Vielleicht fühlst du dich besser, wenn du dich einmal richtig ausschläfst.«

Er wirkt so voller Hoffnung, dass es mir fast leidtut, diese Geschichte mit der Amnesie erfunden zu haben. Aber wie soll ich ihm sagen, dass die Frau, die er liebt und die er geheiratet hat, nicht mehr dieselbe ist?

Kapitel 27

Es ist ein merkwürdiges Gefühl, als ich erwache und Jaspers Arme auf mir spüre. Der Mann, von dessen Existenz ich erst gestern Morgen erfahren habe, den ich gestern Abend zum ersten Mal gesehen habe und der mir vertraut und fremd zugleich ist. Ich habe mich an ihn gekuschelt, und ehrlich gesagt empfinde ich weder Scham noch Unbehagen. Ich fühle mich … unglaublich gut.

»Gut geschlafen, Liebling?«, fragt er, als ich ein Stück von ihm wegrücke, um ihn zu betrachten.

»Hast du nicht geschlafen?«

Ich hatte gehofft, ich könnte ihn heimlich beobachten, aber das war wohl nichts.

»Nein. Du weißt doch, dass ich nie viel schlafe. Na ja, also …«

»Ich nehme an, ich sollte es wissen.«

»Das ist alles ein bisschen viel für mich. Tut mir leid, wenn ich zu viel Druck mache oder genervt wirke. Es ist nur … du bist so wie immer und doch irgendwie anders.«

»Ach ja?«, frage ich neugierig und setze mich im Bett auf. »Und woran machst du das fest?«

»Genau das versuche ich herauszufinden, seit ich wach bin. Dein Gesichtsausdruck, dein Blick, deine Art zu lächeln oder dich zu setzen, ich weiß nicht, alles ist ein bisschen anders.«

»Meine Art mich zu setzen?«

»Ja. Gestern zum Beispiel, als du das Fotoalbum genommen hast, hast du dich im Schneidersitz aufs Sofa gesetzt. Wenn ich jetzt darüber nachdenke, glaube ich, dass ich dich noch nie im Schneidersitz gesehen habe.«

»Ah. Und … ist das schlimm?«

»Nein«, sagt er und streicht mir zärtlich eine Haarsträhne aus dem Gesicht. »Natürlich nicht. Es ist nur verwirrend, wenn eine Person, die du gut zu kennen glaubst, sich plötzlich anders verhält, anders redet.«

Er robbt nah an mich heran und beginnt ohne Vorwarnung, meinen Hals zu küssen. Ich schließe die Augen, und mein Körper wird zu Wachs. Ich lasse ihn gewähren und erst, als seine Hand auf meinem Oberschenkel unter mein Nachthemd wandert, mache ich einen Rückzieher.

»Es tut mir leid, aber ich kann nicht.«

Nicht, dass ich keine Lust hätte. Und sofort schreit mein Körper mir seinen Frust entgegen, aber mein Kopf weigert sich, mit einem Typen zu schlafen, von dem er nichts weiß.

»Entschuldige, ich dachte, vielleicht … Ich wollte dich nicht überrumpeln«, flüstert er mit unglücklichem Gesicht.

»Ich verstehe. Weißt du, für mich ist die Situation auch nicht leicht. Wahrscheinlich brauche ich einfach nur etwas Zeit. Ich verspreche dir, dass alles wieder in Ordnung kommt«, sage ich und küsse ihn sanft auf seine warmen und weichen Lippen.

Jasper ist bereits zur Arbeit gefahren, als nicht einmal eine halbe Stunde später Emma klingelt. Wir haben uns am Vorabend darauf geeinigt, dass sie mich abholt. Da ich nicht weiß, wie ich zum Radiosender komme, wollte ich auf Nummer sicher gehen.

»Du hast dich ja richtig in Schale geschmissen«, ruft sie, als sie mich in meiner Aufmachung sieht.

Nach langem Zögern und nachdem ich mich mindestens ein Dutzend Mal umgezogen habe, habe ich mich für eine schwarze Satinhose im Karottenschnitt und eine weiße Bluse mit Schleife entschieden, dazu eine lange Kette mit schwarzen Perlen und ein passendes Armband.

»Findest du das zu viel? In meinem Ankleidezimmer sind so viele Klamotten, ich konnte mich gar nicht entscheiden.«

»In unserem Team kleiden wir uns eher leger, aber das geht schon. Du siehst jedenfalls toll aus.«

Ich lächle ihr zu und merke, wie sich meine Wangen vor Freude röten.

»Ich hoffe, du bist dazu gekommen, dir ein paar deiner Sendungen anzuhören«, sagt sie.

»Ja. Gestern Abend im Bett hab ich ein paar durchlaufen lassen. Jasper musste sowieso noch eine Akte durcharbeiten.«

Um nicht zu eingebildet zu klingen, behalte ich für mich, dass ich mich unglaublich gut fand. Aber genau das ist der Fall. Und noch verlockender wäre es, Emma zu gestehen, dass diese Maxine, die ich mir gestern angehört habe, ich bin, aber auch wieder nicht.

»Perfekt! Ich bin sicher, dass alles gut gehen wird. Und, wie ist es mit Jasper gelaufen?«

»Es war ein bisschen seltsam. Er findet, ich bin anders. Findest du das auch?«

»Ja, etwas. Ganz minimal, aber stimmt, da sind klitzekleine Veränderungen. Ich nehme an, das ist normal. Wenn du nicht mehr weißt, wer du bist …«

Abermals überkommt mich der Wunsch, ihr zu sagen, dass ich sehr wohl weiß, wer ich bin, nämlich eine Französischlehrerin an einem Gymnasium, aber ich kann mich gerade noch beherrschen.

»Wir müssen los«, ermahnt sie mich. »Wir haben noch eine Menge zu tun, bevor wir aufzeichnen.«

»Was war noch mal das Thema?«

»Wie man mit dem Verlust einer nahestehenden Person umgeht.«

Das ist wenigstens mal ein Thema, bei dem ich nicht so tun muss, als ob, denke ich erleichtert.

Kapitel 28

»Maxine, in zehn Sekunden bist du dran«, verkündet der Regisseur über Kopfhörer.

Wie schaffen Moderatoren es, sich an die Dinger zu gewöhnen? Ich will mich andauernd kratzen.

Seit wir das Aufnahmestudio betreten haben, komme ich gegen die Aufregung nicht mehr an. Ich, Maxine, vor ein paar Stunden noch Französischlehrerin in Savannah-sur-Seine, bin heute auf einmal Star-Moderatorin auf Europe 1. Ich habe kurz ein paar Worte mit meinem Gast gewechselt – schon wenn ich das Wort »Gast« ausspreche, möchte ich in Freudengeheul ausbrechen –, ehe ich mich eingerichtet habe.

Vor mir liegen all die Notizen bereit, die ich angefertigt habe. Emma hat mich gebrieft, wie alles ablaufen wird. Jetzt sitzt sie auf der anderen Seite der Scheibe und wirft mir ermutigende Blicke zu. Sie ist ein echter Profi. Und ich bin empört über die Ungerechtigkeit ihrer Situation. Wenn ich es mir genau überlege, sollte eigentlich sie jetzt vor diesem Mikrofon sitzen.

Der Regisseur gibt mir das Zeichen, es geht los.

»Guten Abend und herzlich willkommen bei *Im Vertrauen, unter uns*. Schön, dass Sie wieder eingeschaltet haben. In der nächsten halben Stunde sprechen wir über ein Thema, das uns früher oder später alle betrifft: den Verlust eines uns nahestehenden Menschen. Diskutieren Sie mit, ich freue ich mich auf Ihre Anrufe.«

Der Jingle der Sendung startet. Ich atme durch und stelle fest, dass man am Hintern schwitzen kann. Meine Hose ist nass. Satin und Stress sind keine gute Kombination. Emma schenkt mir ein breites Lächeln, was bedeutet, dass ich mich bisher gut geschlagen habe.

»Als heutigen Gast unserer Sendung begrüße ich Madame Vladimir, klinische Psychologin, die soeben ein Buch mit dem Titel *Trauern für Dummies* veröffentlicht hat, erschienen im Verlag Chimel Falon.«

»Guten Abend. Danke, dass Sie mir die Gelegenheit geben, über ein so schwieriges Thema zu sprechen.«

»Wir versuchen unseren Zuhörerinnen und Zuhörern ein möglichst breites Spektrum an Themen zu bieten. Können Sie kurz umreißen, worum es in Ihrem Buch geht?«

»In meiner Praxis habe ich oft mit Menschen zu tun, die einen Angehörigen, eine nahestehende Person verloren haben. Irgendwann bin ich auf die Idee gekommen, dass man ihnen ein leicht verständliches Buch an die Hand geben müsste, das ihnen hilft, ihre Gefühle besser zu begreifen und sich zu vergegenwärtigen, wo sie in ihrem Trauerprozess stehen.«

»Was genau verstehen Sie darunter?«

»Nun, Trauer ist letztendlich ein stark kodifizierter Prozess, der sich über mehrere Phasen erstreckt. Diese sind immer gleich. Mit meinem Buch möchte ich deutlich machen, dass es beispielsweise etwas völlig Natürliches ist, Wut auf den Verstorbenen zu empfinden. Wut gehört zu Phase drei im Trauerprozess, sie folgt auf die Phase des Nicht-Wahrhaben-Wollens und die Phase der Schuldgefühle. Wenn ich Wut empfinde, bedeutet das, dass ich in meiner Trauerarbeit Fortschritte mache, dass ich auf dem Weg der Heilung bin.«

»Und was kommt nach der Wut?«

»Traurigkeit. Freilich erfinde ich mit meinem Buch das Rad nicht neu, es sind schon zahlreiche Bücher zum Thema Trauerbewältigung geschrieben worden. Aber ich habe nach einem konkreteren Ansatz gesucht, der von den Emotionen der Betroffenen ausgeht: ›Ich fühle das und das, wo stehe ich in meinem Trauerprozess?‹ Deshalb habe ich das Buch rund um Stichwörter aufgebaut. Es muss also nicht von vorne bis hinten am Stück durchgelesen werden, man kann gezielt den Abschnitt auswählen, der die eigenen derzeitigen Gefühle am besten beschreibt.«

»Richtig, ich wollte den Hörern gerade sagen, dass genau darin die Stärke Ihres Buches liegt. Der Gedanke ist mir beim Lesen sofort gekommen.«

Natürlich sage ich nicht, dass ich das Buch heute Morgen zum ersten Mal gesehen habe.

»Und um Ihnen nichts vorzuenthalten, lassen Sie mich hinzufügen, dass ich bei der Lektüre daran denken musste, wie ich mich nach dem Tod meiner Großmutter vor drei Jahren gefühlt habe.«

Als ich mir gestern Abend die Aufzeichnungen meiner Sendungen angehört habe, ist mir aufgefallen, wie distanziert ich bin. Nicht ein einziges Mal habe ich eine Parallele zu meinem Privatleben gezogen. Dabei lässt sich sicher genauso eine echte Beziehung zu den Zuhörerinnen und Zuhörern aufbauen, nämlich indem man ihnen das Gefühl gibt, die Moderatorin zu kennen. Dass ich in einer Sendung über Unfälle im Haushalt nicht von meinem Bruder erzählt habe, der einmal den Fön in das gefüllte Waschbecken halten wollte, um das Wasser anzuwärmen, kam mir wirklich merkwürdig vor. Und ich habe mir gedacht, dass da noch Luft nach oben ist.

Als ich mit meinem Gast über Moune rede, ist Emma sichtlich irritiert. Ich habe ihr nichts von meinem Eindruck, dass ich zu unpersönlich bin, erzählt, aus Angst, sie würde mich vielleicht davon abhalten wollen, über mich zu sprechen.

»Wir machen jetzt eine kleine Werbeunterbrechung, nach der Pause werden wir uns mit unseren Zuhörern unterhalten.«

Während des Werbeblocks gibt der Regieassistent mir ein paar Informationen zu den Anrufern in der Warteschleife. Ich würde mich gern mit Emma besprechen, die noch immer angespannt wirkt, aber mein Kopfhörer flüstert mir bereits zu, dass ich in zehn Sekunden wieder auf Sendung bin.

»Willkommen zurück bei *Im Vertrauen, unter uns*. Zu

Gast heute ist Madame Vladimir, wir sprechen über den Verlust eines nahestehenden Menschen. In der Leitung ist jetzt unsere erste Anruferin, die uns ihre Erfahrung schildern wird. Guten Abend, Molly.«

»Guten Abend.«

»Molly, Sie haben Ihre beste Freundin verloren?«

»Ja. Meine Freundin ist mit nicht einmal dreißig Jahren an Krebs gestorben. Wir waren seit meinem sechsten Lebensjahr befreundet. Sie fehlt mir jeden Tag.«

»Ich kann mir gut vorstellen, wie schwer das für Sie gewesen sein muss. Da Sie uns heute anrufen, möchten Sie uns sicher erzählen, wie es Ihnen gelungen ist, über diesen Verlust hinwegzukommen.«

»Richtig. Marie, so hieß meine Freundin, wusste, dass sie sterben würde, und kurz vor ihrem Tod hat sie mir das Versprechen abgenommen, für sie zu leben, das Leben in vollen Zügen zu genießen. Nach der Beerdigung habe ich auf einmal einen Umschlag mit zwölf Briefen bekommen. Sie stammten von ihr, sie bat mich darin, Dinge zu tun, die sie immer hatte tun wollen, für die ihr jedoch keine Zeit mehr geblieben war.«

»Ihre Geschichte erinnert mich an einen Film.«

Außerdem ist sie mir noch aus einem anderen Grund vertraut, aber es dauert ein paar Minuten, ehe es mir wieder einfällt. Diese Frau muss die Ex-Freundin von Germain sein![7]

7 Wenn ihr jetzt nicht neugierig geworden seid und Lust bekommen habt *Versprich mir zu lieben* zu lesen, dann weiß ich's auch nicht …

»Ja, die Idee ist ihr gekommen, nachdem wir uns zusammen *P. S. Ich liebe dich* angeschaut hatten.«

»Was haben Sie empfunden, als Sie plötzlich diese Briefe erhalten haben?«

»Eigentlich hat es mich gar nicht so sehr überrascht. Aber meine Freunde und meine Familie hatten anfangs Schwierigkeiten, damit umzugehen. Sie fanden es etwas makaber. Aber mir hat es sehr geholfen, mit meiner Trauer klarzukommen. Jetzt, nach einem Jahr, bin ich ihr dankbar dafür. Es war ihr Geschenk an mich. Sie hat mir auf diese Weise geholfen, ohne sie weiterzuleben.«

»Vielen Dank für Ihren Anruf, Molly.«

Im weiteren Verlauf der Sendung spreche ich abwechselnd mit meinem Gast und mit den Anrufern. Allmählich entspanne ich mich, und als sich die Sendung dem Ende neigt, fühle ich mich pudelwohl.

»Ganz herzlichen Dank an Madame Vladimir, dass sie in unserer Sendung dabei war, zur Erinnerung hier noch einmal der Titel ihres Buches: *Trauern für Dummies. Er ist von mir gegangen, warum bin ich wütend?,* erschienen im Verlag Chimel Falon. Ich bedanke mich bei allen Anruferinnen und Anrufern, die sich zu diesem schwierigen Thema zu Wort gemeldet haben. Passen Sie auf sich auf. Wir hören uns morgen mit einem sehr viel leichteren Thema wieder: *Zeig mir, wie du lachst, und ich sag dir, wer du bist.*«

Der Jingle der Sendung ertönt, und ich nehme den Kopfhörer ab, glücklich, alles so gut überstanden zu haben. Ich bedanke mich noch einmal überschwänglich bei

Madame Vladimir, und wir reden noch ein paar Minuten über Moune. Als ich schließlich im Studio allein bin, packe ich meine Sachen zusammen und suche mit dem Blick Emma. Sie sitzt immer noch auf der anderen Seite der Scheibe. Ich gehe zu ihr.

»Und? Wie war ich? Meinst du, die Hörer haben irgendetwas bemerkt?«

»Du … Du warst perfekt. Niemand wird etwas aufgefallen sein. Aber, Maxine …«

»Aber was?«

Ich ahne, dass sie mir Vorwürfe machen will, weil ich über private Dinge gesprochen habe, und ich lege mir schon mal ein paar Argumente zurecht.

»Bist du sicher, dass du an Gedächtnisverlust leidest?«

»Ja … Warum?«

»Als du vorhin von deiner Großmutter gesprochen hast …«

»Ich weiß, ich weiß. Normalerweise rede ich nicht über mein Privatleben, aber als ich mir gestern die Aufzeichnungen angehört habe, habe ich mir gedacht, dass es vielleicht gerade …«

»Das ist nicht das Problem, Maxine. Aber Moune … deine Großmutter … ist nicht tot.«

Kapitel 29

Ich fühle mich, als würde man mir den Boden unter den Füßen wegziehen.

»Bitte?«

»Du hast offenbar nicht nur Dinge vergessen, du erfindest auch neue dazu. Du hast gesagt, deine Großmutter wäre tot, aber sie ist quicklebendig!«

»Bist du … Bist du sicher?«, frage ich, und meine Augen füllen sich mit Tränen.

»So sicher, wie du mir jetzt hier gegenüberstehst. Vor zwei Monaten warst du noch mit ihr essen. Du hast sie ins Restaurant eingeladen.«

Ich lege die Hand auf den Mund, um den Schrei zu unterdrücken, der sich gerade aus meiner Kehle lösen möchte.

»Das … Das ist nicht möglich …«

»Maxine, alles in Ordnung? Du bist auf einmal so blass. Du solltest dich hinsetzen. Hast du wirklich gedacht, Moune wäre tot?«, fährt sie fort, nachdem sie mich im Studio auf einen Stuhl gesetzt hat.

Natürlich, schließlich erinnere ich mich noch ganz genau an ihre Beerdigung, als wäre sie erst gestern gewesen. Aber das kann ich Emma ja nicht sagen. Ich bin sicher, dass sie in meinem echten Leben gestorben ist, aber in diesem hier … Meine Großmutter, die ich bei einem Autounfall getötet habe, lebt hier also noch?

Mechanisch führe ich die Hand an meine Narbe, ziehe sie jedoch sofort wieder zurück. Seltsamerweise habe ich mir diese Frage gestern gar nicht gestellt, als ich entdeckt habe, dass die Narbe nicht mehr da ist. Schließlich hätte es dafür viele Gründe geben können, angefangen bei dem naheliegendsten: Schönheitschirurgie. Es war einfach zu vieles neu für mich. Auf die Idee, dass ich keine Narbe habe, weil es keinen Unfall gegeben hat, bin ich gar nicht gekommen. Oder dass Moune folglich an jenem Abend nicht gestorben ist.

Dabei hätte ich nur eins und eins zusammenzählen müssen. Ich bin nicht Lehrerin geworden, ich bin Samya und Audrey nie begegnet. Also bin ich auch nicht mit Moune zu Audreys Bühnenpremiere gefahren.

Moune lebt.

Kapitel 30

Ich weiß nicht, wie ich nach Hause gekommen bin. Oder wie ich es geschafft habe, mich abzuschminken, meine Sachen auszuziehen, mich ins Bett zu legen. Meine Großmutter Moune, die ich so sehr geliebt habe, die ich so sehr liebe, lebt.

Zum Glück hat Jasper bereits geschlafen. Ich weiß nicht, ob ich auch nur zur banalsten Unterhaltung in der Lage gewesen wäre.

Gestern war es schon zu spät, um noch zu ihr zu fahren, aber heute Morgen habe ich mich gleich nach einem schnellen Kaffee auf den Weg gemacht. Doch jetzt, da ich vor Mounes Tür geparkt habe, nachdem ich die ganze Nacht auf diesen Moment gewartet habe, schaffe ich es plötzlich nicht, auszusteigen.

Was, wenn das alles nur ein schlechter Witz ist? Dieses Leben als Radiomoderatorin ist schon so surreal, dass sich seit gestern durchaus wieder alles verändert haben kann.

Nachdem ich ein paar Minuten einfach nur dagesessen habe, steige ich schließlich langsam aus und gehe zum

Haus. Ich hole tief Luft und drücke auf die Klingel, während ich versuche, mich mental darauf einzustellen, dass mir eine völlig Fremde die Tür öffnet und mich fragt, was sie für mich tun kann oder mir womöglich gleich mit der Polizei droht. Aber dennoch gelingt es mir nicht, diese verrückte Hoffnung zum Schweigen zu bringen. Und wenn sie wirklich lebt? Wenn man mir dieses Geschenk gemacht hat, damit ich wieder Zeit mit meiner Großmutter verbringen kann? Wenn …

»Ja bitte?«

Die Tür hat sich geöffnet und tatsächlich steht sie vor mir. Sie, die mir seit fast drei Jahren so sehr fehlt. Sie wirkt kaum älter als in meiner Erinnerung. Vielleicht die ein oder andere Falte mehr, vielleicht ist sie auch ein paar Zentimeter kleiner geworden.

Nach der ersten Überraschung tue ich, was im Traum nie möglich war: Ich werfe mich in ihre Arme.

»Moune!«

»Schätzchen, man könnte ja meinen, wir hätten uns seit Monaten nicht gesehen!«

Zwei Jahre, zehn Monate und sechsundzwanzig Tage, um genau zu sein. Ich kann meine Tränen nicht zurückhalten und lasse sie einfach fließen, drücke Moune noch fester an mich.

»Du machst mir Angst. Ist was passiert?«

Natürlich, für sie ist alles ganz normal. Wir waren vor zwei Monaten noch zusammen im Restaurant, hat Emma gesagt. Bestimmt haben wir seitdem auch ab und zu telefoniert.

Aber für mich ist es ein Tsunami der Emotionen. Ich trete einen Schritt zurück, um mir diesen Moment einzuprägen. Für den Fall, dass ich plötzlich aus diesem Traum erwache oder was auch immer.

»Ich … Ich hatte gestern einen harten Tag. Und als ich heute Morgen wach wurde, dachte ich, dass ich jetzt gut ein paar von deinen berühmten Pancakes gebrauchen könnte.«

Sie lacht. Dieses Lachen, zu dem nur sie imstande ist und dessen Klang in meiner Erinnerung bereits zu verblassen begann, sogar in den Erinnerungen, von denen ich vorgeben musste, sie wären verschwunden.

»Pancakes? Du musst ja wirklich einen furchtbaren Tag gehabt haben, wenn du mal nicht an die Kalorien denkst. Ich glaube, das letzte Mal, dass ich dir welche gemacht habe, ist über vier Jahre her.«

Noch etwas, worauf ich offensichtlich verzichtet habe. Ein weiterer Punkt mehr auf der langen Liste meines neuen Lebens.

Aber im Moment genieße ich einfach das Unfassbare. Moune lebt, und das ist alles, was zählt.

Ich folge ihr nach drinnen, und sofort umfangen mich die vertrauten Gerüche. Das Haus ist so, wie es war, als Mama es zum letzten Mal betreten hat, um es auszuräumen. Mama … Ich muss sie unbedingt anrufen und ihr sagen, dass Moune lebt!

Ach nein, ich Dummkopf: In diesem Leben ist Moune nicht gestorben, außer mir hat also niemand diese schreckliche Tragödie erlebt. Langsam schwirrt mir der Kopf.

Bedeutet das, dass meine Eltern nicht nach Kanada ausgewandert sind? Ich verstaue diese Frage in einer Ecke meines Kopfes und verspreche mir, dass ich so bald wie möglich eine Antwort darauf finden werde.

»Bist du sicher, dass du mir nichts verheimlichst, mein Hefeschneckchen?«

Diesen Spitznamen hat sie mir gleich nach meiner Geburt verpasst, weil sie der Ansicht war, dass ich nach Hefeschnecken dufte. Eigentlich habe ich ihn immer gehasst, doch heute klingt er wie Musik in meinen Ohren.

»Ich freue mich, dich zu sehen, Moune. Wirklich.«

»Ich auch. Bei deiner steilen Karriere und deinem Ehemann haben wir ja immer seltener die Gelegenheit. Meine Freundin Suzanne hat mir erzählt, dass ihre Tochter wegen ihrer Arbeit ein Börn Aut hatte! Ich weiß, dass ich mich wiederhole, aber die Familie ist wichtig. Vergiss das nicht. Schließlich werde ich nicht ewig leben, auch wenn ich jeden Morgen brav meine Pillen schlucke, die angeblich dafür sorgen, dass ich hundertzwanzig werde. Gegen jeden gesunden Menschenverstand und gegen mein Bankkonto.«

Sie lacht erneut. Als wäre sie nie von mir gegangen. Ihre Ironie und ihr Humor sind unversehrt.

»Du ahnst gar nicht, wie recht du hast, Moune. Aber jetzt wird alles anders. Du und ich, wir haben eine Menge nachzuholen.«

Sie kann natürlich nicht wissen, was genau ich damit meine, aber sie lächelt mir zu. Ich habe meine Großmutter wieder, und ich gebe sie so schnell nicht her.

»Und wie geht es dir sonst, hast du deine Schwester in der letzten Zeit gesehen?«, fragt sie. »Ihr standet euch so nah.«

Standet? Das Verb in der Vergangenheitsform ist ein neuer Tiefschlag. Nach Samya und Audrey nun also auch noch meine Schwester. Warum bin ich hier so anders? Wann haben die Dinge sich verändert?

Kapitel 31

Als ich nach Hause komme, ist es spät, und ich bin müde, aber ich hatte einen der schönsten Tage meines Lebens.

In der Wohnung duftet es köstlich nach Olivenöl, Tomate, Basilikum und ofenfrischem Brot. Jasper steht am Herd, und der Tisch ist gedeckt. Er hat sich richtig ins Zeug gelegt, es brennen sogar Duftkerzen, und auf der Bar steht ein Strauß wunderschöner Rosen.

»*Penne alla Jasper*!«, verkündet er, als ich zu ihm gehe, um ihn, noch immer ein wenig schüchtern, zu küssen.

»Das trifft sich gut, ich hab einen Riesenhunger«, erwidere ich und schenke ihm mein schönstes Lächeln.

»Freut mich, dich so entspannt zu sehen. Hattest du einen schönen Tag?«

»Und wie! Ich war heute Morgen bei Moune, und sie hat Pancakes gemacht.«

Natürlich sage ich nicht, wie magisch es war, mit meiner Großmutter zu reden, die seit beinah drei Jahren tot ist.

»Pancakes? Ich wusste gar nicht, dass du so was isst …

Du liegst mir ständig damit in den Ohren, dass ich nicht zu viel Öl ins Essen tun soll, wegen deiner Linie.«

»Stimmt, aber – na ja, heute Morgen hatte ich plötzlich Heißhunger auf Pancakes. Und die von Moune habe ich immer geliebt. Außerdem … hat sie mir gefehlt. Ich hatte einfach Lust, sie zu sehen.«

»Warst du nicht letztens noch mit ihr essen?«

»Du weißt doch, dass ich mich an nichts erinnere! Und vor allem möchte ich wirklich gern mal wissen, warum ich meine Großmutter so selten sehe, obwohl sie nur einen Ort weiter wohnt! Findest du das normal?«

Ich bin unwillkürlich lauter geworden. Jasper sieht mich verständnislos an.

»Tut mir leid. Ich wollte nicht wütend werden. Du kannst nichts dafür. Es ist nur, dass ich meine Großmutter liebe und es mich traurig macht, dass wir uns nie sehen.«

»Du hast dein Gedächtnis verloren, und trotzdem erinnerst du dich an sie … Und an *mich* nicht.«

Gut erkannt, Jasper, gut erkannt. Das hatte ich nicht bedacht.

»Der Neurologe hat gesagt, dass eine Amnesie sich in der Regel eher auf das Kurzzeitgedächtnis auswirkt, und nicht auf das Langzeitgedächtnis … Mmh, das sieht ja köstlich aus, was du uns da zauberst.«

Oder wie man geschickt das Thema wechselt. Ich muss wirklich besser aufpassen, was ich sage.

Jasper füllt schweigend unsere Teller, ich nutze die Zeit, um ihm von meinem Tag zu erzählen.

»Ich habe heute beim Radio Florence Foresti kennengelernt! Sie ist ja so was von nett. Und lustig. Ich konnte gar nicht mehr aufhören zu lachen. Das muss ich unbedingt Audrey erzählen, sie ist ein totaler Fan.«

»Audrey?«

Sofort habe ich nur noch einen Wunsch: an einer Penne alla Jasper zu ersticken.

»Ja, Audrey, eine ... Praktikantin, die bei uns arbeitet. Sie ... Sie war heute nicht da. Aber Emma hat mir gesagt, dass sie ein großer Fan von Florence Foresti ist. Deshalb muss ich ihr unbedingt alles erzählen. Und bei dir, wie war dein Tag? Hast du Mörder verteidigt?«

»Ich bin Steueranwalt, Maxine.«

Ich sollte mich wohl lieber aufs Essen konzentrieren. Das wäre wesentlich besser für mich.

Während Jasper den Tisch abräumt und die Küche sauber macht, mache ich es mir auf dem Sofa bequem. Er wollte keine Hilfe, und ich habe nicht insistiert. Auf dem Couchtisch liegt noch immer das Fotoalbum, das ich vor zwei Tagen durchgeblättert habe. Ich nehme es zur Hand, um mir noch einmal die Hochzeitsfotos anzusehen. Jetzt wird mir klar, warum ich nicht darauf gekommen bin, dass Moune noch am Leben sein könnte: Sie ist auf keinem einzigen Bild zu sehen. Was natürlich bei ihrer Fotophobie nicht überraschend ist.

»Hier, Liebling, ich hab dir einen Tee gemacht.« Jasper hält mir eine dampfende Tasse hin.

»Danke, du bist ein Schatz.«

Ich sage ihm lieber nicht, dass ich Tee hasse, das wäre

ein bisschen zu viel für einen Abend. Stattdessen führe ich die Tasse an den Mund. Mmmh, heißes Wasser ohne Geschmack. Ein Traum. Mein Leben für einen Moccacino.

»Jasper?«

»Ja?«

»Ich habe mich gefragt … Vorgestern Abend, als ich meinte, ich müsste dir was sagen. Du … Du hast so komisch reagiert. Wie du mich gefragt hast, ob ich schwanger bin, so … na ja, fast aggressiv.«

»Du hast recht, tut mir leid, meine Reaktion war etwas überzogen. Aber du weißt ja …«

»Nein, ich weiß eben nicht, Jasper.«

Er steht unvermittelt auf und beginnt, nicht vorhandenen Staub von einem Bilderrahmen zu wischen.

»Ich will keine Kinder, Maxine. Ich weiß nicht, ob du auch das vergessen hast, aber ich habe es dir nie verheimlicht. Als wir uns entschieden haben zu heiraten, war es jedenfalls klar – nur wir beide. Und du hast es akzeptiert. Zumindest damals …«

»Aber warum? Ich meine, wir scheinen glücklich zu sein und haben keine Geldprobleme. Mit einem Kind wären wir eine richtige Familie, ich bin sicher …«

»Eine Familie? Mich würde mal interessieren, ob mein Vater auch an die Familie gedacht hat, wenn er mich verprügelt hat, weil ich zu laut gespielt habe, oder wenn er mich zur Strafe in den Schrank gesperrt hat. Meine Familie war eben nicht wie deine, aber auch das hast du offenbar vergessen.«

Verwirrt stehe ich auf, und da mir nicht einfällt, was ich sagen könnte, schmiege ich mich an ihn. Eng umschlungen bleiben wir ein paar Minuten stehen.

»Ich … Ich will einfach nicht so werden wie er, Maxine. Niemals.«

Als ich zu ihm hochsehe, scheint er in finstere Gedanken versunken.

Nachdem Jasper eingeschlafen ist, denke ich noch lange über das nach, was er mir erzählt hat. Es war sichtlich schmerzhaft für ihn, diese Episode seiner Kindheit wieder hervorzuholen, von der er mir offenbar schon erzählt hat. Aber ich musste seine kategorische Weigerung, Vater zu werden, verstehen. Nun will mir das Bild von seinem Vater, der jedes seiner Bauwerke aus Legosteinen zerstörte, nicht mehr aus dem Kopf. Jasper musste dabei zusehen, ohne zu weinen und ohne ein Wort zu sagen, denn sonst hätte sein Vater sich auch an seinen anderen Spielsachen vergriffen, denen, die er nicht wieder hätte aufbauen können.

Schließlich baute er gar nichts mehr und spielte nur noch mit den einzelnen Steinen, und am Ende überhaupt nicht mehr.

So sah sein Leben aus, bis er vierzehn war. Mit kleineren Verschnaufpausen von ein paar Wochen, in denen der Junge, der er war, Hoffnung schöpfte, dass sein Vater sich vielleicht geändert hatte und doch noch anfangen würde, ihn zu lieben. Irgendwann fand seine Mutter die Kraft, den Vater zu verlassen. Sie weckte ihn eines

Nachts und flüchtete mit ihm in ein Frauenhaus. Das Einzige, was er mitnehmen konnte, war ein einzelner roter Legostein, den er, trotz seines Alters, zum Einschlafen stets fest umklammert hielt.

Das war der Beginn einer Odyssee durch verschiedene Frauenhäuser, bis seine Mutter wieder genügend Selbstvertrauen gewonnen hatte und mit ihm in eine kleine Stadt in der Provinz zog, weit fort von dem Ort, an dem er aufgewachsen war.

Damals schwor er sich, niemals Kinder zu bekommen. Und während unseres Gesprächs wiederholte Jasper immer wieder, dass er mir das von Anfang an gesagt und ich es akzeptiert und aus Liebe zu ihm auf Kinder verzichtet hätte. Ja, vielleicht hat die Maxine in diesem Leben das wirklich. Aber für die Maxine, die ich jetzt bin, in diesem Moment, die Maxine, die Kinder liebt, die zu ihren Schülern, auch wenn sie sich oft über sie ärgert, tiefe Zuneigung empfindet, für diese Maxine erscheint das untragbar.

Ich denke an Inès, an ihr Lachen, an ihre Art, ihren Kopf an meine Schulter zu schmiegen, wenn ich sie auf den Arm nehme, was jedes Mal einen kleinen Adrenalinstoß in mir auslöst. Dabei ist sie nicht einmal meine Tochter.

Während Jasper an meiner Seite unruhig schläft, wird mir klar, dass es sinnlos wäre, zu versuchen ihn umzustimmen.

Ich rufe mir in Erinnerung, was ich mir nach meinem Besuch im Blues Pub vorgenommen habe: nach vorn schauen, dieses neue Leben als Chance begreifen.

Es gibt keine Alternative, keinen Ausweg. Dieses Leben wird kinderlos bleiben. Ich muss mich damit abfinden.

Kapitel 32

Ich bin nicht überrascht, als ich am nächsten Morgen allein in unserem Bett aufwache. Ich habe gehört, wie Jasper um fünf aufgestanden ist und keine halbe Stunde später die Wohnung verlassen hat. Ich mache mir Vorwürfe, dass ich ihn gezwungen habe, über seinen Vater zu sprechen. Und das alles nur wegen dieser Parallelwelt, in die ich katapultiert worden bin. Es ist nicht fair ihm gegenüber, dass er die Frau verloren hat, die er kannte.

Ich stehe auf und gehe in die Küche, um mir einen großen Kaffee zu machen. Auf der Bar liegt ein Zettel mit einer Nachricht: »Ich liebe dich. Vergiss das nicht.«

Zärtlich fahre ich mit den Fingern über das Papier. Ich habe keinerlei Zweifel an der Aufrichtigkeit seiner Liebe. Und seltsamerweise habe ich auch keinen Zweifel an der Liebe, die die Maxine von hier für ihn empfindet. Die Wärme, dich mich durchströmt, sobald er mich ansieht, kann nicht täuschen. Ich bin unsterblich in meinen Mann verliebt. So sehr, dass ich auf Kinder verzichtet habe.

Plötzlich habe ich das Bedürfnis, mit jemandem über all das zu sprechen. Mit jemandem, der mich wirklich kennt. Ich verbiete mir, auf mein vorheriges Leben zurückzublicken, in dem es Audrey und Samya gab, und konzentriere mich auf das Leben, das jetzt das meine ist und zu dem sie nicht gehören.

Ein Detail, das gestern beim Radio vage in mir hochgedämmert ist, kommt mir in den Sinn. Ich stehe auf, um meinen Terminkalender aus der Tasche zu holen, blättere durch die Seiten und begreife, was mir zunächst gar nicht aufgefallen war: Ich habe keinen einzigen Zahnarzttermin. Keine Spur von meinem zweiwöchentlichen Plaudertreff mit Laetitia.

Das passt zu dem, was ich über mein neues Leben weiß, ein Leben, in dem der Beruf viel Raum einnimmt, ein Leben, das ich mir mit meinem Mann aufgebaut habe, der kein Familienmensch ist wie ich. Nach unserer Diskussion gestern verstehe ich, warum er sich so bedeckt hält, wenn das Gespräch auf Familie kommt. Er hatte nur seine Mutter, und die ist, wie er mir erzählt hat, vor ein paar Jahren an Krebs gestorben. Vielleicht habe ich mich deshalb von meiner Familie entfernt. Aus Liebe zu ihm. Wieder einmal.

Was leider Mounes Worte bestätigen würde – »ihr standet euch so nah« …

Ich schließe meinen Terminkalender wieder, um die Seite nicht länger ansehen zu müssen, die ich mir anders gewünscht hätte.

Nach einer raschen Dusche ziehe ich die bequemsten Sachen an, die ich in meinem Ankleidezimmer finden kann. Mit Emma bin ich erst am frühen Nachmittag beim Radio verabredet. Genug Zeit also, um in Laetitias Praxis vorbeizuschauen und Antworten zu finden.

»Guten Tag, Madame, was kann ich für Sie tun?«

Ich hatte mich auf einen reservierten Empfang eingestellt, aber dass Anne mich nicht einmal erkennen würde, damit hatte ich nicht gerechnet.

»Äh … Anne, ich bin's. Maxine. Laetitias Schwester.«

Sofort hellt sich ihr Gesicht auf, und ein warmherziges Lächeln erscheint. Der Schraubstock, der mir seit heute Morgen das Herz zusammenpresst, gibt ein wenig nach.

»Sind Sie nicht Moderatorin auf Europe 1?«

Nicht weinen. Nur nicht weinen.

»Sie sind Laetitias Schwester? Das wusste ich gar nicht. Ich höre Sie oft im Radio. Ihre Sendung ist toll.«

Ihre Überraschung beantwortet zumindest eine meiner Fragen. Ich war noch nie hier.

»Könnten Sie meiner Schwester ausrichten, dass ich da bin?«

Während der zwanzig Minuten, die ich im Wartezimmer sitze, frage ich mich abermals, wieso alles so anders geworden ist.

Gut, ich bin Journalistin und nicht Lehrerin, aber es ist doch nur ein anderer Beruf. Und dennoch ist alles, wirklich alles anders. Nicht nur die Menschen um mich herum, sondern auch meine Beziehung zu ihnen. Alles, was für mich wichtig war – wichtig *ist* –, scheint im Sud einer beruflichen Karriere und einer Ehe im goldenen Käfig verwässert zu sein.

»Maxine? Ist etwas passiert?«

Laetitia ist genauso, wie ich sie in Erinnerung habe. Derselbe Haarschnitt, derselbe Look, dieselbe Figur. Ich war darauf gefasst gewesen, auch sie völlig verändert vorzufinden, wäre auch nicht zusammengezuckt, wenn sie mit rot gefärbten Haaren und Tätowierungen am ganzen Körper vor mir aufgetaucht wäre.

»Nein, warum? Ich hatte einfach Lust, meine Schwester zu sehen.«

Sie kann ihre Überraschung nicht verbergen – eine weitere, wenn auch inzwischen überflüssige Bestätigung, dass es in diesem Leben keine zweiwöchentliche Zahnreinigung gibt.

»Heute Morgen hat ein Patient abgesagt, also wenn du willst – ich hab ein paar Minuten Zeit.«

Ich folge ihr durch den Gang in ihr Büro, wo ich auf einem der Stühle Platz nehme und spontan meinem heiß geliebten Zahnarztstuhl nachtrauere.

»Bist du heute nicht beim Radio?«, beginnt sie.

»Doch, aber erst heute Nachmittag. Ich hab ein paar Stunden Zeit und hatte Lust, dich zu besuchen.«

Sie hebt skeptisch die Augenbrauen.

»Ich war gestern auch bei Moune, und sie hat mich daran erinnert, wie wichtig die Familie ist.«

Angesichts ihrer beängstigend unbeweglichen Miene platze ich heraus: »Ich kann es dir leider nicht erklären, und du würdest es mir auch gar nicht glauben, aber ich habe festgestellt, dass ich in letzter Zeit überhaupt nicht mehr ich selbst war, dass ich irgendwie aus den Augen verloren habe, was wirklich zählt. Und jetzt, na ja: Hier bin ich …«

Als wollte ich diesen wirren Satz, der so unvermittelt aus mir herausgebrochen ist, unterstreichen, lächle ich schüchtern, in der Hoffnung auf irgendein ermutigendes Zeichen ihrerseits. Erleichtert sehe ich, wie sich einen Augenblick später ihre Gesichtszüge entspannen.

»Wie geht es Jasper?«

»Gut. Er ist gerade von einer Geschäftsreise ins Ausland zurückgekommen. Und du, hast du in letzter Zeit was von Julien gehört?«

»Ja. Bei ihm scheint alles in Ordnung zu sein. Aber du kennst ihn ja: Wenn es nicht so wäre, würde er es uns sowieso nicht sagen.«

»Wollen wir uns die Woche nicht mal zum Essen treffen, nur wir drei? Du könntest uns dein berühmtes Curry-Hühnchen machen.«

Plötzlich sehne ich mich danach, zusammen mit meinem Bruder und meiner Schwester an einem Tisch zu sitzen. Als wäre es ein tief verwurzeltes Bedürfnis. Ich weiß, dass ich mir vorgenommen habe, nach vorn zu sehen und dieses Leben zu akzeptieren, aber sie sind schließlich meine Geschwister … Da kann es doch nicht verwerflich sein, wenn ich das Band zwischen uns wiederherzustellen versuche, das ja immer da gewesen ist und sich nur etwas gelockert hat.

»Ähem … Das wäre schön, aber falls du es vergessen hast: Julien wohnt tausend Kilometer weit weg. Das ist ein bisschen weit für ein Abendessen.«

Tausend Kilometer?! Wie ist das möglich? Doch nach ein paar Sekunden fällt es mir wie Schuppen von den Augen. Bevor Moune gestorben ist, hatte er davon gesprochen, in den Süden zu ziehen, aber nach dem Unfall war er geblieben, um für mich da zu sein, und hatte schließlich seinen Plan ganz aufgegeben.

Da aber Moune noch lebt, gab es für ihn keinen Grund zu bleiben. Folglich ist er fortgezogen. Logisch.

Es war dieses tragische Ereignis, das uns zusammengeschweißt hat.

Moune ist da, sie lebt, wie sollte ich nicht glücklich sein? Und dennoch ist es eine bittere Erkenntnis, dass Laetitia, Julien und ich es offenbar nicht hinbekommen, einander ebenso zu lieben.

»Ach ja, natürlich, bin ich blöd. Für einen Moment hatte ich vergessen, dass er so weit weg ist …«

»Vielleicht können wir ihn ja dieses Jahr überreden, zu Weihnachten hochzukommen«, schlägt sie vor. »Eigentlich geht es bei ihm in dieser Jahreszeit immer hoch her, bei all den Leuten, die zu Weihnachten Depressionen bekommen. Aber wenn wir ihn alle beide bearbeiten …«

»Du kannst dich auf mich verlassen!«, falle ich ihr ein bisschen zu eifrig ins Wort.

Ein Weihnachtsessen mit der ganzen Familie: mit meiner Schwester, meinem Bruder, meiner Großmutter und meinen Eltern. Schon beim Gedanken daran kommen mir die Tränen.

»Und sonst? Hast du mit Papa und Mama telefoniert?«

Ich muss wissen, ob sie nach Kanada ausgewandert sind oder nicht. Ob die Tatsache, dass Moune nicht gestorben ist, auch auf ihr Leben Einfluss hatte.

»Als ich das letzte Mal von ihnen gehört habe, waren sie gerade in Peru.«

»In Peru?«, wiederhole ich, unfähig, meine Überraschung zu verbergen.

»Ihre Weltreise … Unser Geschenk zur goldenen Hochzeit. Sie sind vor drei Wochen aufgebrochen. Bist du sicher, dass alles in Ordnung ist, Maxine? Du bist heute so komisch. Man könnte fast meinen, du kommst von einem anderen Stern.«

Von einem anderen Stern vielleicht nicht gerade. Aber aus einem anderen Leben.

»Ja, ja, alles in Ordnung. Ich bin nur ein bisschen müde. Beim Radio geht es gerade drunter und drüber. Apropos, ich muss jetzt auch los. Ich werde dich nicht länger aufhalten.«

»Du weißt doch, es macht mir Freude …, dich zu sehen. Meine … Meine kleine Schwester fehlt mir.«

Den letzten Satz hat sie mit einem winzigen Stimmchen gesagt. Fast als hätte sie Angst, es auszusprechen, oder als fürchte sie sich vor meiner Reaktion. Wie konnte sich unsere Beziehung nur derart abkühlen?

»Wie wär's, wenn ich ganz offiziell bei dir einen Termin mache, sagen wir in zwei Wochen? Dann hätten wir Zeit zu quatschen. Was hältst du davon?«

Ja, meine beiden Leben sind sehr unterschiedlich. Aber auch wenn ich in diesem hier beschlossen habe, bestimmte Aspekte unter den Teppich zu kehren, während andere komplett an mir vorbeigegangen sind, kann ich doch wenigstens die enge Verbindung mit meiner Schwester wiederherstellen.

»Du wärst die Erste, die gern zum Zahnarzt geht«, erwidert sie amüsiert und sichtlich angetan von meinem Vorschlag.

Als ich gerade aufstehen will, fällt mir ein, dass ich ihr noch eine wichtige Frage stellen muss.

»Sag mal, Laetitia, erinnerst du dich noch an den Tag, an dem ich zur Aufnahmeprüfung für die Journalistenschule gegangen bin?«

»Wie könnte ich den vergessen? An dem Tag hab ich mir doch den Knöchel gebrochen. Du hattest deinen Ausweis zu Hause vergessen, und ich bin noch mal rein, um ihn zu holen. Als ich zurückkam, hab ich eine Stufe übersehen. Warum fragst du?«

»Ach, nur so … Ich musste heute Morgen dran denken. Also gut, machen wir den Termin fest?«

Ihre Antwort bestätigt die Theorie, die ich bereits im Hinterkopf hatte. Da ist er also. Der Punkt, an dem sich die Zeitachse geteilt hat. Nicht ich bin noch einmal zurückgegangen, um meinen Ausweis zu holen, sondern Laetitia. Nicht ich, sondern sie hat sich den Knöchel gebrochen. Und ich bin wie geplant zur Aufnahmeprüfung gegangen. Von diesem Punkt an hat mein Leben eine andere Wendung genommen.

Eine Kleinigkeit, die alles verändert hat. Na gut, für Laetitias Knöchel war es wohl keine Kleinigkeit.

Als ich Laetitias Praxis verlasse und mich auf den Weg zum Sender mache, denke ich noch eine Weile über diesen kleinen Unfall nach, und darüber, dass Laetitias Leben genauso zu sein scheint, wie ich es kenne. Wie kommt es, dass sich für mich so vieles verändert hat und für sie offenbar nicht?

November

Kapitel 33

Die Tage fliegen in schwindelerregendem Tempo dahin. Ich zerreiße mich förmlich zwischen den Aufzeichnungen der Radiosendungen, endlosen Arbeitssitzungen zur Vorbereitung derselben und Cocktailpartys, auf denen ich mit lauter Menschen sprechen muss, die so tun, als würden sie mich schon ewig kennen, während Emma mir erklärt, dass ich ihnen gerade zum ersten Mal begegne.

Auch wenn ich mich amüsiere und mir dieses Milieu gefällt, so irritieren mich doch so viel Oberflächlichkeit und Schein ein wenig. Ich muss gestehen, dass mich mein Job als Französischlehrerin am Gymnasium von Savannah-sur-Seine nicht sehr gut auf diese Welt vorbereitet hat.

»Es ist wichtig für deine Karriere«, trichtert Emma mir unermüdlich ein. Mittlerweile stellen sich mir bei dem Wort schon die Nackenhaare auf.

Und in all dem Trubel versuche ich Zeit mit Jasper zu verbringen. Er geht gerne aus, und sobald unsere

Terminkalender es zulassen und unsere Lebenslinien sich treffen, kann jeder von uns in unserem gemeinsamen Terminplaner die Lücke im Zeitplan des anderen blockieren und dann gehen wir ins Restaurant oder zu einem Konzert in einem Jazzclub. Ich habe mich noch nicht getraut, ihm zu sagen, dass ich Jazz zwar nicht unangenehm finde, aber, wenn ich wählen könnte, viel lieber einen Abend in einer Karaoke-Bar verbringen würde. Und ihn an einen solchen Ort mitnehmen, würde ich erst recht nicht wagen. Jasper ist eher der gepflegte Typ, er würde sich auf einer Karaoke-Party wahrscheinlich ebenso unwohl fühlen wie eine Frau mit Kleidergröße 46 in einem 36er-Kleid.

Bei all den Terminen auch noch Moune oder meine Schwester unterzubringen, ist wahrhaft nicht leicht. Aber ich tue mein Möglichstes.

Nach wenigen Wochen in der Haut dieser Radiostar-Maxine beginne ich zu begreifen, wie es dazu kommen konnte, dass sie ihre Familie kaum noch sieht.

Emma steht dauernd kurz vor einem Nervenzusammenbruch, weil ich unsere Arbeitssitzungen sooft es geht, abkürze und mich bei der Vorbereitung meiner Dossiers und Moderationskarten sehr auf sie verlasse. Sie dagegen ist von einer ungeheuren Effizienz, und es fällt mir immer schwerer, mich damit abzufinden, wie sehr sie sich an diese Assistentenstelle klammert. Jedes Mal, wenn ich an ihren Ex-Mann denke, der sie dafür büßen lässt, dass sie sich hat scheiden lassen, kriege ich mich kaum ein vor Empörung. Wie kann außerdem jemand, der in der Medienbranche einen so hohen Posten bekleidet, so dumm sein und auf eine Mitarbeiterin mit derart herausragenden Qualitäten verzichten? Aber die Macht der Männer ist in diesem Milieu noch sehr viel größer, als ich es mir je hätte träumen lassen.

Tja, und Jasper … Auch wenn er über meinen plötzlichen Familiensinn überrascht schien, äußert er sich nicht zu dem Thema. Und da wir nicht mehr über seine schmerzliche Vergangenheit und seine Ablehnung gegenüber Kindern gesprochen haben, sind unsere gemeinsamen Abende ziemlich angenehm. Er erzählt mir von seinem Tag, ich heuchle Interesse für seine Geschichten über Gesetzesverordnungen, Treuhandvermögen und Steuerfreigrenzen. Und wir reden nicht mehr über meine »Amnesie«. Ich tue so, als wäre alles ganz normal, auch abends im Bett, wenn wir miteinander schlafen. Anfangs hatte ich Hemmungen, aber die sind schnell den Gewohnheiten meines Körpers in diesem Leben gewichen. Mein Körper wusste, was ich mag und was Jasper gefällt. Ich musste mich einfach nur von ihm führen lassen, auf meinen Instinkt vertrauen, der meine Bewegungen steuert. Und ich muss sagen, diese Bewegungen sind nicht von schlechten Eltern.

Heute ist ein beruflicher Termin ausgefallen, und ich habe spontan die gewonnene Zeit genutzt, um Moune bei ihrem Pole-Dance-Kurs für Seniorinnen zu besuchen. Ich hätte nicht gedacht, dass ich einmal die Worte Pole-Dance und Seniorinnen in ein und demselben Satz benutzen würde. Aber ich habe die Rechnung eben nicht mit meiner temperamentvollen Großmutter gemacht. Was in meinem vorherigen Leben nur ein vager Plan war, ist in diesem hier Wirklichkeit geworden.

Wie sie mir erklärt hat, hat sie selbst maßgeblich zum Zustandekommen des Kurses beigetragen. Nur weil man Inhaberin eines Bärentickets sei, an Arthrose oder charakterlichen Problemen leide oder ein künstliches Hüftgelenk habe, so hat sie voller Inbrunst argumentiert, müsse das doch noch lange nicht heißen, dass man seinen Ehemann nicht mehr in Fahrt bringen dürfe.

Jedenfalls wollte ich mir das unbedingt mal mit eigenen Augen ansehen. Als ich außer Atem beim Tanzstudio ankomme, wartet bereits eine Handvoll Frauen auf die Lehrerin.

»Da ist ja mein Hefeschneckchen! Ich wusste gar nicht, dass du auch kommst!«

»Bei mir ist gerade ein Termin ausgefallen«, sage ich und küsse Moune auf die Wange. »Da dachte ich, ich schau mir mal an, wie du dich um die Stange wickelst.«

Und filme heimlich mit dem Handy, damit ich mich aufheitern kann, falls ich mal ein Tief habe. Aber das behalte ich für mich.

Ich bin so glücklich, sie wiederzuhaben, dass ich nicht einmal gegen das »Hefeschneckchen« protestiere. Was ihr offenbar nicht geheuer ist, denn von nun an nennt sie mich nur noch so, als wolle sie um jeden Preis eine Reaktion aus mir herauskitzeln.

»Ich freue mich, dass du da bist. Komm, ich stell dich den Mädels vor.«

Wenn man sie so reden hört, denkt man an dreißigjährige Tänzerinnen mit knackigem Hintern und festen Brüsten. Und so ist es auch. Fast …

Henriette, achtundsiebzig, in pinke Leggings und gelben Body gezwängt, beides schätzungsweise Größe 52, die Dauerwellen von einem lila Haarband gebändigt, Madeleine, siebzig, zwei Hüftprothesen, und Liliane, die gerade ein paar Dehnübungen versucht, aber mit den Händen nicht mal bis zu den Knien kommt: wirklich ein tolles Trüppchen.

Dennoch strahlen sie eine Lebensfreude aus, um die sie viele Dreißigjährige beneiden würden. Und ihre Freude ist ansteckend. Sie küssen mich herzlich auf die Wange, entzückt, Mounes Enkelin kennenzulernen, die beim Radio arbeitet. Sie überhäufen mich mit Fragen zu Berühmtheiten, denen ich in meinem Job begegne, interessieren sich besonders für die schon leicht ergrauten Herren.

»Sieht Julien Clerc in echt auch so gut aus wie im Fernsehen?«, will Madeleine wissen. »Der müsste bei mir nicht in der Badewanne schlafen, wenn ihr versteht, was ich meine«, gluckst sie.

Ich verstehe nur zu gut, was sie meint. Schnell konzentriere ich mich darauf, das Bild, das sich sofort vor meinem geistigen Auge gebildet hat, zu verscheuchen.

»O nein, wenn ich wählen könnte, würde ich lieber Guy Marchand nehmen!«, widerspricht ihr Henriette.

»Was soll man denn mit so einem alten Knacker?«, mischt sich Jocelyn ein, die fast achtzig sein dürfte. »Die sind doch sterbenslangweilig. Wir brauchen Frischfleisch,

Mädels. Haben Sie schon mal Clint Eastwood getroffen?«, fragt sie nun an mich gerichtet.

Zum Glück trifft endlich Manuela, die Tanzlehrerin, ein und unterbricht unsere Plauderei.

Die Gang der Pole-Dance-Großmütter verteilt sich auf die Stangen. Ich verziehe mich an die hintere Wand des Studios, um von dort das Schauspiel zu genießen. Und ich meine »genießen«, glaubt nicht, ich würde mich lustig machen wollen.

»Hey, Sie dahinten«, ruft Manuela streng, »wir machen hier Pole-Dance. Sagen Sie bloß, Sie trauen sich nicht, es mit den Damen hier aufzunehmen.«

»Oh ja, komm, Hefeschneckchen, tanz mit, du wirst sehen, das macht riesig Spaß!«

Widerstrebend schleppe ich mich zur einzigen noch freien Stange, die sich natürlich direkt gegenüber der von Manuela befindet. Noch dazu vor dem Spiegel. Damit mir auch nichts von meinen akrobatischen Verrenkungen entgeht.

Was soll's, sage ich mir, *das kann ja nicht so schwer sein. Wenn sogar Madeleine mit ihren beiden Hüftprothesen das hinkriegt, werde ich es doch wohl auch schaffen.*

Manuela drückt auf einen Knopf ihrer Fernbedienung, und sofort wird das Licht gedämpft und schnelle lateinamerikanische Rhythmen erfüllen den Raum. Wenn die »Girls« hier diese Musik auch für ihre Verführungsnummer im heimischen Schlafzimmer benutzen, bringen sie die Herren der Schöpfung wahrscheinlich einem Herzinfarkt nah.

»Wir beginnen mit einem kleinen Aufwärmtraining«, ruft Manuela. »So werden unsere Muskeln schön warm und geschmeidig.«

Eine Viertelstunde lang reihen wir in zügigem Tempo Übungen für Arme und Beine, Chassés, Pas de Bourrées und andere Ballettschritte aneinander.

Wer ist eigentlich diese stark schwitzende krebsrote junge Frau im Spiegel? Ach so, das bin ich!

Von Zeit zu Zeit werfe ich verstohlen einen Blick auf meine neuen achtzigjährigen Freundinnen, natürlich nur aus Solidarität, versteht sich, und um mich zu vergewissern, dass keine von ihnen zusammenbricht, aber im Gegensatz zu mir wirken sie frisch wie Morgentau. Verräterinnen, bestimmt benutzen sie Antifaltencreme mit Kokain!

Nach dem Aufwärmprogramm wechselt Manuela die CD, und der Rhythmus wird schmachtender. Wir kommen der Sache näher.

»An die Stangen, Ladys. Zuerst einmal gehen wir nur um die Stange herum, und zwar so sinnlich wie möglich. Denken Sie an Ihre Männer, meine Damen, denken Sie an Ihre Männer!«

Ich sollte wohl an Jasper denken, doch stattdessen drängt sich mir ohne Vorwarnung das Bild von Yliès auf, den ich fast vergessen hatte. Yliès im Konferenzraum, Yliès, der mir zulächelt, Yliès, der mir zärtliche Worte zuraunt.

Ich schüttele den Kopf, um mich wieder unter Kontrolle zu bringen. Ich bin mit Jasper verheiratet, ich bin mit Jasper verheiratet. Yliès ist Teil eines Lebens, das nicht mehr existiert.

Ich versuche, Manuelas Bewegungen zu imitieren. Eigentlich ist es ganz einfach. Zuversichtlich drehe ich mich zum Spiegel, um mich zu bewundern. Aber was ich sehe, ähnelt eher einer Gewürzgurke, die versucht, sich um einen Zahnstocher zu wickeln.

Die Dinge verkomplizieren sich, als wir die die Stange möglichst weit oben greifen und uns dranhängen sollen. Ich werfe die Arme in die Höhe, packe die Stange und schlinge die Beine herum, aber statt zu schweben, strebt alles an mir unaufhaltsam Richtung Erde. Scheiß Schwerkraft.

Recken, Stange greifen, Beine herumwinden … absacken. Das Ganze begleitet von einem metallischen Sauggeräusch, das alles ist, nur nicht erotisch. Eine Schnecke, die über eine Kachel kriecht.

»Beim ersten Mal ist es nicht leicht«, ermutigt mich Liliane, die einen halben Meter über dem Boden schwebt, die Beine fest um ihre Stange geschlungen. »Aber Sie werden sehen, man lernt es schnell.«

Recken, Stange greifen, Beine herumwinden, absacken.

Aufgeben.

Aber mit Würde und hoch erhobenen Hauptes.

Eins zu null für die Gang der Pole-Dance-Großmütter.

Kapitel 34

»Und, Hefeschneckchen? Wie findest du unsere kleine Pole-Dance-Truppe? Hat dir der Kurs gefallen?«

»Es war super!«

Ja, die letzten Wochen haben mich die hohe Kunst des Lügens gelehrt …

»Und deine Freundinnen sind toll, ich hoffe, ich habe in dem Alter auch so viel Energie.«

»Weißt du, wenn wir uns nicht selbst um uns kümmern, lässt die Gesellschaft uns verkümmern. Dann können wir den lieben langen Tag mit Strickzeug im Fernsehsessel sitzen und France 3 gucken. Aber solange ich lebe, wirst du mich niemals dazu bringen, mir auch nur eine Folge *Derrick* anzusehen. Hörst du, niemals!«

»Ich glaube, das läuft gar nicht mehr«, lache ich. »Kommst du oft hierher? Es ist nett hier, der Laden hat Atmosphäre.«

Moune und ich sitzen in einem Restaurant im Stil eines amerikanischen Diners, mit Fliesen in schwarzweißem Schachbrettmuster, türkisen Vinylbänken und verchromten Tischen. Im hinteren Teil des Gastraums thront stolz eine Jukebox.

»Warum, kennst du das Lokal nicht?«, fragt mich Moune.

Das ist der Moment, in dem in meinem Kopf die Alarmglocken hätten angehen müssen, aber nach einem Pole-Dance-Kurs reagiert der offenbar nur noch auf die niedrigsten organischen Reize wie Pommes oder ein Bett.

»Nein, ich war noch nie hier.«

»Ich wusste es!«

»Du wusstest was?«

»Dass du mir etwas verheimlichst. Du bist in letzter Zeit nicht du selbst. Du hast mich doch selbst hierhergebracht, schon vor Monaten. Wir waren mindestens ein Dutzend Mal hier.«

Fast hätte ich mich an einer Pommes verschluckt. Ich beeile mich, ihr die Geschichte von meinem Sturz in der Dusche und dem Gedächtnisverlust aufzutischen, aber zu meiner eigenen Überraschung kommt etwas ganz anderes aus meinem Mund.

»Ich bin Marty McFly, Moune.«

Jetzt ist es raus. Nicht auf die eleganteste Art, aber es ist endlich ausgesprochen. Ich ertrage es nicht länger, es niemandem sagen und nicht voll und ganz ich selbst sein zu können.

»Wer ist Marty McFly? Ah, ich weiß, das ist der Partner deines Mannes, richtig?«

»Nein, der heißt Martin Méfail.«

»Ach so … Und wer ist es dann? Kenne ich ihn?«

»Eine Figur aus einem Film. *Zurück in die Zukunft*?«

»Aaaah ja, jetzt hab ich's.«

Aber ihr Blick gibt mir zu verstehen, dass sie es keineswegs hat.

»Hast du ihn gesehen?«

»Nein, tut mir leid, Hefeschneckchen.«

»In dem Film gibt es ein Auto, mit dem man in der Zeit reisen kann.«

»Du … Du willst mir also sagen, dass du … aus der Zukunft kommst?«

Herrje, so kommen wir auf keinen grünen Zweig.

»Nein. Aber genau wie bei Marty McFly hat sich bei mir die Zeitachse geteilt. Na gut, vergiss *Zurück in die Zukunft*. Du wirst mich für verrückt erklären, aber was soll's. Das hier ist die ganze Wahrheit: Ich bin keine Radiomoderatorin, sondern Französischlehrerin an einem Gymnasium. Ich bin nicht verheiratet, sondern lebe in einer WG mit einer Frau namens Claudia, die es sich zur Aufgabe gemacht hat, mit Tofusteaks und Geschirrtüchern aus Sojafasern den Planeten zu retten. Meine beiden besten Freundinnen heißen Samya und Audrey. Und ich wohne in Savannah-sur-Seine.«

Und du bist tot, aber das sage ich ihr lieber nicht.

»Du hast dir sicher gerade an der Stange den Kopf gestoßen.«

»Wenn es nur so wäre … Ich weiß, dass es völlig verrückt klingt. Und noch etwas, ich habe nicht die geringste Ahnung, warum ich hier bin. Ich lag in meinem

Bett, habe Radio gehört, und da war so ein Typ, der über seinen Roman gesprochen hat. Als ich am nächsten Morgen aufgewacht bin, war ich plötzlich in einem anderen Leben, hatte einen Ehemann und den Job, von dem ich immer geträumt hatte. Dafür habe ich meine besten Freundinnen nicht mehr und sehr viel weniger Zeit für die Menschen, die ich liebe.«

»Als ich vorhin sagte, ich wüsste, dass du mir etwas verheimlichst, da dachte ich eigentlich, dass du Schlankheitspillen nimmst und deshalb ein bisschen von der Rolle bist. Einen Moment lang habe ich sogar vermutet, du hättest einen Liebhaber. Treue ist schließlich nur was für Nonnen, das hab ich dir ja immer gesagt.«

»Nein, nein, von Liebhaber keine Spur.«

»Wenn es nur das ist … Ich kenne jede Menge Leute, ich kann dir gern ein paar Männer vorstellen.«

Gegen meinen Willen muss ich lachen. Nur Moune bringt es fertig, mich dazu zu ermutigen, meinen Mann zu betrügen.

»Nein, danke, Moune, lass mal. Ich hab ja erst vor ein paar Wochen von Jaspers Existenz erfahren. Also glaub mir, was sexuelles Neuland betrifft, bin ich versorgt.«

»Wie auch immer, ich brauche jetzt mal was Stärkeres als Sprudelwasser.«

Sofort lässt sie ihren Worten Taten folgen und bestellt beim Kellner einen doppelten Whisky ohne Eis.

»Weißt du, für mich ist das alles auch nicht leicht. Plötzlich in einer fremden Wohnung aufzuwachen war so ziemlich das Verrückteste, was mir je passiert ist. Ich bin nicht die Maxine, die du kennst, aber ich bin trotzdem ich.«

»Stimmt. Jetzt, wo du es sagst, wird mir einiges klar!«, erwidert sie mit verschmitztem Grinsen.

»Wenn du *Zurück in die Zukunft* gesehen hättest, wäre es einfacher zu erklären. Tu mir den Gefallen und leih dir den Film heute Abend. Um es kurz zu machen, in meinem wahren Leben, also dem anderen, habe ich mir am Morgen der Aufnahmeprüfung für die Journalistenschule den Knöchel gebrochen. Ich hatte meinen Ausweis vergessen, und als ich noch mal ins Haus zurückwollte, bin ich gestürzt. Und weil du mich immer mit deinen Zeichen des Schicksals genervt hast, habe ich diese blöde Prüfung gar nicht erst versucht. Stattdessen habe ich auf Lehramt studiert und bin Französischlehrerin geworden. Keine Journalistenschule, keine Radiosendung, kein Steueranwalt als Ehemann. Sondern nur ein Lehrerjob mit Schülern, die schon stöhnen, wenn ich nur Flaubert sage.«

»Kann ich verstehen. Flaubert ist auch wirklich stinklangweilig!«

»Moune!«

»Schon gut, erzähl weiter.«

»Vorgestern war ich bei Laetitia, und sie hat mir erzählt, dass in diesem Leben, also dem, das du kennst, nicht ich mir den Knöchel gebrochen habe, sondern sie. Kein Zeichen des Himmels, folglich Journalistenschule, Radiosendungen …«

»Und ein Steueranwalt zum Mann.«

»Genau! Du fängst langsam an zu begreifen.«

»Aber wenn du Jasper gar nicht kanntest, wie hast du ihm das alles erklärt? Hast du ihm auch von diesem Martin-McDingsbums erzählt?«

»Moune!«

Sie lacht. Und ich muss ebenfalls lächeln, auch wenn ich die Augen verdrehe.

»McFly, Marty McFly«, nehme ich den Faden wieder auf. »Und was Jasper angeht, ich habe ihm erzählt, dass ich in der Dusche ausgerutscht bin und mein Gedächtnis verloren habe. Das Gleiche habe ich auch Emma erzählt. Sonst habe ich niemandem etwas gesagt, sondern einfach so getan, als wäre ich immer schon ich gewesen. Du bist die Erste, die die Wahrheit erfährt.«

»Ich muss schon sagen, du warst nicht sehr überzeugend. Die anderen kennen dich vielleicht nicht so gut wie ich, aber ich habe gleich gemerkt, dass da was im Busch ist. Oh, weißt du was, deine Geschichte erinnert mich an einen anderen Film. Der, in dem sich ein kleiner Junge auf einem Jahrmarkt etwas wünschen darf, und als er am nächsten Morgen aufwacht, ist er erwachsen. Mit diesem Schauspieler da, den ich so toll finde, und der eine so intelligente Ausstrahlung hat. Wie heißt er doch gleich, Bank oder so ähnlich, John Bank, glaube ich.«

»Tom Hanks, Moune. Du solltest dir die Klassiker noch mal ansehen. Die Sache hat nur einen Haken: Ich habe mir gar nichts gewünscht. Ich habe einfach nur eine banale Radiosendung gehört. Na ja, es wurde ein Roman vorgestellt, in dem es um eine junge Frau ging, die das Angebot bekommt, ein anderes Leben zu leben. Die Idee fand ich genial, aber …«

»Aha …«

»Okay, okay, vielleicht habe ich eine Sekunde lang gedacht, dass es ganz nett wäre, wenn so etwas möglich wäre. Aber nur ganz kurz. Ich schwöre dir, ich habe mir nichts gewünscht.«

»Nicht bewusst, vielleicht …«

»Ganz sicher nicht … Diese ganze Geschichte ist so verrückt. Klar, ich gebe zu, dass ich mich oft gefragt habe, wie mein Leben aussehen würde, wenn ich Journalistin geworden wäre, aber wer fragt sich so was nicht ab und zu? Hast du dich etwa nie gefragt, wie dein Leben verlaufen wäre, wenn du Opa nie begegnet wärst? Oder wenn er nicht so früh gestorben wäre und ihr beide mehr Zeit miteinander gehabt hättet?«

»Ja, natürlich«, erwidert sie leise.

»Meine Schüler haben mich in die Verzweiflung getrieben, und mein Liebesleben war wie Nudeln ohne Soße, aber ich war nie unglücklich …«

»Und trotzdem hast du von einem anderen Leben geträumt?«

»Ich …«

»Siehst du.«

»Ich weiß nicht, was daran falsch sein soll, wenn man einfach nur wissen möchte, wo man stünde, wenn man andere Entscheidungen getroffen hätte. Das wüssten viele Leute gerne, sehr viele sogar! Nur dass ich es erlebe. Aber ich weiß nicht wieso, und vor allem, ob es endgültig ist.«

Wir werden vom Kellner unterbrochen, der Moune ihren Whisky bringt. Sie trinkt einen Schluck, dann einen zweiten. Vermutlich braucht sie das jetzt.

»Und wie bin ich in deinem anderen Leben? Ich habe mich doch hoffentlich nicht gehen lassen! Bitte sag mir jetzt nicht, dass ich *Schatten der Leidenschaft* gucke, das ertrag ich nicht.«

Ich spüre, wie meine Muskeln sich anspannen. Es ist so weit, der Moment ist gekommen.

»In meinem anderen Leben bist du … Vor drei Jahren hatten wir einen Autounfall. Du bist tot, Moune. Und ich saß am Steuer.«

Kapitel 35

Einige quälende Minuten lang schweigt sie.

»Moune, ist alles in Ordnung? Ich bitte dich, sag etwas. Irgendwas.«

»Plötzlich finde ich *Schatten der Leidenschaft* doch nicht mehr so schlecht …«

Ich wische mir die Tränen ab, die mir in die Augen treten. Moune nimmt meine Hand.

»Du musst nicht weinen … Sieh doch, ich bin quicklebendig.«

»Wenn du wüsstest, was ich mir für Vorwürfe gemacht habe. Ich mir immer noch mache …«

»Aber warum denn?«

»Weil es meine Schuld war. Weil ich gefahren bin. Wenn ich einen anderen Weg gewählt hätte, wenn wir, ich weiß nicht, ein paar Minuten früher losgefahren wären oder später, vielleicht wäre dann alles anders gekommen.«

»Wenn das Wörtchen wenn nicht wär …«

»Das sagen die Mädels auch immer. Aber sieh es doch

mal so: Weil ich mir nicht den Knöchel gebrochen habe, sitzt du mir jetzt hier gegenüber. Die ›Wenns‹ haben also manchmal auch etwas Gutes. In diesem Fall haben sie dir das Leben gerettet.«

»Mag sein, aber vielleicht werde ich auch gleich vom Bus überfahren, sobald ich aus der Tür bin. Wir haben nun mal nicht alles unter Kontrolle, und wenn man sich die ganze Zeit fragt, was alles hätte sein können, vergisst man zu leben.«

«Als ich in diesem Parallelleben aufgewacht bin, bin ich gar nicht auf die Idee gekommen, dass du noch am Leben sein könntest. Du warst in meinem Hochzeitsalbum auf keinem einzigen Foto zu sehen, deswegen habe ich mir die Frage gar nicht gestellt. Aber das liegt natürlich daran, dass du dich nie fotografieren lassen willst, stimmt's?«

Für den Bruchteil einer Sekunde verhärten sich ihre Gesichtszüge. Beinah unmerklich, doch mir bleibt es nicht verborgen, denn ich kenne sie in- und auswendig. Ehe ich sie fragen kann, was ihr durch den Kopf geht, kommt sie mir zuvor.

»Und wie hast du dann herausgefunden, dass ich nicht tot bin? Ich hätte nie gedacht, dass ich einmal diese Frage stellen würde ...«, fügt sie lachend hinzu.

»In einer Sendung, in der es um Trauerbewältigung ging, habe ich davon erzählt, wie sehr ich unter dem Tod meiner Großmutter leide. Nach der Aufzeichnung hat Emma mich beiseitegenommen und gefragt, ob ich mir wirklich nur den Kopf gestoßen habe. Vom Tod der eigenen Großmutter zu reden, obwohl sie noch lebt, geht wohl über eine normale Amnesie hinaus …«

»Das war sicher an dem Morgen mit den Pancakes, nicht wahr? Als du dich in meine Arme geworfen hast?«

»Genau. Du bist vor drei Jahren gestorben. Und als du mir auf einmal die Tür geöffnet hast, war ich überwältigt vor Glück … So was erlebt man ja nicht alle Tage.«

»Vor drei Jahren also … Und Laetitia, und Julien? Geht es ihnen gut, in deinem Leben?«

»Wir stehen uns sehr nah. Sehr viel näher als hier. Dein Tod hat uns zusammengeschweißt. Julien hat sich um mich gekümmert, nachdem du gestorben warst. Monatelang. Er hat mir geholfen, mit meinen Schuldgefühlen zurechtzukommen.«

»Obwohl er so weit weg wohnt?«

»Er ist gar nicht weggezogen. Er hatte natürlich davon gesprochen, nach Südfrankreich zu gehen, aber nachdem das passiert war, hat er sich entschieden zu bleiben.«

»Das ist doch gut.«

»Sag so was nicht! Er ist nicht fortgegangen, weil du gestorben bist. Was soll daran gut sein?«

Sie drückt meine Hände ein wenig fester.

»Doch, es ist gut. Ich habe gesehen, wie ihr euch in den letzten Jahren immer weiter voneinander entfernt habt, und wenn mein Tod in dem Leben, das du beschreibst, daran etwas hat ändern können, dann freue ich mich.«

Als sie mein zweifelndes Gesicht sieht, fährt sie fort: »Du hast vorhin gesagt, dass du sehr viel weniger Zeit hast für die Menschen, die du liebst. Ich nehme an, du meinst damit deinen Bruder und deine Schwester. Macht dich das traurig?«

»Schon, aber …«

»Es gibt kein Aber. Plötzlich bekomme ich fast Lust zu sterben. Fast, wohlgemerkt. Wenn irgend möglich, hätte ich schon gerne noch ein paar Tage, ich muss noch mein Buch zu Ende lesen. Das ich dir übrigens empfehlen kann.«

Ich kann nicht umhin zu lächeln. Moune hat immer schon die richtigen Worte gefunden, um die Stimmung aufzulockern und einer Situation die Tragik zu nehmen.

Trotzdem weiß ich nicht, ob ich in meinem anderen Leben irgendwann in der Lage gewesen wäre, mich über das starke Band zwischen Laetitia, Julien und mir zu freuen, ohne mich dabei schlecht zu fühlen. Denn es hätte bedeutet, ich hätte die Ursache dafür vergessen.

»Und … deine Mutter? Hat mein Tod auch euch wieder nähergebracht?«

Ich überlege einen Augenblick, wie ich es ihr schonend beibringen kann.

»Mit Mama ist es komplizierter. Die eigene Mutter zu verlieren muss noch schmerzhafter sein als seine Großmutter zu verlieren. Und die Entfernung macht die Dinge auch nicht einfacher.«

»Die Entfernung?«

»Papa und sie sind nach Kanada gezogen. Quasi über Nacht.«

Sie zuckt kaum merklich zusammen.

»Wieso das?«

»Einige Wochen nach dem Unfall hat Mama dein Haus ausgeräumt, und kurz darauf haben sie und Papa auch ihr eigenes Haus zum Kauf angeboten, ohne uns etwas davon zu sagen. Dann haben sie uns einfach verkündet, dass sie nach Kanada gehen, und nicht einmal eine Woche später hatten sie ihre Koffer gepackt.«

»Habt ihr … Habt ihr denn seitdem nicht mehr miteinander gesprochen?«

»Nicht so richtig. Zwischen ihr und Laetitia herrscht Eiszeit. Laetitia kann nicht verstehen, dass Mama weggegangen ist. Sie findet es egoistisch.«

»Und du?«

»Ich glaube, ich verstehe sie. Zumindest kann ich mir vorstellen, warum sie es getan hat, und ich kann es ihr nicht verdenken. Ab und zu rufe ich sie an, und wir reden über alles Mögliche. Aber …«

»Aber was?«

Diesmal kann ich die Tränen nicht zurückhalten. Ich beginne zu schluchzen.

»Es ist schwierig für sie, mit mir umzugehen. Schließlich habe ich ihre Mutter getötet. Verstehst du? Ich weiß, dass sie wütend auf mich ist, auch wenn sie mir nie einen Vorwurf gemacht hat. Und um es nicht doch zu tun, ist sie weggegangen, das fühle ich. Es ist wirklich hart. Eben weil ich weiß, dass es meine Schuld ist. Es tut mir so leid, Moune, so schrecklich leid.«

Sie steht auf und nimmt mich in die Arme.

»Es muss dir nicht leidtun. Es war ein Unfall, und an

einem Unfall ist per se niemand schuld. Du sagst, sie hat das Haus ausgeräumt und dann beschlossen fortzugehen?«

»Ja.«

»Dann hat es nichts mir dir zu tun, Schätzchen, ganz und gar nicht. Vertrau mir.«

Sie hat den letzten Satz so leise gesagt, dass ich Mühe habe, sie zu verstehen.

Als sie sich wieder setzt, ist sie kreidebleich. In ihrem Blick ist ein Schmerz zu lesen, den ich nie zuvor darin gesehen habe.

»Moune? Stimmt etwas nicht? Ist Mama etwas zugestoßen? Warum bist du so sicher, dass es nichts mit mir zu tun hat?«

»Weil ich es weiß.«

»Das ist alles? Damit soll ich mich zufriedengeben?«

»Ja. Es tut mir schrecklich leid, aber mehr kann ich dir nicht sagen. Es ist ihre Geschichte, sie entscheidet, ob sie sie mit jemandem teilen möchte oder nicht. Es tut mir leid, dass du gedacht hast, du wärst an irgendetwas schuld … Wenn ich das gewusst hätte …«

Kapitel 36

Ich liebe meine Großmutter, aber wenn mich etwas an ihr nervt, dann ist es ihr Dickkopf. Ich konnte noch so bohren und mit Engelszungen auf sie einreden: nichts zu machen, es war nichts aus ihr herauszuholen. Wenn also irgendetwas mit Mama ist, muss ich es selbst herausfinden.

Moune und meine Mutter hatten immer ein etwas kompliziertes Verhältnis. Moune ist jemand, der, um es vorsichtig auszudrücken, kein Blatt vor den Mund nimmt, Mama dagegen ist sehr empfindlich. Wenn sie miteinander sprachen, war immer eine deutliche Spannung zu spüren, eine kleine Stichelei hier, eine bissige Antwort dort. Zusammen waren sie immer wie ausgewechselt. Ich bin davon überzeugt, dass sie sich liebten, aber offenbar wussten sie nicht, wie sie es einander zeigen sollten. Früher habe ich immer gedacht, dass so etwas normal ist zwischen Mutter und Tochter, aber heute bin ich mir da nicht mehr so sicher.

Vielleicht sollte ich meine Mutter einfach anrufen und sie selbst fragen. Tja, nur dass in diesem Leben ihre Mutter eben nicht bei einem Autounfall gestorben ist und sie nicht in einer Nacht- und Nebelaktion nach Kanada abgehauen ist. Folglich wird sie mir kaum erklären können, was sie in meinem vorherigen Leben dazu veranlasst hat. Wenn sie also gar nicht deshalb fortgegangen ist, weil sie es nicht ertragen konnte, in meiner Nähe zu sein, warum dann?

Außerdem, fällt mir wieder ein, ist sie gerade auf Weltreise.

»Wer ist das?« Mounes Stimme reißt mich aus meinen Gedanken.

Nachdem wir unsere Pommes gegessen haben und ich mich damit abfinden musste, dass ich nichts aus ihr herausbekommen würde, wollte Moune unbedingt einen kleinen Ausflug in mein altes Leben unternehmen. Das Leben, das sie nicht kennt. Nun stehen wir also vor dem Lycée U. Grant. Meiner Schule.

»Der da? Das ist Yliès. Unser Direktor.«

»Direktor? Der Bursche da? Ist er nicht ein bisschen zu jung dafür? Und hübsch ist er auch!«

»Moune!«

»Was denn? Man darf sich ja wohl noch an einem knackigen Männerpo erfreuen. Bloß weil ich alt bin und selbst nicht mehr naschen kann, kann ich doch trotzdem mal einen Blick riskieren. Gehen wir rüber, ihm Guten Tag sagen?«

»Wozu? Falls ich dich erinnern darf: Er kennt mich nicht. Zumindest nicht als Lehrerin, wenn überhaupt, dann aus dem Radio.«

»Ach richtig, daran hab ich nicht gedacht. In deinem richtigen Leben bist du Single, nicht wahr?«, fragt sie, und bei den Wörtern »richtigen Leben« malt sie mit den Zeigefingern Anführungszeichen in die Luft.

»Leider …«

»Und was ist mit diesem jungen Gott von Direktor? Warum gehst du nicht mit ihm aus? Ist er verheiratet?«

»Nein, er ist nicht verheiratet, jedenfalls nicht, dass ich wüsste. Ich gehe nicht mit ihm aus, weil er, wie du schon richtig bemerkt hast, der Direktor ist. Er ist mein Vorgesetzter. Und so gut sieht er nun auch wieder nicht aus.«[8]

»Und seit wann wird man rot, wenn man von jemandem spricht, der einem nicht gefällt?«

»Ich bin nicht rot geworden! Außerdem spielt das auch gar keine Rolle, weil das alles hier nämlich nicht mehr existiert. Ich bin mit Jasper verheiratet. Apropos, ich wollte dich fragen, was du von ihm hältst. Ich weiß nicht warum, aber irgendwie habe ich das Gefühl, dass du ihn nicht besonders magst. Dabei ist er unheimlich nett und sehr klug.«

»Und sehr kalt!«

»Aber nein! Warum sagst du das?«

»Es ist nicht so, dass ich ihn nicht mag, ich werde nur nicht so recht warm mit ihm. Zumindest die wenigen Male, die ich ihn getroffen habe.«

»Er hatte eine schwere Kindheit …«

»Ach richtig, da wir gerade von Kindern reden, wie

8 Ich weiß, man darf nicht lügen. Asche auf mein Haupt.

lange seid ihr schon verheiratet? Ein Jahr, zwei Jahre? Willst du keine Kinder?«

Ich weiß nicht, inwieweit sie im Bilde ist, noch wie viel diese Maxine von hier ihr erzählen würde. Aber wenn ich ihr sogar mein Abenteuer in Zeit und Raum gestanden habe, dann deshalb, weil ich jemanden brauche, mit dem ich offen reden kann.

»Er … Er will keine.«

»Er will keine? Du meinst, vorerst nicht?«

»Nein, er will überhaupt keine Kinder. Nicht gestern, nicht heute, nicht morgen. Nie. Kein Babybauch, kein Kindergeschrei. Ende der Geschichte. Und ich habe es akzeptiert.«

»Du hast es akzeptiert?«

»So macht man das nun mal, wenn man jemanden liebt, oder etwa nicht? Und ich liebe Jasper. Oder zumindest liebt die andere Maxine ihn. Und ich vertraue ihr. Weil sie ja ich ist.«

»Tut dir nicht manchmal der Kopf weh? Das muss ja furchtbar anstrengend sein.«

»Doch, ein bisschen.«

Yliès geht an uns vorbei zu seinem Auto und grüßt mit einem Lächeln.

Stimmt, er sieht wirklich nicht gut aus …

Er sieht umwerfend aus.

Eine Stunde später, nachdem Mounes Neugier auf mein früheres Leben befriedigt ist, sind wir vor ihrem Haus angelangt. Die Fahrt im Auto ist ziemlich schweigsam verlaufen, was für meine Großmutter höchst ungewöhnlich ist. Ich bringe sie zur Tür und umarme sie zum Abschied. Ehe sie die Tür hinter sich schließt, sagt sie noch zu mir: »Weißt du, du hast vorhin gesagt, du vertraust Maxine, weil sie du ist … Nun ja, das stimmt nicht ganz. Ihr beide seid grundverschieden. Die Maxine von hier hat sich in den letzten Jahren von uns entfernt. Ehrlich gesagt bin ich froh, meine Enkelin wiederzuhaben. Die, die du vor deiner Karriere beim Radio warst. Ja, ich bin wirklich heilfroh.«

Dezember

Kapitel 37

»Weshalb ich euch hier heute alle zusammengetrommelt habe …«

Zu nachtschlafender Zeit, füge ich in Gedanken hinzu …

»… ich möchte mit euch über die Einschaltquoten des letzten Monats sprechen. Und außerdem habe ich eine große Neuigkeit für euch«, erklärt uns Jeff, der Produzent von *Im Vertrauen, unter uns*.

Das gesamte Team einschließlich Emma und mir ist um einen Kaffee versammelt. Es ist sechs Uhr morgens.

»Ihr fragt euch sicher, warum ich euch zu so früher Stunde herbestellt habe.«

Wie kommst du darauf, denke ich, während ich noch im Halbschlaf gelangweilt zu Emma hinüberschiele, die bereits bei ihrem vierten Kaffee ist.

»Unsere Einschaltquoten sind um fast zehntausend Hörer gestiegen, was bedeutet, dass wir jetzt bei fünf Prozent Marktanteil sind.«

Meine Müdigkeit ist mit einem Schlag wie weggeblasen. Mittlerweile habe ich seit mehreren Wochen den

Platz der anderen Maxine eingenommen und moderiere jeden Abend ihre Radiosendung in der ständigen Angst, ihr nicht gerecht zu werden.

»Du kannst stolz auf dich sein, Maxine. Das alles haben wir den Neuerungen zu verdanken, die du vorgenommen hast. Deinem spontaneren, persönlicheren Ton … Das kommt bei den Hörern gut an – wenn man den Zuschriften und Einschaltquoten Glauben schenken darf.«

Ich platze beinahe vor Stolz und Glück. Auch Emma schenkt mir ein strahlendes Lächeln. Das ist doch mal was anderes als ein Haufen nörgelnder Schüler. Mir wird bewusst, wie sehr es mir gefehlt hat, dass mir mal jemand sagt, dass ich meinen Job gut gemacht habe und die Menschen, für die ich das alles mache, zufrieden sind.

»Und weil die Geschäftsleitung mit dem Ergebnis ebenfalls überaus zufrieden ist, bietet sie uns an, auch die Morgensendungen am Wochenende zu gestalten!«

Das muss wohl eine gute Nachricht sein, denn alle schreien begeistert durcheinander.

»Und natürlich wirst du die Moderation übernehmen, Maxine. Ich gratuliere.«

Emma strahlt jetzt über das ganze Gesicht, das restliche Team applaudiert.

»Aber heißt das, dass ich dann nicht mehr *Im Vertrauen, unter uns* moderiere?«

Die Begeisterung der anderen steht in deutlichem Widerspruch zu meiner Enttäuschung. Ich habe mich an mein tägliches Rendezvous mit den Hörern gewöhnt und bin nicht bereit, mir das nehmen zu lassen – auch auf die Gefahr hin, als Spielverderberin vom Dienst dazustehen.

»Warum solltest du *Im Vertrauen, unter uns* nicht mehr moderieren? Wir werden doch jetzt nicht aufhören, wo gerade die Einschaltquoten steigen! Keine Sorge, die Morgensendungen laufen separat.«

Bin ich blöd.

Die Sendungen an allen Wochentagen plus die Morgensendungen am Wochenende?

Ich fange an, mir Sorgen zu machen.

»Natürlich müssen wir alles ganz neu aufziehen und werden erst einmal alle Hände voll zu tun haben, aber ich weiß, dass wir es schaffen werden«, fährt mein Produzent fort und stellt uns sein Konzept vor, das er letzte Nacht zwischen zwei und drei aufgesetzt haben muss.

Tja, Schlafen ist was für Weicheier.

Mir wird klar, dass meine Freizeit so rar werden wird wie gute Ideen bei Donald Trump. Nicht dass ich vorher wahnsinnig viel Freizeit gehabt hätte.

Ich frage mich, wann Jeff mir verkünden wird, dass er mir ein Feldbett ins Büro stellen lässt, um meine Arbeitstage zu optimieren. Dann kann ich mich gleich dorthin legen, wenn in der Nacht mal drei Stunden am Stück keine Debriefings vorgesehen sind, und schon läuft alles wie geschmiert.

Vor lauter Panik bei dem Gedanken daran, was mich erwartet, aber paradoxerweise gleichzeitig total euphorisiert angesichts der neuen Herausforderung, verliere ich völlig den Faden und höre gar nicht mehr, was geredet wird. Ich denke nur an eins: Es wird schwierig werden, die Beziehung zu Laetitia und Moune, die ich gerade erst wieder begonnen habe aufzubauen, aufrechtzuerhalten, wenn ich keine freie Minute mehr habe.

Als das Meeting zu Ende ist, kommt Emma zu mir, um mich zu beglückwünschen. »Ich freu mich so für dich, du hast es wirklich verdient. Tut mir leid, dass ich anfangs wegen des neuen Tons etwas skeptisch war, aber du hattest recht. Alles in allem«, flüstert sie mir ins Ohr, »hat dieser Gedächtnisverlust auch etwas Positives. Du bist noch besser als vorher. Wenn du jetzt auch noch die Morgensendungen moderierst, gibt das deiner Karriere noch mal einen richtigen Schub.«

Meine Karriere …

Wie oft habe ich mir all das in meiner Fantasie ausgemalt, aber bei genauerer Betrachtung war es vorher doch nicht so schlecht.

Kapitel 38

Die Wohnung ist leer, und es ist schon eine ganze Weile dunkel, als ich nach einem langen Arbeitstag nach Hause komme.

Ich bin völlig erledigt, aber ich müsste lügen, wenn ich behaupten würde, dass mich die Herausforderung nicht auch reizt. Eine komplette Sendung auf die Beine zu stellen, sich die einzelnen Themen zu überlegen oder welche Gäste man einlädt, ist unglaublich spannend.

Ich verbiete mir, mein jetziges Leben mit meinem Leben als Lehrerin zu vergleichen und mich zu fragen, ob ich damals die richtige Entscheidung getroffen habe, als ich nicht zur Aufnahmeprüfung gegangen bin, oder welche der beiden Maxines die echtere und glücklichere ist.

Nachdem ich Moune alles gestanden habe, habe ich ein für alle Mal beschlossen, dass ich nur ein Leben habe, und zwar das, das ich jetzt lebe.

Jasper hat mir heute Nachmittag am Telefon gesagt, dass er nach Bordeaux muss. Er soll dort für einen Klienten einen dringenden Fall aufbauen. Fragt mich nicht, was im Steuerrecht so dringend sein kann.

Er hat mir einen riesigen Strauß duftender Lilien auf den Couchtisch gestellt, und auf einem gefalteten, cremefarbenen Briefpapier finde ich eine Nachricht für mich: »Du fehlst mir jetzt schon, ich liebe dich«.

Ich lasse mir ein Bad ein. Es ist das erste Mal, dass ich die riesige Badewanne benutze. Auch wenn es schon elf Uhr abends ist, egal, wozu hat man eine solche Badewanne, wenn man sich nie die Zeit nimmt, mal so richtig darin abzutauchen? Und da ich schon mal dabei bin, werfe ich gleich alle Kügelchen aus dem Krug auf dem Badewannenrand in das heiße Wasser.

Ich ziehe mich aus und lasse mich langsam in das wohlriechende heiße Wasser hineingleiten. Was jetzt noch fehlt, ist entspannende Hintergrundmusik. Ich nehme mein Telefon, wähle ein Stück aus und beginne, aus voller Kehle zu schmettern: *»Ja, es ist wahr, es gibt andere Arten, Lebwohl zu sagen, zerbrochenes Glas etwa. Doch in uns'rem bitteren Schweigen, hab ich beschlossen dir zu verzeihen, die Fehler, die es gibt, wenn man zu sehr liebt …«*

Natürlich mit ordentlich Tremolo und der entsprechenden Theatralik – Lara Fabian zu singen ist eine echte Kunst: *»Ich liiiieebe dich, ich liiiiiieebe dihiihch wie verrückt, wie ein Soldat, wie ein Star …«*.

Ist es die Müdigkeit, mein Glück über die Einschaltquoten, die Angst davor, die Morgensendungen zu moderieren, Jaspers Abwesenheit, Moune, die wieder in meinem Leben ist? Vielleicht ein bisschen von allem, ich weiß es nicht, jedenfalls fange ich an zu heulen und lasse den Tränen einfach freien Lauf, und dabei singe ich weiter.

»Ich liiieebe dich, ich liieeebe diiich, wie ein Königin, du gehst mir nicht aus dem Sinn, ich liieeeebe diiiich …«

In einen weichen Bademantel gehüllt, den ich im Schrank gefunden habe, lasse ich mich tiefenentspannt und voller Dankbarkeit ins Sofa sinken. Abermals bewundere ich diese unglaubliche Wohnung, die nun mein Zuhause ist, mache sogar mit dem Handy ein paar Fotos. Warum, weiß ich nicht, vielleicht um etwas zu bewahren, nicht zu vergessen, für den Fall des Falles … In einem anderen Leben würde ich sie meinen Freundinnen schicken, aber in diesem Leben hier habe ich keine Freundinnen.

Der Piepton meines Telefons kündigt den Eingang einer Nachricht an. Sie ist von Laetitia.

»Für Julien passt es, er kommt zu Weihnachten! Ich organisiere ein Festessen mit der ganzen Familie. Du hilfst mir doch? Du hast es versprochen. Ich habe haufenweise Ideen! Laeti«

Lara Fabian wird wohl nicht reichen, ich muss härtere Geschütze auffahren. Was ich jetzt brauche, ist Dalida.

Nein, noch besser: Céline Dion.

Wo soll ich nur all die Zeit hernehmen?

Kapitel 39

Den Kopfhörer auf den Ohren und gespannt wie ein Flitzebogen, lasse ich meinen Produzenten, der den Countdown mit den Fingern runterzählt, nicht aus den Augen.

In wenigen Sekunden wird der Jingle meiner ersten Morgensendung erklingen, der Jingle, an dem ich mit dem gesamten Team gearbeitet habe, für den wir uns stundenlang Dutzende von Vorschlägen angehört haben. So viel Zeit für einen Musikeinspieler von gerade mal zwanzig Sekunden, das hätte ich nie gedacht. Und dennoch fand auch ich es letztendlich ungeheuer wichtig.

Wichtig, wie jede einzelne der Sequenzen, die wir innerhalb der letzten zwei Wochen erarbeitet haben, für die wir unzählige Stunden im Konferenzraum in der vierten Etage des Gebäudes 26 bis, Rue François Ier verbracht haben. Und heimlich, still und leise ist das Radio zu meiner ganzen Welt geworden.

Die Idee mit dem Feldbett war tatsächlich gar nicht so weit hergeholt: Ich war wirklich kaum noch zu Hause.

Da ist ein Mann, der ebenfalls eine »Karriere« hat, klar von Vorteil. Jasper hat mir Mut gemacht und Interesse gezeigt. Sehr viel mehr, als ich für seine Steuergeschichten aufbringen kann, weshalb ich mich ein bisschen schuldig fühle.

Diese neue Radiosendung ist mein Baby. Vermutlich ersetzt dieses Baby auch unbewusst das Baby aus Fleisch und Blut, das ich nie haben werde.

Zu meiner eigenen Überraschung habe ich mich kopfüber in dieses Projekt gestürzt, wie ich es noch nie zuvor getan habe, habe jedes einzelne Detail überwacht. Mit den vielen Mails, die ich Emma geschickt habe, den Notizen, Memos, To-do-Listen, könnte man ganze Bücher füllen … Mittlerweile kenne ich ihre Telefonnummer fast besser als die PIN meiner EC-Karte.

Und all das parallel zu den Sendungen in der Woche. Eine Heidenarbeit.

Hätte mir das jemand zu Beginn dieses Abenteuers gesagt – ich hätte ihm nicht geglaubt. Aber dennoch hat mir diese ganze Aufregung gefallen, dieses Gefühl, dass ich wichtig bin, dass man auf mich gewartet hat, dass ich Talent habe.

Und wenn ich, jeden Abend ein kleines bisschen später, die Tür zu meiner Wohnung aufgestoßen habe, habe ich dem lästigen Teufelchen tief in mir drin verboten, mich zu fragen, ob die Arbeit nicht die Oberhand über die wirklich wichtigen Dinge gewonnen hat.

Jasper versteht und unterstützt mich, mit meiner Großmutter und meiner Schwester ist es da schon schwieriger. Sie hatten gehofft, dass die Dinge sich zwischen uns ändern würden und ich wieder mehr Zeit für sie hätte. Woran ich nicht ganz unschuldig bin, mit all den Versprechungen, die ich ihnen gemacht habe.

Was für eine Idee aber auch, dieses Festessen, als würde die Queen höchstpersönlich vorbeischauen! Aber es war noch nie Laetitias Stärke, sich zu beschränken, weder in diesem Leben noch in dem anderen. Einladungen, Dekoration, Menü oder Kleidung: Alles wird minutiös geplant, und sie besteht darauf, dass ich mich einbringe. Als wäre dieses Essen genauso wichtig wie die Sendung, die ich von A bis Z erschaffen habe.

Dennoch gebe ich mein Bestes, auch wenn ich das ein oder andere Treffen zur Verkostung von Macarons oder zur Auswahl der Tischdeckenfarbe verpasst habe. Ich antworte auf ihre Mails. Nicht immer sofort, aber ich antworte.

Ja, ich habe mir anfangs geschworen, nicht diese neue Maxine zu bleiben und etwas von meinem alten Ich in dieses Leben herüberzuretten. Aber wie soll man sich diesem beruflichen Strudel widersetzen? Wie soll man nicht alles geben, wenn sich so viele Menschen auf einen verlassen? Und wenn das Teufelchen schweigt, wenn ich vermeide, an mein anderes Leben zu denken, dann sage ich mir, dass dieses Leben mir gefällt. Dass ich ziemlich glücklich bin. Wenn ich hier gelandet bin, weil ich mir zu viele Fragen gestellt habe, dann muss es doch für irgendetwas gut gewesen sein, oder etwa nicht? Nämlich damit ich endlich aufhöre, an meinem Leben vorbeizuleben und darüber nachzudenken, was alles hätte sein können. Und einfach nur lebe. Und genau das mache ich jetzt.

Die andere Maxine ist mir jetzt nicht mehr so fremd, ich verstehe sie mittlerweile besser. Genau wie sie sehe ich mir jeden Morgen die Einschaltquoten vom Vortag an, von denen meine Laune für den Tag abhängt.

Mein Produzent gibt mir das Zeichen, der Vorspann ist zu Ende, jetzt bin ich an der Reihe. Mein Adrenalinpegel schießt in die Höhe.

»Ich freue mich, Sie heute erstmalig durch den Samstagmorgen zu begleiten. Lassen Sie sich von uns sanft in den Tag bringen und freuen Sie sich auf aktuelle Informationen, ausgefallene Fundstücke und Ihre Lieblingssongs. Es ist sechs Uhr, willkommen bei Europe 1, Sie hören *Augen auf*!«

In den nächsten drei Stunden geht die Sendung ohne Patzer über die Bühne. All das, was wir im Team ersonnen haben und was sich bisher nur in einer an die Wand gepinnten Papierschlange materialisiert hat, beginnt zu leben. Es ist unglaublich befriedigend.

Ich spüre, wie ich mich nach und nach entspanne, mit den Gästen scherze und mich freiwillig als Versuchskaninchen zur Verfügung stelle, um ungewöhnliche Dinge zu testen, die wir vorstellen.

Die Zeit ist vergangen wie im Flug. »Unsere erste Ausgabe von *Augen auf* geht zu Ende. Ich hoffe, Sie sind jetzt hellwach und hatten ein paar angenehme Stunden in unserer Gesellschaft. Ich wünsche Ihnen einen schönen Tag und sage Auf Wiederhören, bis morgen.«

Strahlend nehme ich den Kopfhörer ab. Das gesamte Team in der Kabine applaudiert. Jeder Einzelne von ihnen hat hart gearbeitet, ohne dabei die Stunden zu zählen, und diese erste fehlerfreie Sendung ist die schönste Belohnung dafür.

Sogleich versammeln sich alle – wie könnte es nach einer Frühstückssendung anders sein? – um Kaffee und Croissants. Den Champagner heben wir uns für später auf.

Mein Handy vibriert in meiner Tasche und erinnert mich daran, dass ich Laetitia versprochen habe, heute bei ihr vorbeizuschauen und mit ihr gemeinsam das Menü zu schreiben. Nächste Woche ist der 24. Dezember. Noch jede Menge Zeit, oder? Während der Sendung hat Emma mir einen Zettel zugesteckt, um mich darüber zu informieren, dass einer der Gäste für morgen verhindert ist, er muss mit einem Leistenbruch ins Krankenhaus. Na toll! Hätte er damit nicht warten können?

Also müssen wir unsere Planung für morgen über den Haufen werfen, die Reihenfolge der Gäste umstellen und schnell einen neuen Gast auftreiben.

Ich mache mich auf den Weg in mein Büro, um mir etwas zu überlegen und schicke Jasper eine Nachricht, dass er mit dem Joggen nicht auf mich warten soll.

Ich werfe einen Blick auf die Uhr, es ist zehn. Mit etwas Glück ist bis zwei alles geregelt. Dann könnte ich noch schnell auf einen Sprung bei Laetitia vorbei, sonst reißt sie mir den Kopf ab, bevor ich rasch zum Friseur und zur Kosmetikerin gehe. Für heute Abend hat mein

Produzent ein großes Essen mit Direktoren von Fernsehsendern organisiert, da muss ich was hermachen.

»Eine eigene Fernsehsendung, wäre das nicht fantastisch?«, lautete seine rhetorische Frage, als er mich von dem Essen in Kenntnis gesetzt hat. »Jetzt oder nie, du bist auf dem Höhepunkt deiner Popularität. Man kann nie wissen, wie lange so was anhält, vielleicht kommt schon bald die Nächste. Du musst jetzt noch mal richtig durchstarten.«

Habe ich Lust auf ein weiteres Extra? Ich bin mir nicht sicher, trotzdem sage ich Ja, natürlich, ich bin offen für alles. Wer würde sich eine solche Chance entgehen lassen?

Aber im Moment muss ich erst mal einen Gast für morgen finden. Energisch schließe ich die Bürotür hinter mir, schlage sie vor der kleinen Stimme zu, die versucht, mir abermals zu sagen (und die ich immer noch ignoriere), dass ich einen Fehler mache.

Als endlich alles unter Kontrolle ist, ist es drei. Zu spät, um noch bei Laetitia vorbeizuschauen, aber sei's drum. Ich fahr morgen direkt nach der Sendung hin und verbringe den ganzen Tag mit ihr, dann wird sie mir schon verzeihen. Ach nein, Mist! Morgen Nachmittag habe ich ein Interview mit einem Journalisten.

Rasch schicke ich ihr eine SMS, um mich zu entschuldigen und ihr mitzuteilen, dass ich auf jeden Fall am Montag um zehn bei ihr bin, als mein Handy klingelt. Im Display erscheint ihre Nummer.

Während ich beginne, meine Sachen einzupacken, gehe ich ran.

»Ah, Laeti, du bist es. Ich weiß, was du mir sagen willst, es tut mir wirklich leid, aber wir hatten ein Problem mit einem Gast für morgen, und ich musste ewig rumtelefonieren, um Ersatz zu finden, außerdem musste ich die ganze Sendung für morgen noch einmal umorganisieren. In einem Wort, es ist gerade die Hölle ... Aber ich verspreche dir, dass ich Montagmorgen komme und die Speisekarten in meiner allerschönsten Schrift schreiben werde.«

Am anderen Ende der Leitung sind nur erstickte Geräusche zu hören, die wie unterdrücktes Schluchzen klingen.

»Laeti? Du weinst doch nicht? Es sind doch nur Speisekarten!«

»Max ...«

Ich stutze. Den Spitznamen hatte ich fast vergessen. Hier nennen mich alle Maxine. Automatisch fasse ich mir an die Wange, dorthin, wo die Narbe war, vergesse für einen Moment, dass es sie nie gegeben hat.

»Wir hatten einen Unfall, Max ... Moune wollte sich für Weihnachten ein Kleid kaufen, und weil du nicht gekommen bist, haben wir beschlossen, zum Sender zu fahren und dich notfalls mit Gewalt da rauszuholen.«

Meine Hände schließen sich fester um das Telefon, meine Knie geben nach, ich muss mich setzen.

»Es war so neblig, ich konnte nichts sehen. Ich habe noch versucht auszuweichen, ich habe gebremst, aber ich konnte nichts machen, ich konnte nichts machen ...«

Jetzt weint sie ungehindert, ihr Schluchzen macht ihre Worte unverständlich.

»Moune … ich konnte nichts tun, Max. Wir sind im Krankenhaus. Sie … sie liegt im Koma! Im KOMA!«, schreit sie plötzlich. »Und alles deinetwegen! Du hättest zu uns kommen sollen, du hättest den Tag mit uns verbringen sollen. Aber du hast ja wieder mal nur an dich gedacht. Ich dachte, du hättest dich geändert, dass es jetzt nicht mehr nur um dich geht. Wie dumm von mir! Wenn du gekommen wärst, wenn du Wort gehalten hättest, hätten wir uns gar nicht erst auf den Weg gemacht, um dich zu holen. Dann wäre das alles nicht passiert. Aber Moune wollte unbedingt, sie war überzeugt, dass wir dir vertrauen müssten. Und jetzt wird sie sicher sterben.«

Was wäre, wenn ….

Moune liegt im Koma.

Sie wird vielleicht sterben.

Um mich herum beginnt sich alles zu drehen.

Erbarmen. Nicht ein zweites Mal. Nicht noch einmal.

Kapitel 40

»Maxine? Alles in Ordnung, Maxine?«

Als ich wieder zu mir komme, schwebt Emmas erschrockenes Gesicht direkt über mir. Angestrengt versuche ich die letzten Bruchstücke meiner Erinnerung zusammenzukratzen, springe dann mit einem Satz auf, viel zu schnell, sodass mich sofortiger Schwindel gleich wieder zu Boden zwingt.

»Meine Großmutter ist im Krankenhaus. Sie hatte einen Unfall. Ich muss zu ihr, ich muss unbedingt ...«

Erneut versuche ich, mich aufzurichten, taumele jedoch sofort wieder zurück.

»Ich bring dich hin«, bietet Emma an. »Du kannst in deinem Zustand nicht Auto fahren. Wie ist das passiert?«, fragt sie, während sie meine Tasche nimmt und mir in den Mantel hilft.

»Wir waren heute bei meiner Schwester verabredet. Meine Schwester und ihre Idee mit dem pompösen Weihnachtsfest ... Aber dann kam mir der Leistenbruch des Gastes für die Sendung morgen dazwischen und ...

Jedenfalls musste ich mich erst darum kümmern. Es ist doch nicht so schlimm, dass ich nicht hingefahren bin, oder?«

Ich sehe Emma fragend an, bettele förmlich um ihre Zustimmung.

»Offenbar wollte meine Großmutter sich ein Kleid kaufen, und so haben die beiden beschlossen, mich hier beim Sender abzuholen. Aber dann hatten sie einen Unfall. Und meine Großmutter ist … Sie wird … Meine Schwester sagt, es ist meine Schuld. Sie hat mich richtig angeschrien. Und sie hat recht, Emma, ich hätte hinfahren müssen. Ich habe es versprochen. Wenn sie stirbt …«

»Es wird alles wieder gut werden, ganz bestimmt«, fällt mir Emma ins Wort. »Du wirst sehen, sie wird wieder gesund. Deine Schwester hat vor lauter Schreck sicher überreagiert. Wenn man unter Schock steht, sagt man alles Mögliche, sie hat es bestimmt nicht so gemeint. Vielleicht haben die Ärzte deine Großmutter in ein künstliches Koma gelegt, damit sie keine Schmerzen hat.«

Ich klammere mich an Emmas Worte wie an eine Rettungsboje. Ich könnte es nicht ertragen, Moune ein zweites Mal zu beerdigen. In diesem Parallelleben kann sie nicht sterben. Sie darf nicht sterben. Wozu sonst sollte das alles hier gut sein?

Als wir das Krankenhaus erreichen, überlasse ich es Emma, nachzufragen, auf welcher Station meine Großmutter liegt. Ich bringe kein Wort heraus. Die ganze

Fahrt über hallten Laetitias Vorwürfe in meinem Kopf wider. Und mit aller Macht haben sich wieder die vergessen geglaubten Bilder von dem Autounfall, bei dem ich gefahren bin, in mein Bewusstsein geschoben. Wie in Zeitlupe sehe ich wieder mich selbst, wie ich, die Rettungsdecke um die Schulter, den Sanitätern dabei zuschaue, wie sie ihre Arbeit verrichten. Wie sie sie aus dem Auto befreien, eine Herzmassage durchführen, ihre Anstrengungen dabei immer wieder unterbrechen. Die Gesichter immer finsterer. Und dann diese Worte aussprechen, die niemand jemals hören sollte: »Es tut uns aufrichtig leid, wir haben getan, was in unserer Macht stand, aber wir haben sie nicht retten können.«

Wie in Trance folge ich Emma auf die Intensivstation, wohin man Moune gebracht hat.

Dann, als würde ich neben mir stehen, sehe ich zu, wie Emma an die Tür des Zimmers mit der Nummer 554 klopft und sie geräuschlos öffnet.

Meine Schwester kauert auf einem Stuhl neben dem Bett, die Augen vom Weinen gerötet.

Mein Blick fällt auf Moune. Sie wirkt so zerbrechlich, wie sie da liegt, angeschlossen an all die Maschinen, die sie am Leben erhalten.

»Ich lasse euch allein«, flüstert mir Emma zu. »Ich sag beim Sender Bescheid, dass du morgen nicht kommst. Mach dir deswegen keine Sorgen.«

Meine Radiosendung, meine Arbeit, bis vor wenigen Stunden noch so wichtig für mich, erscheinen mir nun vollkommen bedeutungslos.

Nachdem Emma die Tür hinter sich geschlossen hat, nähere ich mich dem Bett.

»Was machst du da?«, faucht Laetitia mich an, in einem Ton, den ich an ihr nicht kenne. »Hast du nicht schon genug angerichtet?«

»Laetitia, ich …«

»Was? Willst du mir sagen, dass es dir leidtut? Dass es nicht deine Schuld ist? Natürlich ist es nicht deine Schuld, schließlich bin ich ja gefahren. *Ich* saß am Steuer dieses beschissenen Wagens. Wenn sie stirbt, kann ich mir für alle Zeiten vorwerfen, meine Großmutter getötet zu haben …«

Ich verstehe nur zu gut, wie sie sich in diesem Moment fühlt, und mein Herz krampft sich zusammen.

»Aber es hätte nicht passieren dürfen«, fährt sie fort, »denn du hättest da sein sollen. Wie du es versprochen hast. Wenn du ausnahmsweise mal nicht nur an dich gedacht hättest, hätten wir nie einen Unfall gehabt.«

»Du bist unfair, Laeti.«

Sofort bereue ich, dass ich nicht meinen Mund gehalten und versucht habe, mich zu verteidigen. Das Gesicht meiner Schwester ist schmerzverzerrt.

»Unfair? Ich? Wer von uns beiden versucht denn, die Familie zusammenzuhalten? Wer? Meinst du, ich hab keinen anstrengenden Job? Ich verbringe auch viele Stunden am Tag in meiner Praxis. Und trotzdem finde ich Zeit für die Menschen, die ich liebe. Weil es wichtiger ist als alles andere. Unfair? Du willst einfach nur den Tatsachen nicht ins Auge sehen.«

Wir werden von einer Krankenschwester unterbrochen, die Laetitia bittet, mit ihr zu kommen, um ein paar Papiere auszufüllen. Ohne mich eines Blickes zu würdigen, geht sie hinaus.

Hat sie recht? Bin ich diejenige, die sich der Realität verweigert? Dieser Realität, die dafür gesorgt hat, dass in nicht einmal zwei Monaten nur noch eine einzige Maxine übrig geblieben ist. Die Maxine, die man mir beschrieben hat, als ich in diesem Leben aufgewacht bin, und die zu ändern ich mir geschworen habe.

Bin ich tatsächlich zu der Frau geworden, die ich nie sein wollte?

Natürlich, ich könnte mildernde Umstände geltend machen, mir einreden, dass zwei Monate nicht genügend Zeit sind, um die Dinge zu verändern, und dass vielleicht, mit etwas mehr Zeit ... Aber die Wahrheit ist, dass sich all meine anfänglichen Versprechen und Vorsätze schnell verflüchtigt haben. Ich habe nicht wirklich versucht, alles anders zu machen, ich habe zugelassen, dass mein Job allen Raum einnimmt. Schlimmer noch, ich habe Laetitia Vorwürfe gemacht, weil sie es nicht verstanden hat.

Ich lasse mich ebenfalls auf einen Stuhl sinken und nehme vorsichtig Mounes reglose Hand. Einige lange Minuten sehe ich zu, wie sich ihre Brust synchron zu den Pieptönen der medizinischen Apparate hebt und senkt. Und ich weine. Wie vor drei Jahren.

Und wenn sie stirbt? Wer wird dann für mich da sein? Natürlich, Jasper. Er liebt mich, das weiß ich. Aber

Familie hat für ihn nicht die gleiche Bedeutung wie für mich. Oder wie sie für mich hatte. Wie konnte ich mich nur so verändern? Früher hätte ich mein Handy genommen und Samya oder Audrey angerufen. Die beiden hätten sofort alles stehen und liegen lassen und wären mir zu Hilfe geeilt. Innerhalb von Minuten wären sie an meiner Seite gewesen, hätten mir versichert, dass ich mich auf sie verlassen könne. Dass ich keine Angst haben müsse. Sie fehlen mir unendlich. Jetzt, in diesem Moment, wie auch in allen anderen Momenten der vergangenen Wochen.

Dort, an der Seite meiner Großmutter, die ich über alles liebe und die im Augenblick noch lebt, erkenne ich, dass ich wünschte, ich wäre nie in dieses Parallelleben geraten.

Ich halte ihre Hand fest in der meinen, sie ist warm und weich, und dennoch prasseln die Erinnerungen an mein altes Leben unaufhörlich auf mich ein. Die Abende mit Samya und Audrey im Blues Pub, Claudias kulinarische Experimente, die Wärme, die Darcy ausstrahlte, wenn sie auf dem Sofa auf meinem Schoß lag, die pseudophilosophischen Gespräche mit meinem Bruder, die Schwesterntreffen mit Laetitia. Ich sehe ihre Gesichter vor mir, höre ihr Lachen. Sie fehlen mir so sehr.

Da fühle ich, wie Mounes Finger sich bewegen. Schwach, beinah unmerklich.

»Moune? Moune, ich bin's! Maxine. Du bist im Krankenhaus, du hattest einen Unfall.«

Sofort bewegen sich ihre Finger deutlicher.

»Laetitia! Laetitia! Sie wacht auf! Laetitia!«

Alarmiert durch mein Geschrei und durch das hysterische Piepen der Maschinen, kommt eine Krankenschwester hereingestürzt und schiebt mich energisch zur Seite, um meine Großmutter zu untersuchen, die am ganzen Körper zuckt. Kurz darauf ist auch Laetitia da.

»Sie wird nicht sterben, Laetitia! Sie wird nicht sterben!«

Ich mache Anstalten, auf sie zuzugehen und sie zu umarmen, doch mit einer Handbewegung bedeutet sie mir innezuhalten. Sie sieht mich einen kurzen Moment an, mit starrem Blick, dann wendet sie sich ab und geht zu Moune, die ihr Bewusstsein wiedererlangt hat.

Freude und Erleichterung durchströmen mich. Moune wird nicht zum zweiten Mal sterben. Ich wusste, dass sie in diesem Leben nicht sterben kann.

Und doch bereitet eine Erkenntnis mir Übelkeit. Im Grunde meines Herzens, dessen bin ich mir sicher, würde ich sonst was geben, um in mein echtes Leben zurückzukehren, das Leben von vorher. In dem sie jedoch von mir gegangen ist.

Verzeih mir, Moune …

Im Angesicht meiner Großmutter, die mir so viel bedeutet, hasse ich mich dafür, dass ich mich, wenn ich könnte, ohne zu zögern für mein altes Leben entscheiden würde.

Kapitel 41

Ich liege in meinem Bett. Ein stechender Schmerz bohrt sich in meinen Schädel, meine Narbe juckt. Wie bin ich nach Hause gekommen? Ich kann mich nur verschwommen an die letzten Stunden nach Mounes Erwachen erinnern. Hat Emma mich hergebracht? Oder hat Jasper mich abgeholt? Als ich ihm das mit Moune erzählt habe, war er aufrichtig bekümmert.

Ich habe nicht die leiseste Ahnung …

Dafür wollen mir Laetitias Worte einfach nicht aus dem Kopf gehen. »Es ist deine Schuld. Wenn du Wort gehalten hättest, wenn du ausnahmsweise mal nicht nur an dich gedacht hättest …«

Sie muss mir verzeihen, ich muss ihr alles erklären. Ich bin wütend auf mich selbst, weil ich ihr nicht wie Moune von diesem Parallelleben erzählt habe. Vielleicht hätte sie mich dann besser verstanden. Vielleicht wäre dann alles gar nicht passiert.

Es fällt mir schwer, die Augen zu öffnen. In meinem Kopf dreht sich alles und mir ist schlecht. Die Bettdecke scheuert auf meiner Haut. Ich fühle mich schwer. Das Gummi meiner Pyjamahose kneift mir in den Bauch.

Wie bin ich nur in dieses Leben geraten? Und vor allem, wie konnte ich mir einreden, dass es mich glücklich macht? Dass ich auf all das verzichten kann, was wirklich wichtig ist?

»Moune … Bitte, sei mir nicht böse …«

Ich beginne zu wimmern. Erst leise, dann immer lauter. Ich kann nicht mehr so weitermachen, ohne sie, es ist zu hart. Sie fehlen mir. Alles fehlt mir. Ich weine.

»Max? Geht es dir nicht gut? Du hast geschrien.«

Diese Stimme. Ich fahre ruckartig hoch. Sie ist es wirklich. Sofort stehe ich senkrecht im Bett, und in zwei Sätzen bin ich bei ihr und falle ihr um den Hals.

»Samya! Bist du es wirklich? Ich muss träumen. Du kannst nicht hier sein. Ja, genau, das muss es sein, ich träume.«

»Was ist denn los mit dir? Man könnte ja meinen, wir hätten uns Monate nicht gesehen.«

»Moune hatte einen Unfall! Ich war beim Radio, ich musste Ersatz für einen Gast finden. Ich weiß, dass ich Laetitia versprochen habe, ihr zu helfen, aber ich konnte doch nicht anders. Sie hat gesagt, es ist meine Schuld. Weißt du, ich bin so einsam, ich habe niemanden außer Jasper. Du und Audrey, ihr fehlt mir so. Ich habe mich geirrt, ich dachte, ich könnte es, aber das stimmt nicht. Ich wünsche mir so sehr, dass alles wieder wird wie vorher.«

»Sag mal, was redest du denn da? Ich verstehe nur

Bahnhof. Wir haben uns doch gestern Abend noch gesehen! Du warst zum Essen bei deiner Schwester und hast dort einen Typen kennengelernt, der Witze für Carambar schreibt. Weißt du das nicht mehr? Von welchem Unfall redest du? Von dem von vor drei Jahren? Komm, setz dich erst mal wieder hin, du hast sicher schlecht geträumt.«

Ich reiße die Augen weit auf und sehe mich um. Diese Wände, dieses Bett, dieser Schreibtisch. Die Aufsätze, die ich zu korrigieren begonnen habe. Ich bin in meiner Wohnung. Der Wohnung, die ich selbst eingerichtet habe und die ich heiß und innig liebe. Und hinter mir steht Samya. Sie ist es wirklich.

Ich bin zurück.

Oder ich habe wirklich nur geträumt.

Meine Bruchlandung auf dem Boden der Tatsachen ist äußerst schmerzhaft: In diesem Leben hier ist Moune tot.

Ich wollte jenes andere Leben nicht mehr. Stimmt. Aber dass ich bereit war, auf meine Großmutter zu verzichten, damit dieses Leben verschwindet, ist, als hätte ich sie ein zweites Mal getötet.

Oktober

Kapitel 42

Ein roter Wirbelwind springt an mir hoch und wirft mich fast um.

»Darcy! Da bist du ja, meine Prinzessin!«

Ich setze mich aufs Bett, und meine Hündin, der offenbar alle Verbote entfallen sind, springt auf meinen Schoß, legt mir die Vorderpfoten auf die Brust und beginnt mit meiner Morgentoilette: Sie schleckt mir gründlich das Gesicht ab und wedelt dabei begeistert mit ihrem Stummelschwänzchen. Fast, als hätte auch sie mich wochenlang nicht mehr gesehen … Ich vergrabe mein Gesicht in ihrem Fell und gerate in Entzücken darüber, wie weich es ist.

»Ja, du hast mir auch gefehlt. Ich lass dich nie mehr allein, das verspreche ich dir, nie mehr.«

»Max?«

»Ja?«

»Bist du sicher, dass es dir gut geht?«, stammelt Samya. »Eben warst du noch ganz benommen von deinem Traum, aber jetzt bist du hellwach …«

Für einen Moment bin ich versucht, zu meinem Vortrag über Marty McFly anzusetzen, aber inzwischen sehe ich ihn mit anderen Augen. Womöglich hat diese ganze Geschichte es geschafft, mir einen meiner absoluten Lieblingsfilme zu verleiden.

Es war schon in meinem Parallelleben nicht leicht, mich zu erklären, aber hier ist es auch nicht gerade einfach. Und nun, in diesem Zimmer, beginne ich mich zu fragen, ob ich mir nicht tatsächlich alles nur eingebildet habe.

»Ich weiß nicht, ob es ein Traum war, ich weiß es wirklich nicht. Aber ich habe gerade etwas vollkommen Verrücktes erlebt. Meine Hätte-Wäre-Wenns sind Wirklichkeit geworden. Und natürlich sind ein paar total aufregende Dinge passiert, aber im Großen und Ganzen …«

»Entschuldige, aber ich verstehe kein Wort von dem, was du da faselst. Drück dich mal ein bisschen klarer aus. Vielleicht hast du es ja vergessen, aber ich bin Mathelehrerin. Für mich existieren nur Zahlen und Fakten.«

»Du hast recht … Also gut, du wirst eine große Tasse mit irgendetwas Starkem brauchen. Schick Audrey eine Nachricht, sie soll sofort zum Brunch kommen. Wir machen eine Krisensitzung. Und jetzt brauch ich erst mal eine heiße Dusche, damit ich einen klaren Kopf bekomme.«

Als ich in meinem Zimmer allein bin, stelle ich mich vor den Spiegel in der Kleiderschranktür, um mich zu betrachten. Tatsache, ich bin wieder ich, ein paar Kilo zu viel, die Haare wie immer auf Sturm, die Fingernägel abgekaut. Ich hebe die Hand, wage jedoch nicht, die Narbe zu berühren. Was Moune betrifft, so weiß ich, dass ich mir keine Hoffnung machen, keine positive Überraschung erwarten darf. Zurück in der Realität.

Unter dem heißen Strahl der Dusche versuche ich, all die Ereignisse seit meinem Erwachen in der anderen Wohnung Revue passieren zu lassen, doch seltsamerweise beginnen die Bilder, die mir gestern noch so klar vor Augen standen, bereits an Schärfe zu verlieren.

Ich schlüpfe in eine Jeans, ziehe ein Sweatshirt mit der Aufschrift »Lust auf Soja« über, Claudias Weihnachtsgeschenk von letztem Jahr, und setze mich im Schneidersitz auf mein Bett, einen Notizblock auf den Knien. Ich muss das alles aufschreiben. Ich habe das unbestimmte Gefühl, dass mir die ganze Geschichte bereits zu entgleiten beginnt, so, als wäre wirklich alles nur ein Traum gewesen.

Eine Stunde später höre ich, dass Audrey gekommen ist. Und da weder sie noch Samya mit einer leisen Stimme gesegnet sind, dringen die Worte »bekifft« und »durchgeknallt« deutlich vernehmbar an mein Ohr.

»Ich kann euch hören!«, rufe ich ihnen aus meinem Zimmer zu. »Ihr scheint zu vergessen, dass wir immer die Pornos von dem Typen unter mir hören, also denkt mal drüber nach, was man durch nur eine Wand alles hören kann.«

Die Tür geht auf, und Audrey steckt den Kopf herein.

Ihr Anblick löst wahre Glücksgefühle in mir aus. Wie konnte ich auch nur einen Moment lang glauben, dass ich auf sie verzichten könnte?

»Der Brunch unserer Lieblingsirren ist angerichtet!«, verkündet sie grinsend.

Ich werfe mein Kissen nach ihr, sie weicht geschickt aus, und stattdessen trifft es Claudia, die gerade hinter ihr vorbeigeht.

»Hey! Ihr wisst doch, dass ich gegen Gewalt bin«, ruft sie. »So, Mädels, es ist alles vorbereitet. Ich würde gerne bei euch bleiben, aber die Hunde warten auf mich.«

»Keine Sorge, Claudia, während deiner Abwesenheit wird kein Tier zu Schaden kommen. Versprochen«, erwidert Audrey, ehe sie sich wieder mir zuwendet. »Warum grinst du so blöd? Man könnte meinen, du hättest Ryan Gosling nackt gesehen.«

»Ihr habt mir gefehlt. Ihr seid tausendmal besser als Ryan Gosling.«

Na gut, das ist jetzt etwas übertrieben. Immerhin reden wir hier über Ryan Gosling, und mit Ryan Gosling macht man keine Witze. Schon gar nicht, wenn er nackt ist.

Ich komme aus meinem Zimmer. Wie befürchtet, hat Claudia für uns gekocht, bevor sie zum Gassigehen entschwunden ist. Adieu, fetttriefendes Omelett und gebratener Speck, hallo Haferschleim und Veggie Buddha Bowl. Allerdings hätte ich nie gedacht, dass ein derart verbraucherunfreundlicher Brunch mir einmal so viel Freude bereiten würde.

Claudia hat sogar ihre berühmten Dinkel-Cookies gebacken. Na ja, berühmt vielleicht nicht unbedingt, aber widerwärtig mit Sicherheit.

Als ich vorsichtig einen Löffel Weizenflocken, Cranberries und Haselnüsse zum Mund führe, die tatsächlich köstlich schmecken, was ich jedoch Claudia gegenüber niemals zugeben würde, aus Angst, sie könnte sich sofort zu neuen lukullischen Höchstleistungen angespornt fühlen, starte ich einen Versuch, meinen Freundinnen von meinen letzten Monaten zu erzählen.

»Aber ihr müsst mir zuerst versprechen, dass ihr mich nicht für verrückt haltet.«

»So was würden wir doch nie tun«, heuchelt Audrey.

»Vor zwei Monaten, also für euch offenbar gestern Abend, habe ich eine Radiosendung gehört. Die Sendung von Justine Julliard. Sie hat einen Schriftsteller eingeladen, um mit ihm über seinen ersten Roman zu sprechen.«

»Ah, da hab ich auch zufällig reingeschaltet«, sagt Audrey. »Eine total bescheuerte Geschichte.«

»Jetzt lass sie doch erst mal erzählen, sonst sitzen wir morgen noch hier«, fällt ihr Samya ins Wort. »Worum ging es in dem Roman?«

»Um eine Frau, die das Angebot bekommt, in ihrer Vergangenheit etwas zu verändern, damit sie herausfinden kann, wie ihr Leben hätte sein können.«

»Sag ich doch. Totaler Blödsinn.«

»Glücklicherweise hat Michael J. Fox das anders gesehen, als er das Drehbuch zu *Zurück in die Zukunft* gelesen hat.«

»Danke, Samya! Wenigstens eine, die sich mit den Klassikern auskennt. Also, ich habe diese Sendung gehört und bin mit dem Gedanken eingeschlafen, dass es schön wäre, so etwas zu erleben. Also wenn man herausfinden könnte, wie das Leben aussehen würde, wenn man an einem bestimmten Punkt eine andere Entscheidung getroffen hätte. Und als ich wieder wach wurde, war ich nicht mehr hier, sondern in einer riesigen Luxuswohnung. Und schlanker war ich auch, und ich hatte eine andere Frisur. Außerdem war ich verheiratet.«

Audrey verschluckt sich fast an einem Dinkel-Cookie.

»Du warst was?«

»Verheiratet.«

»Und mit wem? Jetzt sag nicht, mit Yliès! Verräterin!«

»Mit Jasper. Einem Steueranwalt. Zerbrecht euch nicht den Kopf, ihr kennt ihn nicht. Ich kannte ihn auch nicht, ich hab ihn dort zum ersten Mal gesehen. Mit Yliès konnte ich ja gar nicht verheiratet sein, weil ich nicht Französischlehrerin war, sondern Moderatorin auf Europe 1. Und zwar anstelle von Justine Julliard, um genau zu sein.«

»Bist du sicher, dass deine Schwester dir keine Drogen gegeben hat?«, fragt Audrey.

»Genau«, fällt Samya mit ein, »damit du über die Carambar-Witze lachen kannst.«

»Was für Witze?«

»Ach, du weißt es ja noch gar nicht. Gestern Abend hat Max' Schwester einen Typen eingeladen, der sein Geld mit dem Schreiben von Witzen für Carambar und dem Einlaufen von Schuhen verdient. Also indem er sie für andere trägt.«

»Was es nicht alles gibt!«

»Hey, Mädels, können wir uns bitte auf meine verrückte Geschichte konzentrieren? Das Beste kommt ja erst noch.«

Ich warte, bis Audrey ihren Lachanfall unter Kontrolle gebracht hat, dann fahre ich mit meinem Bericht fort.

»Also, ich war Radiomoderatorin, und irgendwann habe ich in einer Sendung meine tote Großmutter erwähnt. Und da hat Emma mir erklärt, dass Moune noch lebt.«

»Wie soll das denn gehen?«, fragt Samya.

»Und wer ist Emma?«, setzt Audrey nach.

»Weil wir keinen Autounfall hatten. Und Emma ist meine Assistentin. Beziehungsweise war.«

Angesichts ihrer betretenen Gesichter hole ich etwas weiter aus.

»Es ist doch ganz einfach: Ich bin nicht Französischlehrerin geworden, also hatte ich keinen Unfall. Folglich ist Moune nicht ums Leben gekommen.«

»Was hat denn der Unfall damit zu tun, ob du Französischlehrerin geworden bist oder nicht?«

»An jenem Abend waren wir auf dem Weg zu deiner Premiere als Stella Starlight. Wenn ich nicht Französischlehrerin geworden wäre ...«

»... wärst du uns nie begegnet«, beendet Samya meinen Satz.

»Exakt. Als ich in dieser fremden Wohnung aufgewacht bin, dachte ich im ersten Moment, ich wäre entführt worden. Ich wollte dich anrufen, Audrey, aber deine Nummer war nicht in meinem Handy gespeichert. Glücklicherweise kannte ich sie auswendig. Aber du dachtest, ich wäre von einer Sekte oder so, und hast einfach aufgelegt.«

»Tja, Zicke bleibt Zicke. In diesem Leben oder in einem anderen.«

Ich lache.

»Ich meine es ernst. Also das, was ich euch gerade erzähle.«

»Hör zu, Max, du weißt, dass ich dich liebe und für alles offen bin. Der beste Beweis ist, dass ich gerade auf Pappe herumkaue … Aber du glaubst doch nicht allen Ernstes den Mist, den du uns erzählst. Du hast geträumt, und der Traum war wahrscheinlich sehr realistisch, aber es war eben nur ein Traum.«

»Und warum bist du in deinem Traum nicht Französischlehrerin geworden?«, fragt Samya.

»Jetzt stachel sie doch nicht auch noch an!«

»Ich bin nur neugierig.«

»Weil ich mir am Tag der Aufnahmeprüfung für die Journalistenschule nicht den Knöchel gebrochen habe. Also bin ich zur Prüfung gegangen und habe bestanden. Und ich kann euch sagen, ich war eine ziemlich gute Journalistin, ich habe sogar einen Preis gewonnen.«

»Schade, dass du ihn nicht mitgebracht hast, dann hätten wir wenigstens einen Beweis«, spottet Audrey und zwinkert mir freundschaftlich zu.

»Ich hab mit meinem Handy Fotos von der Wohnung gemacht ...«

Samya und Audrey wechseln verwirrte Blicke.

»Was ist? Warum seht ihr euch so an?«

»Worauf wartest du? Geh und hol es, damit wir es mit eigenen Augen sehen können!«

Ich habe die ganze Geschichte aufgeschrieben, um sie nicht zu vergessen, aber an mein Telefon habe ich gar nicht gedacht. Was Parallelleben angeht, bin ich wirklich eine blutige Anfängerin! Ich sprinte in mein Zimmer und komme triumphierend mit meinem Handy zurück. Hoffnungsvoll entsperre ich es, öffne die Fotoapp und scrolle rasch durch die Galerie. Die letzten Bilder sind die, die ich gestern bei Laetitia gemacht habe. Ein heimlicher Schnappschuss vom Schuheinläufer, während er gerade eine Olive isst, damit ich ihn den Mädels zeigen kann, und mein Schwager mit einer Küchenschürze mit der Aufschrift »Katastrophe in Arbeit«.

Ich gehe alle Bilder durch, die ich in meinem Handy gespeichert habe. Mein Herz zieht sich zusammen, als das Foto erscheint, auf dem ich mit Justine Julliard zu sehen bin, an dem Tag, an dem wir bei der Aufzeichnung einer ihrer Sendungen dabei waren. Im Hintergrund meine ich Emma zu erkennen. Ich zoome sie heran, aber das Bild ist zu unscharf. Unmöglich zu sagen, ob sie es ist oder nicht. Seltsam enttäuscht, schließe ich die App wieder.

»Da ist nichts. Aber es muss eine logische Erklärung dafür geben.«

»Die gibt es: Du hast geträumt«, sagt Audrey sanft. »Wir wissen, dass Moune dir fehlt, vielleicht hat dir dein Unterbewusstsein einen Streich gespielt und sie dir für einen Moment zurückgeholt.«

»Ich schwöre euch, es war alles ganz real! Jedenfalls … wirkte es so …«

Kapitel 43

»Alles okay, Max?«, fragt Samya leise, als ich wieder in meine Rolle als Lehrerin geschlüpft bin und an meinem Schreibtisch sitze, um die letzten Aufsätze zu korrigieren. »Seit Audrey weg ist, bist du aus deinem Zimmer gar nicht mehr rausgekommen. Sie wollte dich nicht kränken, du weißt doch, wie sie ist.«

»Ja, ich weiß. Aber du bist doch die Rationale unter uns, und du hast gar nichts gesagt.«

»Klar, ich kann dir mindestens zehn Argumente nennen, weshalb das alles vollkommen unlogisch ist. Aber ich bin eben auch eine unverbesserliche Träumerin, und deine Geschichte mit der Ehe … und Moune …«

Ohne Vorwarnung breche ich in Tränen aus.

»Es tut mir leid, Max, ich wollte nicht …«, versucht Samya mich zu beruhigen und nimmt mich in den Arm. »Ich hätte nicht gedacht, dass ein Traum einen so durcheinanderbringen kann.«

»Es ist nur, dass … Ich weiß nicht, wie ich es dir erklären soll. Ein Traum läuft ja nicht in Echtzeit ab, es gibt darin nicht mal Zeit, die vergeht. Aber was ich erlebt habe, hat mehrere Monate gedauert, ich habe Wochen in der Haut dieser anderen Maxine verbracht. Ich war auf Partys, habe tausend Stunden in den Büros von Europe 1 gearbeitet, ich habe mit meinem Mann geschlafen, stell dir vor, ich habe sogar einen Pole-Dance-Kurs mit fündundsiebzigjährigen Frauen gemacht. So etwas denkt man sich doch nicht aus, oder?«

»Vielleicht muss man ja gar nicht versuchen, es zu erklären.«

»Sagt ausgerechnet die Mathelehrerin ...«

»Ja, ich bin selbst ein bisschen überrascht, wahrscheinlich muss ich nachher schnell ein paar Gleichungen lösen, aber in diesem Fall denke ich, dass es nichts bringt, nach einem Sinn zu suchen. Außerdem spielt es doch gar keine Rolle, ob es ein Traum war oder nicht. Du hast deine Erinnerungen, du weißt, was du empfunden hast.«

Samya findet immer die richtigen Worte, eigentlich hätte sie Französischlehrerin werden sollen.

»Wenn ich die Augen schließe, bin ich nicht mal mehr sicher, was für eine Frisur oder welche Augenfarbe Emma hatte, alles verschwimmt. Ich war überzeugt, dass ich ihre Handynummer auswendig kenne, so oft habe ich sie angerufen, aber als ich eben versucht habe, sie zu wählen, konnte ich mich nicht mehr erinnern. Dafür erinnere ich mich ganz genau daran, was ich empfunden habe, als Moune mir die Tür geöffnet hat, ich habe immer noch ihr Parfüm in der Nase. Es war ein unglaubliches Gefühl, sie wieder lebendig vor mir stehen zu sehen.«

»Du hängst eben sehr an deiner Großmutter. Deshalb hat sich vermutlich alles, was mit ihr zusammenhängt, so tief in dein Gedächtnis eingegraben. Und all das andere, das Radio, dein Ehemann, wie hat sich das angefühlt?«

Ich spüre, dass es sie ungeheure Kraft kostet, sich nicht anmerken zu lassen, wie verrückt das alles ist.

»Es war seltsam. Verwirrend, aber gleichzeitig auch berauschend. Ich habe schnell gemerkt, dass die Maxine dort anders ist als ich. Zuversichtlicher und selbstbewusster, aber auch egoistischer. Moune lebte, aber wir haben uns kaum gesehen. Von meiner Beziehung zu Laetitia ganz zu schweigen. Ich dachte, ich könnte den Lauf der Dinge verändern, zumindest hatte ich mir das am Anfang vorgenommen. Doch dann hat die Arbeit mich eingeholt. Ich habe ein ganzes Projekt entwickelt, bis ins kleinste Detail, und das war so arbeitsintensiv und spannend, dass ich alles andere hintangestellt habe. Am Ende war ich dann ganz automatisch zur anderen Maxine geworden.«

»Und wie ist es ausgegangen?«

»Es war die Woche vor Weihnachten. Laetitia wollte für Heiligabend ein Essen mit der Familie organisieren. Ich hatte versprochen, ihr zu helfen, den Tag mit ihr zu verbringen, aber ich musste die Morgensendung vorbereiten, und dann kam noch ein unvorhergesehenes Problem mit einem Gast dazu … Ich wollte ihr gerade versprechen, dass ich es wiedergutmachen würde, als sie mich anrief und mir sagte, dass sie einen Autounfall gehabt habe. Moune hatte sie überredet, mit ihr zum Sender zu fahren und mich notfalls an Händen und Füßen rauszuzerren. Es war neblig an diesem Tag … Als ich im Krankenhaus Moune so bewusstlos daliegen sah, wurde mir klar, wie sehr mir mein echtes Leben fehlte, sogar Claudias stinkende Cremes. Und ich wusste, wenn ich die Wahl hätte, würde ich zurückkehren. Als Moune aus dem Koma erwachte … Da war ich natürlich überglücklich, aber dennoch wollte ich mein altes Leben zurück, das, in dem sie tot war. Ich kam mir vor wie ein Monster.«

Nach diesem langen Monolog, ohne einmal Luft zu holen, greife ich in einer inzwischen wieder vertrauten Geste nach meiner Narbe. Samya versucht, ihre Rührung zu unterdrücken.

»Es tut mir so leid, Maxine. Ich verstehe, wie du dich fühlen musst. Du hättest uns das alles heute Morgen erzählen sollen. Verzeih uns …«

»Du brauchst dich nicht zu entschuldigen. Ich weiß, dass das alles schwer zu begreifen ist. Und ich kann dir sagen, dass ihr mir noch nie so gefehlt habt wie … während dieser ganzen Sache.«

Ich lächle ihr zu und drücke sie kurz an mich.

»Sag mal, Samya, was hast du eigentlich gedacht, als meine Eltern nach Kanada ausgewandert sind?«

»Hm … ich weiß nicht so recht. Komisch, dass du mich das jetzt fragst.«

»Es ist nur … Ich habe mit Moune darüber gesprochen. Na ja, wie gesagt, vielleicht habe ich es ja auch nur geträumt. Egal … Jedenfalls hat sie da was zu mir gesagt.

Dass es nicht meine Schuld ist, dass es mit ihrer Beziehung zueinander zu tun hat. Ich komme einfach nicht dahinter, was sie damit meint.«

»Vielleicht solltest du sie fragen.«

»Wen? Meine Mutter?«

»Sie kann dir wohl am ehesten eine Antwort geben.«

»Logisch.«

»Na siehst du. Jetzt hast du's auch begriffen«, sagt sie und zwinkert mir zu.

»Ich überlege es mir. Jetzt muss ich erst mal ein paar Aufsätze korrigieren. Zurück in der Realität.«

Als sie sich zum Gehen wendet, rufe ich sie noch einmal zurück.

»Samya!«

»Ja?«

»Ich hab noch was vergessen. Sag bitte deiner zauberhaften Tochter, dass Mama in der Mitte mit nur einem M geschrieben wird.«

Ich muss lachen, als ich ihr verdutztes Gesicht sehe, und reiche ihr die Arbeit, die ich beiseitegelegt habe.

»Ups!«, sagt sie und verzieht das Gesicht. »Ich werde mit ihr reden, versprochen. Und wir gehen auch bald wieder nach Hause, keine Sorge.«

»Bleibt, so lange ihr wollt. Ehrlich gesagt mag ich dieses Chaos …«

Kapitel 44

Man sagt ja immer, dass die Nacht Rat bringt. Mir bringt sie vor allem Schlaflosigkeit. Immer wieder geht mir das Erlebte durch den Kopf, durchlebe ich all die widersprüchlichen Gefühle, und ich finde keinen Schlaf.

Am nächsten Morgen habe ich das Gefühl, dass mir jeden Moment der Kopf platzt, aber ich sehe etwas klarer. Es ist mir gelungen, eine Bilanz zu ziehen, herauszukristallisieren, was für mich wichtig ist und was ich ändern muss.

»Yliès? Haben Sie einen Augenblick Zeit für mich? Ich würde gern mit Ihnen sprechen.«

»Ja, natürlich. Worum geht es denn?«

Um Sie. Um mich. Um Ihre Hände auf meinem Körper. Um Ihren Mund. Um …

»Ich habe eine neue Idee für die Schüler.«

Lächelnd deutet er auf den Stuhl vor seinem Schreibtisch. Ein wenig nervös, setze ich mich.

»Wie läuft es mit der Schreibwerkstatt?«, fragt er. »Wir haben uns in der Zwischenzeit gar nicht mehr gesehen.«

»Wollen Sie es wirklich wissen? Es ist ein Fiasko. Nicht ein einziger Schüler ist gekommen.«

»Autsch … Vielleicht beim nächsten Mal.«

»Nein, es wird kein nächstes Mal geben. Ich habe lange darüber nachgedacht, die Schreibwerkstatt war keine gute Idee.«

»Und jetzt haben Sie etwas anderes im Kopf. Darüber wollten Sie mit mir sprechen?«

Ich habe den Eindruck, er ist enttäuscht, aber ich verscheuche diesen Eindruck sofort. Das kleine Zwischenspiel mit Germain hat mich gelehrt, dass mein Gespür für Männer ungefähr so zuverlässig ist wie die Wettervorhersage.

»Genau. Ich habe mir gedacht, man müsste ihnen etwas anbieten, wo ihre Kreativität mehr gefordert wird. Etwas, wo sie sich richtig engagieren können. Verstehen Sie?«

Ehe er antworten kann, fahre ich fort: »Eigentlich dachte ich zuerst an eine Radiosendung, aber dann fand ich es doch etwas zu ehrgeizig. Also habe ich das Ganze etwas zurückgefahren und mir überlegt, dass die Schüler eine Zeitung erstellen könnten. Natürlich zunächst nur ein paar Seiten, für den Anfang, aber zu Themen, die sie interessieren. Über die sie selbst gerne etwas lesen würden, worüber sie Lust haben zu schreiben. Vielleicht könnten sie ja auch Interviews machen …«

»Haben Sie schon mit ihnen darüber gesprochen?«

»Nein, noch nicht. Ich wollte erst hören, was Sie davon halten.«

»Ich finde es großartig«, sagt er mit breitem Lächeln, das mir glatt den BH aufhakt. »Das ist eine sehr gute Idee.«

Ich lächle ebenfalls erleichtert und stehe auf, um in mein Klassenzimmer zu gehen und meinen Schülern von dem Projekt zu erzählen.

»Maxine?«

»Ja?«

Ich liebe Sie. Wollen Sie mit mir schlafen, gleich hier, auf meinem Schreibtisch? Wollen Sie mich heiraten?

»Danke, dass Sie sich so für die Schule einsetzen. Ich wusste, dass ich auf Sie zählen kann.«

Es ist deprimierend.

Ich staune selbst darüber, wie gerührt ich bin, als ich meinen Schülern gegenüberstehe. Ich hätte nie gedacht, dass ich mich jemals so freuen würde, sie wiederzusehen. Offenbar stimmt es wirklich, dass man erst merkt, was einem fehlt, wenn man es verloren hat …

Wer lässt sich eigentlich diese ganzen Redensarten einfallen? Fehlt nur noch »Alle guten Dinge haben ein Ende«, denke ich amüsiert.

»Ich habe Ihre Aufsätze korrigiert …«

Mehrere Herzen setzen einen Schlag aus, Köpfe werden eingezogen. Vielleicht beruht meine Wiedersehensfreude nicht auf Gegenseitigkeit. Tja, man kann nicht alles haben.

»Auch wenn nicht jeder von Ihnen ein Herz für Flaubert hat, weiß ich doch wenigstens, dass der ein oder andere *Twilight* gelesen hat. Das ist doch schon mal etwas. Ich muss gestehen, dass ich einige Male herzhaft gelacht habe. Und da gibt es Schlimmeres.«

Sechzig Lungenflügel atmen hörbar aus.

Nachdem die Aufsätze verteilt sind und ich meinen Schülern genügend Zeit gelassen habe, meine Kommentare zu lesen, also etwa dreißig Sekunden, nehme ich das Thema Zeitung in Angriff. Geduld gehört nicht zu meinen Tugenden.

»Ich möchte Ihnen danken, dass Sie nicht zur Schreibwerkstatt gekommen sind.«

Augen werden beschämt niedergeschlagen, Blicke kreuzen sich. Ich kann förmlich sehen, wie es in ihnen arbeitet, sich der ein oder andere fragt, ob er richtig gehört hat.

»Nein, im Ernst, ich bin Ihnen dankbar. Es war auch wirklich eine etwas angestaubte Idee.«

Hier und da lässt sich unterdrücktes Kichern vernehmen.

»Also habe ich beschlossen, die Schreibwerkstatt zu streichen und Ihnen etwas anderes vorzuschlagen. Ich dachte, ich helfe Ihnen dabei … eine Zeitung auf die Beine zu stellen.«

Applaus, Freudengeheul, kollektive Hysterie?

Weit gefehlt. Eher das Schweigen im Walde, aber ich lasse mich nicht beirren.

»Die Chefredakteure sind Sie. Sie suchen die Themen

aus, die Sie interessieren, Sie können Interviews oder Umfragen machen. Und Sie schreiben natürlich die Texte. Ich unterstütze Sie dabei, gebe bei Bedarf Tipps. Und überprüfe selbstverständlich, ob das, was gedruckt werden soll, nicht gegen die öffentliche Ordnung verstößt. Also, was halten Sie davon?«

Die Klasse … schweigt.

»Sie beschweren sich immer, dass Sie nie nach Ihrer Meinung gefragt werden und nicht die Texte auswählen dürfen, die gelesen werden. Wenn ich Sie schon nicht für Flaubert begeistern kann, dann kann ich Ihnen doch die Möglichkeit geben, sich in einem anderen Rahmen auszudrücken.«

»Wir können schreiben, worüber wir wollen?«, wagt sich endlich schüchtern ein Schüler vor.

»Worüber Sie wollen.«

»Auch über das widerliche Mensaessen?«, fragt Julien sarkastisch.

»Auch über das Mensaessen. Es geht darum, Themen zu finden, die jeden interessieren, damit die Zeitung von allen Schülern gelesen wird.«

»Ah, tja, das schließt dann wohl so was wie Klamotten und Schminke aus!«, ruft Quentin grinsend.

»War ja klar, dass von dir wieder eine sexistische Bemerkung kommt«, antwortet ihm Anaïs. »Nur weil wir Mädchen sind, heißt das nicht, dass wir über nichts anderes reden als über Blush und Slim-Jeans. Entschuldige mal, wir haben auch ein Hirn.«

»Da haben wir doch schon mal eine Idee für einen ersten Artikel: Sexismus unter Jugendlichen«, sage ich so vorsichtig wie möglich, um ihnen nicht das Gefühl zu geben, ich würde sie beeinflussen wollen.

»Da könnte ich eine Menge zu erzählen«, fährt Anaïs fort.

»Und was ist mit Sexismus gegenüber Jungen, gibt es den etwa nicht?«, schaltet sich nun wieder Julien ein. »Ich finde es ein bisschen zu einfach, immer nur alles aus dem Blickwinkel der Mädchen zu sehen. Wir hätten da nämlich auch einiges zu sagen.«

Schon reden alle durcheinander, jeder will seinen Senf dazugeben.

Ich schweige und begnüge mich damit zuzuhören. Ich kann mir ein Lächeln nicht verkneifen. Der Samen ist gepflanzt. Der Samen der Zwietracht, sicher … Aber vor allem ist es ein Anfang.

Kapitel 45

»Und, was hältst du von Georges?«, fragt mich meine Schwester.

Ich liege auf ihrem Zahnarztstuhl, so glücklich, sie wiederzusehen, dass ich fast in Tränen ausgebrochen wäre, als ich die Tür zu ihrer Praxis geöffnet habe.

»Georges? Der Schuheinläufer? Soll das ein Scherz sein?«

»Ich gebe zu, das war nicht meine beste Idee. Aber abgesehen von seinem Job ist er doch gar nicht so übel, oder?«

»Nicht übel? Vielen Dank. Das sind also die Maßstäbe, die du ansetzt, wenn es um den zukünftigen Mann meines Lebens geht. Klar, er ist süß, aber ich würde ihn jedes Mal, wenn ich die Augen zumache, in knallroten Schuhen in Größe 41 vor mir sehen. Nein, Georges habe ich endgültig von der Liste potenzieller Partner gestrichen. Der geht gar nicht, nicht mal, wenn ich total betrunken oder deprimiert wäre.«

Sie lacht. Ich bin wieder mit meiner Schwester zusammen, als wäre nichts geschehen. Zugegeben, anfangs war es ein komisches Gefühl. So verrückt es ist, ich musste doch daran denken, dass sie mir bei unserer letzten Begegnung vorgeworfen hat, dass ich schuld bin an Mounes Koma.

»Gut, also vergessen wir Georges. Dann muss ich mich eben wieder auf die Suche nach deiner Schwesterseele machen. Du bist aber auch schwierig!«

»Lass mal, ich hab beschlossen, bis ans Ende meiner Tage allein zu bleiben. Mit Darcy, natürlich.«

»So ein Unsinn! Ich glaub, dir sind von dem ganzen Sojazeug schon ein paar Neuronen durchgeschmort.«

»Nicht Soja. Dinkel-Cookies. Außerdem weiß ich nicht, was daran so ungewöhnlich sein soll. Ich hab einfach beschlossen, mich mehr auf meine berufliche Weiterentwicklung zu konzentrieren.«

»Sieh an. Haben deine Schüler was mit deiner Erleuchtung zu tun?«

»Gewissermaßen. Ich habe einfach beschlossen, mich außerschulisch zu engagieren. Ich habe meinen Schülern vorgeschlagen, eine Zeitung zu gründen, und auch wenn wir noch kein richtiges Konzept haben, scheint ihnen die Idee zu gefallen. Das ist schon mal ein erster Schritt. Warum siehst du mich so komisch an?«

»Ich weiß nicht. Du bist so … anders. Irgendwie selbstsicherer oder so, schwer zu sagen.«

Ach herrje, geht das wieder los. In diesem Leben auch noch.

»Das ist wahrscheinlich Georges' Wirkung auf mich.«

Wir lachen beide. Ich warte ein paar Sekunden, dann stelle ich ihr endlich eine der Fragen, wegen denen ich in ihre Notfallsprechstunde gekommen bin.

»Sag mal… hast du dich eigentlich nie gefragt, was aus deinem Leben geworden wäre, wenn du nicht Zahnärztin geworden wärst?«

»Nicht wirklich. Nein, eigentlich nicht«, sagt sie und legt ein paar Zangen akkurat nebeneinander. »Ich wollte immer Zahnärztin werden. Weißt du noch, als wir klein waren, da habe ich die Zähne unserer Barbie-Puppen immer mit schwarzem Filzstift angemalt und hatte einen Heidenspaß, sie mit allen möglichen Gegenständen zu devitalisieren.«

»Aber stell dir vor, irgendein Ereignis hätte dich davon abgehalten…«

»Dann hätte ich trotzdem alles darangesetzt, Zahnärztin zu werden. Wenn man eine wirkliche Leidenschaft für etwas hat, kann einen nichts und niemand davon abhalten. Meinst du nicht?«

Ich versuche nicht daran zu denken, wie sie auf einmal beschlossen hatte, an lebenden Personen zu üben und mich mit einer Schneckengabel in der Hand durchs ganze Haus verfolgt und dabei krakeelt hat, dass ich nichts spüren würde. Ich hatte monatelang Albträume. Noch heute kriege ich keine Schnecken runter.

»Hm, na ja. Wobei deine Leidenschaft für diese Folterinstrumente ehrlich gesagt Fragen zu deiner geistigen Gesundheit aufwirft.«

»Ach, und warum bist du dann hier?«

»Weil du niemals wagen würdest, sie bei mir zu benutzen! Du hast viel zu viel Angst davor, dass ich dich wieder beißen könnte, so wie ich es mit fünf Jahren getan habe.«

»Auch wieder wahr. Also, schieß los: Wie kommt es, dass du dir plötzlich Fragen über deine Karriere stellst?«

»Keine Ahnung. Ich hab eben in letzter Zeit drüber nachgedacht. Ich hab mich gefragt, ob ich nicht doch lieber, wie geplant, hätte versuchen sollen, im Journalismus Fuß zu fassen. Und ob dieses angebliche Zeichen des Schicksals nicht nur ein Vorwand war, um mich nicht der Realität stellen zu müssen …«

»Ach du liebe Güte, Dinkel scheint ja eine noch verheerendere Wirkung zu haben als Soja.«

»Mit dir kann man nie ein ernstes Gespräch führen.«

»Na und? Es ist ja auch wirklich ein bisschen merkwürdig, dass du auf einmal mit so was kommst. Warum stellst du dir solche Fragen? Du hast nun mal den Job, den du hast, und er gefällt dir – gut so. Falls nicht: Such dir was anderes. Wenn man sich dauernd fragt, was man alles hätte anders machen können, hört man auf zu leben.«

»Du redest wie Moune.«

Nachdem ich ihren Namen ausgesprochen habe, überfällt uns beide einen Augenblick lang Traurigkeit. Laetitia schweigt. Sie weiß offenbar nicht, was sie sagen soll. Ich wechsle das Thema.

»Und sonst? … Habt ihr schon Pläne für die Ferien?«

Meine Schwester entspannt sich, ebenfalls erleichtert

darüber, dass sich die Geister der Vergangenheit zurückziehen.

»Was für Ferien? Meinst du Allerheiligen? Falls du's vergessen hast: Ich bin nicht Lehrerin wie du.«

»Oh, die Frau Doktor ist genervt. Da werde ich meine Zähne wohl lieber in Sicherheit bringen, bevor sie Laetitias Rache zu spüren bekommen.«

»Recht so! Aber weil ich so unglaublich selbstlos bin, frage ich dich trotzdem, was du in *deinen* Ferien vorhast. Und wenn ich dann nicht den Oscar für die weltbeste Schwester bekomme …«

»Ich habe mir überlegt … Papa und Mama zu besuchen.«

»In Kanada?«

»Mir wäre es auch lieber, ich könnte sie hier besuchen, bei meiner blöden Flugangst, aber da sie nun mal zufälligerweise in Kanada leben, werde ich mich wohl dorthin begeben müssen.«

»Und wie kommst du plötzlich auf diese glorreiche Idee?«, fragt sie schroff.

»Ich … Hast du dich nie gefragt, warum sie einfach Hals über Kopf weggegangen sind?«

»Weil Mama eine Egoistin vor dem Herrn ist!«

»Laeti …«

»Tut mir leid, aber so sehe ich das nun mal.«

»Wie auch immer, jedenfalls habe ich beschlossen, dass ich endlich Gewissheit haben will.«

»Dafür gibt es Telefon.«

»Ich will ihr dabei ins Gesicht sehen. Ich muss es verstehen. Und ich dachte, du könntest vielleicht mitkommen …«

»Also das ganz sicher nicht! Sie ist diejenige, die fortgegangen ist, wenn einer kommen sollte, dann sie!«

Was ihre Karriere oder meine Mutter angeht, ist mit meiner Schwester nicht zu reden. Wo ich hin- und herschaukele wie ein Fähnchen im Wind, steht sie fest wie ein Fels in der Brandung.

»Schon gut, reg dich nicht auf. Ich werde alleine fliegen.«

Ich weiß nicht, ob ich Mounes Worte wirklich gehört habe oder ob mein Unterbewusstsein mir einen Streich gespielt hat, aber sie gehen mir nicht mehr aus dem Sinn. Ja, ich muss es wissen. Auch wenn ich dafür meiner Mutter unter die Augen treten muss.

Und ins Flugzeug steigen muss.

Zum ersten Mal in meinem Leben.

November

Kapitel 46

»Meine Damen und Herren, wir begrüßen Sie an Bord der A230 auf dem Flug 474645 nach Montreal. Wir werden in wenigen Minuten starten. Die voraussichtliche Flugdauer beträgt heute sieben Stunden und fünfzig Minuten. Das Wetter ist gut, wir rechnen jedoch mit ein paar kleineren Turbulenzen …«

Was? Was hat der Pilot da gerade in seinen Bart gemurmelt? Habe ich »Turbulenzen« gehört? Von was für Turbulenzen redet er? Von zwei, drei freundlichen Wolken oder von einem Unwetter, das uns so durchschütteln wird, dass uns die Sauerstoffmasken herunterfallen?

Als meine Eltern sich in den Kopf gesetzt haben umzuziehen, hätte es da nicht auch Montpellier getan? Oder Marseille oder irgendein anderer Ort, der auf dem Landweg erreichbar ist? Aber nein, sie mussten ja auf die andere Seite des Planeten auswandern, an einen Ort, zu dem man erst mal stundenlang über sehr tiefes Wasser fliegen muss. Tief und eiskalt. Mein Gott, was, wenn das Flugzeug mitten über dem Meer abstürzt? Ich will nicht ertrinken!

Mit diesen beruhigenden Gedanken schließe ich die

Augen und murmele Claudias Lieblingssprichwörter vor mich hin: »Hör lieber den Wald wachsen als den Baum fallen«, »Wenn du Berge versetzen willst, beginne damit, kleine Steine abzutragen«. Was natürlich nicht das Geringste mit alldem hier zu tun hat, aber diese kleinen Mantras haben mich immer amüsiert.

»Haben Sie Angst vorm Fliegen?«

»Überhaupt nicht«, erwidere ich zynisch. Ich finde einfach, dass es der passende Moment ist, meine Chakren zu öffnen.

Ich drehe mich zu meinem Sitznachbarn, um dieser dummen und vorwitzigen Frage ein Gesicht zu geben, als mir fast das Herz stehen bleibt. Der Mann, der neben mir sitzt, ist … Er sieht aus wie …

»Jasper?«

»Sie müssen mich mit jemandem verwechseln. Ich heiße Jonathan. Und Sie?«

»Maxine … Ich heiße Maxine, aber alle nennen mich Max.«

Dieses Gesicht, diese türkisblauen Augen, dieses Lächeln … Ich weiß, dass es unmöglich ist, aber dieser Typ neben mir ist mein Ehemann aus meinem Parallelleben. Ich bin verwirrt.

»Freut mich. Das ist ein ausgefallener Name.«

»Wir bitten Sie, Ihren Tisch hochzuklappen und Ihren Sicherheitsgurt nochmals zu überprüfen. Wir werden in wenigen Minuten starten. Kabinen-Crew an den Türen Rutschen und gegenüberliegende Tür überprüfen.«

Wie bitte? Türen überprüfen? Die haben den Schlüssel doch hoffentlich mindestens zweimal umgedreht? Das war's, ich werde sterben.

»Wenn Sie keine Angst vorm Fliegen haben, täuschen Sie es aber sehr gut vor«, fängt Jaspers Doppelgänger wieder an und deutet mit dem Kinn auf meine Füße, die eine kleine Stepptanznummer zum Besten geben, und das ganz ohne Musik.

Plötzlich beginnen die Triebwerke zu dröhnen, und das Flugzeug stürmt voran und gewinnt in Nullkommanichts an Tempo. Sehr viel Tempo. Ist das nicht ein bisschen schnell? Ich schließe die Augen, atme, atme. Kralle mich in die Lehnen. Dann spüre ich, wie das Flugzeug vom Boden abhebt, es vibriert durch und durch, ich bete, dass nicht gerade in diesem Moment ein Vogel vorbeikommt und von den Triebwerken angesaugt wird. Macht euch nicht lustig über mich! Als ich gestern im Internet nach einer Statistik für Flugzeugabstürze gesucht habe, habe ich gelesen, dass so etwas vorkommt. Seit 1988 hat diese Art der Kollision zweihundert Tote gefordert! Die gegrillten Vögel nicht mitgezählt!

Ich atme ein, ich atme aus, ich atme ein, ich atme aus, und zwar so schnell, dass ich zu hyperventilieren beginne. Mein Gott, wer kümmert sich um Darcy, wenn ich nicht mehr bin?

»Ich denke, Sie können jetzt aufhören, diese arme Lehne zu malträtieren. Sie hat Ihnen nichts getan. Schauen Sie, das war's schon, wir sind oben. Seit mindestens einer Viertelstunde.«

Ich lächle meinem Sitznachbarn schwach zu.

»Vielleicht habe ich tatsächlich ein bisschen Flugangst. Aber nur ein ganz kleines bisschen. Wie war noch mal Ihr Name?«

»Jonathan. Ich heiße Jonathan.«

Wir sind seit fast einer Stunde in der Luft, und nachdem mein Sitznachbar eingenickt ist, ergreife ich die Gelegenheit und halte eine Stewardess an, die gerade vorbeikommt und stelle ihr die Frage, die mich schon eine ganze Weile beschäftigt.

»Madame? Verzeihen Sie, aber diese Geräusche, dieses Klopfen, das man die ganze Zeit hört … ähem … ist das normal?«

Eine berechtigte Frage, da werdet ihr mir sicher zustimmen.

»Das ist völlig normal. Das ist nur der Flugzeugrumpf, der sich dehnt.«

Dann geht sie weiter, als ob nichts wäre, und bietet allen Passagieren, die gar nicht wissen, in welcher Gefahr sie schweben, ein Getränk zum bescheidenen Preis von zehn Euro an.

Aha, der Flugzeugrumpf dehnt sich … Aber bis zu welchem Punkt? Ich will ja nicht kleinlich sein, aber soweit ich weiß, können Dinge, die sich dehnen, irgendwann platzen.

Entspann dich, man muss das alles relativieren. Was hat sie noch mal gesagt, wo sich die Rettungswesten befinden? Vielleicht sollte ich meine sicherheitshalber schon mal anziehen.

»Keine Sorge, Sie werden nichts spüren, wenn das Flugzeug aufkommt.«

»Haben Sie nicht geschlafen?«

»Doch. Aber Ihr Rumgefummel hat mich geweckt.«

»Ich fummele nicht rum. Ich bleibe wach, damit ich im Notfall sofort reagieren kann.«

»Sie fliegen zum ersten Mal, stimmt's?«

»Ja. Aber das hat damit nichts zu tun. Ich bin einfach nur vorsichtig, das ist alles. Wenn das Flugzeug so gut funktioniert wie das Mikrofon des Piloten, dann haben wir allen Grund, uns Sorgen zu machen.«

Er sieht mich an und beginnt zu lachen. Ein offenes Lachen, völlig frei von Ironie.

»Das ist nicht lustig, das ist mein voller Ernst«, entgegne ich, doch ich merke bereits, dass sein Lachen mich ansteckt.

»Ich mache mich nicht über Sie lustig, wirklich nicht. Es ist nur, weil ich mich auch immer frage, wie es möglich ist, dass man Menschen auf den Mond schickt, aber es nicht schafft, vernünftige Headsets zu bauen. Das frage ich mich jedes Mal, wenn ich fliege.«

»Und ich jedes Mal, wenn ich eine Packung Schinken öffnen will und an der Lasche ziehe, die Folie aber trotzdem immer in der Mitte reißt.«

Jetzt lache ich ebenfalls und vergesse darüber beinah die Sache mit der Dehnung.

Im Großen und Ganzen ist der Flug doch nicht so unangenehm.

Kapitel 47

Als der Pilot verkündet, dass wir den Landeanflug beginnen, wird mir bewusst, dass die Zeit im wahrsten Sinne des Wortes wie im Flug vergangen ist. Jonathan und ich haben fast die ganze Zeit geredet. Wegen seiner verwirrenden Ähnlichkeit mit Jasper konnte ich nicht umhin, nach Ähnlichkeiten zwischen ihm und dem Mann zu suchen, mit dem ich ein paar Wochen lang verheiratet war. Ohne allzu großen Erfolg. Außer vielleicht in beruflicher Hinsicht: Jonathan leitet eine PR-Agentur, die er selbst gegründet hat und die ihn viel Zeit kostet.

Er hat mich nach meinem Job als Lehrerin und nach meinen Schülern gefragt, und zu meiner eigenen Überraschung habe ich ihm mit großem Vergnügen davon erzählt.

»Ich will die Stimmung ja nicht verderben«, sagt er mit einem Zwinkern, »aber wir landen jeden Moment. Für den Fall, dass wir hier nicht lebend rauskommen, wollte ich dir schon mal sagen, dass es ein sehr angenehmer Flug mit dir war.«

Ein Blick aus dem Fenster bestätigt mir, dass der Boden bedrohlich nahe gekommen ist.

»Du bist der ideale Sitznachbar für jemanden mit Flugangst.«

»Gern geschehen.«

Um mich zu beruhigen, greift er wenige Minuten, bevor das Flugzeug den Boden berührt, nach meiner Hand und streichelt mit dem Daumen sanft meine Handfläche. Erstaunlicherweise kommt mir diese zwischen zwei Fremden unglaublich intime Geste beinah ganz natürlich vor.

Als das Flugzeug zum Stehen kommt und Applaus aufbrandet, seufze ich erleichtert.

»Siehst du? Die Leute klatschen sogar! Ich bin wohl nicht die Einzige, die der Meinung ist, dass es total irrwitzig ist zu fliegen«, sage ich lachend.

Als wir unsere Koffer aus dem Gepäckfach nehmen, reicht er mir seine Visitenkarte.

»Das klingt jetzt vielleicht wie ein Klischee, aber ich würde dich gern wiedersehen, wenn du wieder in Frankreich bist. Hättest du Lust, mal was essen zu gehen? Mein Büro ist nur eine Stunde von Savannah-sur-Seine entfernt, ich könnte dich mit dem Wagen abholen kommen.«[9]

»Sehr gerne.«

Ich kritzele meine Nummer auf einen Zettel und reiche ihn ihm.

9 Gute Idee. Mit dem Tretroller wäre es nicht so praktisch.

»Ich hoffe, dein Aufenthalt hier hilft dir, Antworten auf deine Fragen zu finden.«

»Das hoffe ich auch. Ich werde es dir beim Essen berichten.«

Er lächelt, dann küsst er mich auf die Wange. Ein etwas festerer Kuss. In dem ein Versprechen mitzuschwingen scheint.

Wir verlassen das Flugzeug, und als ich zum Schalter der Autovermietung gehe, sehe ich ihm nach, während er sich mit schnellen, entschlossenen Schritten entfernt. Nein, er ist nicht Jasper, aber dennoch habe ich das seltsame Gefühl, ihn davongehen zu sehen. Schnell verscheuche ich diesen beunruhigenden Gedanken und konzentriere mich auf den Grund meiner Reise.

Zeit, den Wagen abzuholen, den ich reserviert habe, und in das kleine Dorf in der Nähe des Lac Caroline zu fahren, in dem sich meine Mutter niedergelassen hat.

Die Fahrt dauert fast zwei Stunden. Zwei Stunden, in denen ich tausend Theorien aufstelle und überlege, was ich meiner Mutter sagen soll, wenn sie mir die Tür öffnet. Es war ein bisschen riskant, sie nicht über mein Kommen zu informieren, aber ich zähle auf den Überraschungseffekt, um Antworten auf all meine Fragen zu bekommen.

Ich parke den Wagen gegenüber des Hauses meiner Eltern und bleibe ein paar Minuten sitzen, um es zu betrachten. Hier wohnen sie jetzt also. Ein großes Gebäude mit weißen Mauern und roten Fensterläden, mit einer überdachten Terrasse, die um das Haus herumzuführen scheint. Ein kleiner Garten. Aus dem Schornstein steigt Rauch auf, die Fenster im Erdgeschoss sind erleuchtet. Sie sind da. Ich hole noch einmal tief Luft, ehe ich mich entschließe auszusteigen.

Mein Mantel ist nicht sehr dick, und sofort überfällt mich hinterrücks die Kälte und verschlägt mir fast den Atem.

Ich überquere die verlassene Straße und steige die Stufen zur Eingangstür hinauf, an der bereits ein Weihnachtskranz mit roter Schleife hängt. Ich klopfe und trete von einem Bein aufs andere, um mich zu wärmen, während ich darauf warte, dass mir jemand öffnet. Mit Herzklopfen lausche ich auf das Geräusch von Schritten, dann öffnet sich die Tür. Vor mir steht meine sprachlose Mutter.

»Hallo, Mama. Überraschung.«

Kapitel 48

»Maxine? Bist du es, Schatz? Ich wusste gar nicht, dass du kommst!«

»So macht man das in der Regel, wenn man jemanden überraschen will, Mama. Sonst wäre es ja witzlos.«

Sie geht nicht auf die Ironie ein, die ich mir nicht verkneifen konnte, tritt auf mich zu und nimmt mich in die Arme. Etwas irritiert von dieser Geste, auf die mich unsere seltenen und immer sehr kühlen Telefonate nicht vorbereitet haben, bleibe ich stocksteif stehen.

»Ich freu mich so, dich zu sehen, mein Schatz! Wie geht es Laetitia und Julien? Aber komm doch erst mal rein, du erfrierst ja in dem dünnen Mantel.«

Sie tritt beiseite, um mich hereinzulassen, und schließt die Tür hinter mir. Die mollig warme Luft im Haus wärmt mich fast sofort wieder auf.

»Du hast dir nicht gerade die beste Zeit ausgesucht für deinen Überraschungsbesuch. Es ist eiskalt dieses Jahr. In den nächsten Stunden soll es Schnee geben. Da wird dein Vater aber staunen, wenn er nach Hause kommt.«

Während meine Mutter einen Garderobenschrank neben der Tür öffnet und meinen Mantel aufhängt, sehe ich mich verstohlen um. Zu meiner Verwirrung kann ich nirgends den Stil meiner Eltern erkennen. Die Wände sind mit Bildern vollgehängt, hauptsächlich Bilder von Landschaften, darunter mehrere Ansichten von einem See, vermutlich Lac Caroline. Auf dem Boden liegt ein dicker Teppich.

»Komm, Schatz, ich mach dir einen heißen Kakao. Das wird dich aufwärmen.«

Sie führt mich in die Küche. Auch hier nicht die Spur von dem modernen Stil ihres vorherigen Hauses. Ein gusseiserner Herd, zahlreiche Wandschränke, Töpfe an Haken und, mittendrin, eine riesige Arbeitsplatte aus Holz.

Ich sehe ihr zu, während sie sich zu schaffen macht, zwei große Becher herausholt, den amerikanischen Kühlschrank öffnet, um die Milch herauszunehmen, und einen Topf auf die Gasflamme stellt.

»Hübsches Haus.«

»Mhm … Ja, vor allen Dingen groß. Hier kommen dein Vater und ich uns nicht in die Quere.«

Ich setze mich an den runden Tisch am Fenster. Draußen ist es bereits dunkel.

»Bitte sehr, Schatz. Hausgemachte heiße Schokolade.«

Sie setzt sich ebenfalls. Mir scheint, ihre Hände zittern für einen Moment. Mit einem Mal wirkt sie nervös.

Als ich puste, damit ich einen Schluck von meinem heißen Getränk nehmen kann, dessen Duft nach und nach die Küche erfüllt, höre ich jemanden rufen.

»Ist da jemand? Louise, sind Sie das?«

Meine Mutter springt auf und verschüttet dabei fast ihren Kakao.

»Ich bin sofort wieder da, Schatz, warte hier.«

Ich sehe ihr hinterher und beschließe, ihr Verbot zu ignorieren. Leise schleiche ich ihr nach und nähere mich dem Zimmer, aus dem die Stimmen zu hören sind.

In einem grauen Samtsessel vor einem großen Kamin sitzt eine alte Dame. Obwohl es warm ist, legt meine Mutter ihr eine rot-weiße Patchworkdecke über die Knie.

»Danke, Louise, das ist lieb. Wissen Sie, um wie viel Uhr das Abendessen serviert wird? Ich habe noch eine Revanche offen, ich will Madeleine nicht mit den Karten warten lassen.«

»Keine Sorge, Mama, ich fange gleich mit dem Essen an. Hast du kalte Hände?«

Als meine Mutter sich umdreht und mich bemerkt, weicht sie automatisch zurück. In ihrem Blick flackert Angst auf, und gleich darauf eine Art tiefer Traurigkeit.

Ich bin ebenfalls wie erstarrt, unfähig, auch nur ein Wort zu sagen. Mein Blick ist fest auf die alte Dame mit den langen weißen Haaren gerichtet, die nun in einen Dämmerschlaf gefallen scheint, ihre auf der Decke liegenden Hände zucken immer wieder.

Sicher habe ich mich verhört, das muss der Jetlag sein, sie kann das nicht zu ihr gesagt haben …

»Maxine, Schatz, ich … das ist Gabrielle. Meine … Deine Großmutter.«

Kapitel 49

»Was soll das heißen, meine Großmutter? Aber meine Großmutter, deine Mutter, ist bei einem Autounfall gestorben. Ich bin doch an dem Abend selbst gefahren …«

Jetzt sagt nicht, es geht wieder mit diesem Parallelleben los!

Ohne es zu merken, bin ich lauter geworden und habe die alte Dame geweckt.

»Louise? Louise? Sind Sie das?«

Sofort redet meine Mutter beruhigend auf sie ein und gibt mir dann zu verstehen, dass ich ihr in die Küche folgen soll.

Sie setzt sich wieder auf ihren Stuhl, und ich nehme ihr gegenüber Platz, ohne ein Wort zu sagen, hin- und hergerissen zwischen Unverständnis und Zorn. Wie kann sie behaupten, dass diese Frau meine Großmutter ist? Meine Mutter scheint einen Moment ihren Gedanken nachzuhängen. Dann beginnt sie zu sprechen, mit einer Stimme, die aus weiter Ferne zu kommen scheint: »Als Mama, also Moune, gestorben ist, war ich am Boden zerstört. Unsere Beziehung war zwar manchmal kompliziert, aber ich habe sie geliebt. Wir waren sehr verschieden, aber dennoch war mir immer wichtig, dass sie stolz auf mich ist. Ein paar Tage nach ihrer Beerdigung habe ich meinen ganzen Mut zusammengenommen und angefangen, ihre Sachen zu sortieren, all das beiseitezulegen, was ich behalten wollte. Eines Morgens, ich war gerade dabei, ihren Schrank auszuräumen, ist mir ein vergilbter Umschlag in die Hände gefallen. Er lag unter dem Stapel geblümter Bettwäsche, an der sie so hing.«

Sie erhebt sich jäh und geht hinaus. Fünf Minuten später kommt sie mit geröteten Augen zurück.

»Hier, sieh dir das an.«

Ich nehme den Umschlag, den sie mir hinhält, und da sie mich aufmunternd ansieht, ziehe ich die Papierbögen heraus.

Ich lasse mir Zeit, sie mir anzusehen, lese jedes Wort einzeln, als wollte ich es mir einprägen.

»Soll das etwa heißen ...«

»Dass ich adoptiert wurde. Ganz genau. Ich bin nicht Mounes leibliche Tochter.«

»Mama ...«

»Weißt du, wochenlang war dieses Wort, wenn ich es gehört oder auch selbst ausgesprochen habe, wie eine Ohrfeige für mich. Moune hat nie irgendwelche Andeutungen gemacht. Ich wusste von nichts. Natürlich, ich dachte oft, dass ich nicht die Tochter bin, die sie sich gewünscht hat, aber plötzlich herauszufinden, dass ich gar nicht ihre Tochter bin ... Tja, Ironie des Schicksals.

Ob sie wohl diejenige war, die keine Kinder bekommen konnte? Oder Papa? Und wieso ausgerechnet Kanada? Wie sind sie auf diese Adoptionsagentur gekommen? Lauter Fragen, auf die ich nie eine Antwort bekommen werde.«

»Sie hat dich geliebt, da bin ich mir sicher. Sie hatte bestimmt ihre Gründe, dir nichts zu sagen.«

»Ich werde es nie erfahren. Auch wenn ich in den letzten Jahren dank meiner richtigen Mutter das ein oder andere verstanden habe. Manchmal hat man so viel Angst davor, jemanden zu verlieren, dass man sonst was tun würde.«

Unwillkürlich zucke ich zusammen, als sie diese Fremde ihre »richtige Mutter« nennt. Ich weigere mich, Moune als »falsche« Großmutter zu sehen. Sie war einer der wichtigsten Menschen für mich. Auch wenn meine Erinnerung daran inzwischen verblasst, dieses Frühstück mit ihr in meinem anderen Leben, der Schmerz in ihren Augen, als ich ihr sagte, dass Mama nach Kanada gegangen ist, das kann ich mir doch nicht alles nur eingebildet haben.

»Ich will um Himmels willen dein Andenken an deine Großmutter nicht beschmutzen«, fährt sie fort, »ich weiß, wie sehr du sie geliebt hast. Und ich bin glücklich darüber, dass sie ein so bedeutender Teil deines Lebens war.«

Ich wische mir eine Träne von der Wange.

»Und wie hast du … deine leibliche Mutter gefunden?«

»Das war nicht schwer: Im Umschlag war ein Brief von ihr mit einer Adresse. Der Adresse dieses Hauses. In dem Brief erklärt sie, warum sie mich abgegeben hat: Sie war noch sehr jung, ihre Eltern waren gegen diese Schwangerschaft, ihr damaliger Freund nicht sehr erfreut darüber, Vater zu werden. Im Grunde eine ganz banale Geschichte, die jedoch Leben zerstört hat. Meine Mutter wollte nur, dass ich in einer neuen Familie glücklich werde. Diese Entdeckung hat mich völlig aus der Bahn geworfen, und ich habe mich erst einmal tagelang geweigert, es zu glauben. Dein Vater hat mich schließlich überredet, Kontakt zu ihr aufzunehmen.«

»Aber warum habt ihr uns nichts erzählt? Wir hätten es doch verstanden, wir hätten dir helfen können!«

»Ihr standet wegen Mounes Tod völlig unter Schock, du vor allem, ich wollte euch nicht auch noch damit belasten. Außerdem, ganz egoistisch betrachtet, ist es meine Geschichte. Sie gehört mir, ich wollte sie mit niemandem teilen. Es war so seltsam, das erste Mal mit ihr zu telefonieren. Diese Stimme, die ich noch nie gehört hatte, und in der ich dennoch so viel von meiner eigenen erkennen konnte. Mir ist bewusst, dass ich es mir vielleicht auch nur eingebildet habe, aber es hat mich tief berührt. Bei unserem ersten Telefonat hat sie viel geweint und mich immer wieder um Verzeihung gebeten. Und je länger wir redeten, um so wütender wurde ich auf Moune, weil sie mir nichts von ihr gesagt, sie mir all die Jahre vorenthalten hat. Und mich um meine freie Entscheidung betrogen hat.«

Sie hält kurz inne, um einen Schluck von ihrem Kakao zu trinken, der inzwischen kalt sein muss.

»Wochenlang haben wir jeden Tag miteinander gesprochen, einander unser Leben erzählt, die verlorene Zeit nachgeholt. Dann bin ich zunächst für ein paar Tage allein zu ihr geflogen. Es war ein unbeschreibliches Gefühl, als sie mich zum ersten Mal in die Arme genommen hat. Am Tag nach meiner Rückkehr nach Frankreich verschlechterte sich plötzlich ihr Gesundheitszustand. Sie musste ins Krankenhaus und hat sich nie wieder ganz erholt. Da sie in ihrem Zustand nicht mehr allein leben konnte, und ich wusste, wie sehr sie an diesem Haus hängt und wie viel es ihr bedeutet, ihren Lebensabend hier zu verbringen …«

»Habt ihr alles verkauft und seid hierhergezogen. Um euch um sie zu kümmern.«

»Richtig. Ich habe mich ehrlich gesagt gar nicht gefragt, ob ich es überhaupt wollte. Sie ist meine Mutter, es war für mich selbstverständlich, sie nicht alleine zu lassen. Schließlich hatte ich gerade erst die eine Mutter verloren, da wollte ich nicht auch noch meine zweite Mutter verlieren. Ich weiß, dass ich es euch hätte sagen sollen, dass es nicht fair war, euch außen vor zu lassen. Aber ich hatte solche Angst, dass ihr es nicht verstehen würdet, und ich hätte es nicht ertragen, wenn ihr meine Entscheidung infrage gestellt hättet. Und so habe ich dann lieber gar nichts gesagt.«

»Jahrelang habe ich geglaubt, du wärst fortgegangen, weil du mir die Schuld am Tod deiner Mutter gibst. Dass du mir lieber aus dem Weg gehst, als diejenige ertragen zu müssen, die an jenem Abend den Wagen gefahren hat.«

»Aber Schatz, das hätte ich doch niemals …«

»Du warst immer so distanziert … Und dann habt ihr uns plötzlich aus dem Nichts heraus gesagt, dass ihr weggehen würdet. Kannst du dir vorstellen, wie das auf mich gewirkt hat? Wie ich mich in dem Moment gefühlt habe?«

»Ich schwöre dir, es tut mir leid. Wirklich. Aber herauszufinden, dass ich adoptiert worden bin, war wie ein Erdbeben für mich, ich habe an nichts anderes mehr denken können.«

Ich beginne zu schluchzen, und meine Mutter steht auf, um mich in die Arme zu nehmen. Zunächst schüchtern, dann immer bestimmter, je mehr ich meinen Widerstand aufgebe und mich an sie schmiege.

Ich weiß nicht, wie lange wir so verharren, ohne ein Wort zu sagen. Zwanzig, dreißig Minuten vielleicht. Erst das Hüsteln meines Vaters holt uns aus unserer Blase. Als ich aufsehe, steht er in der Küchentür, zwei Einkaufstaschen voller Lebensmittel zu seinen Füßen.

»Papa!«, rufe ich und falle ihm um den Hals. »Du hast mir so gefehlt. Mama hat mir gesagt … und … Ich bin so froh, hier zu sein. Ich …«

»Du hast mir auch gefehlt, Prinzessin.«

Kapitel 50

Als ich aufwache, ist es fünf Uhr morgens. Die Zeitverschiebung hat meinen Rhythmus völlig durcheinandergebracht. Ich konnte kaum schlafen, die ganze Nacht musste ich über all das nachdenken, was meine Mutter erzählt hat. Damit hatte ich im Traum nicht gerechnet, als ich hierhergekommen bin.

Sie ist adoptiert worden und hat es auf die denkbar schlimmste Art erfahren. Und was fast noch schlimmer ist: Sie konnte die Hauptperson der ganzen Geschichte nicht mehr um Erklärungen bitten.

Moune, die sich nie hat fotografieren lassen. Die immer sagte, dass ein Foto doch nur ein Bruchstück des Lebens einfangen könne und sie nicht wolle, dass nach ihrem Tod nur auf Glanzpapier gebannte, starre Posen zurückblieben. In Wirklichkeit hatte sie auf diese Weise nur darüber hinweggetäuscht, dass es von ihr keine Fotos als schwangere Frau oder als Mutter mit Baby gab. Ich hatte jedes Mal nur die Augen verdreht und ihre Ausflüchte nie infrage gestellt. Schließlich war Moune immer etwas speziell gewesen, und so hatte ich diese Fotophobie nur als eine ihrer vielen Marotten abgetan.

Über die Jahre habe ich sehr wohl bemerkt, dass das Verhältnis zwischen ihr und meiner Mutter kompliziert war, habe es jedoch ungerechterweise auf den Charakter meiner Mutter zurückgeführt, die sehr eigensinnig und oft überempfindlich war. Dieses Geheimnis muss, wenn auch unbewusst, ihre Beziehung belastet haben. Es schwebte stets über allem, aber dennoch hat meine Großmutter nie etwas gesagt. Und vermutlich wurde es für sie immer schwieriger, es meiner Mutter zu sagen, je älter diese wurde.

Die Großmutter, die ich über alles geliebt habe, war nicht die, für die ich sie gehalten habe. Ich fange an zu begreifen, was Mama dazu bewogen haben kann, uns nichts davon zu erzählen: Sie wollte unser Andenken an Moune, unsere Liebe zu ihr bewahren.

Ich weiß nicht, wie spät es in Frankreich ist, ob es Tag ist oder Nacht, es spielt auch keine Rolle: Ich schicke Laetitia eine Nachricht, um ihr die Neuigkeit mitzuteilen. Als ich ihr von meinem Trip nach Kanada erzählt habe, war sie ziemlich kurz angebunden, aber ich weiß ja, wie sie ist. Im Grunde wartet sie auf eine Erklärung.

»Mama ist adoptiert worden. Moune ist nicht ihre leibliche Mutter. Ihre richtige Mutter heißt Gabrielle, sie ist sehr krank, sie denkt, dass Mama Louise heißt. Sie lebt mit Mama hier im Haus.«

Zugegeben, das ist ein bisschen brutal, aber wie sonst

sollte ich die bittere Pille servieren? So oder so, die Botschaft bleibt dieselbe.

Nicht lange, und mein Handy klingelt.

»Laetitia?«

»Falls das ein Witz sein soll: Es ist nicht lustig! Hier kommt jetzt jede Sekunde ein Patient rein, dem ich den Weisheitszahn ziehen muss. Du solltest mich jetzt also besser nicht aufregen.«

Wenigstens habe ich sie nicht mitten in der Nacht gestört, das ist ja schon mal etwas. Meine Schwester kann sehr ungehalten werden, wenn man sie aus dem Schlaf reißt.

»Ich versichere dir, das ist kein Witz. Mama hat es nach Mounes Beerdigung durch Zufall herausgefunden.«

Ich erzähle ihr die ganze Geschichte, und obwohl uns Tausende von Kilometern trennen, spüre ich, wie sie am anderen Ende der Leitung in sich zusammenfällt.

»Das hätte ich niemals gedacht«, sagt sie dann. »Und ich habe mich geweigert, mit ihr zu sprechen, seit sie weggegangen ist … Was bin ich doch für eine Idiotin!«

»Du konntest es doch nicht wissen. Sie hat entschieden, uns nichts zu sagen, und hat die Konsequenzen dieser Entscheidung auf sich genommen, auch wenn sie ebenso gelitten hat wie wir. Das habe ich jetzt endlich verstanden.«

»Ist sie da? Kannst du sie mir mal geben? Ich muss mich bei ihr entschuldigen …«

»Hm, ich weiß ja nicht, wie spät es jetzt in Frankreich ist, aber …«

»Es ist fast Mittag.«

»Na ja, hier ist es gerade mal fünf Uhr morgens. Nicht unbedingt die beste Zeit für Entschuldigungen, schon gar nicht am Telefon. Ruf sie einfach in ein paar Stunden an.«

»Und diese … Gabrielle? Wie ist sie? Ist sie nett?«

»Schwer zu sagen. Sie ist sehr geschwächt, und seit ein paar Monaten ist sie zudem schwer an Alzheimer erkrankt. Sie erkennt Mama überhaupt nicht mehr, anscheinend hält sie sie für eine Nachbarin aus ihrer Kindheit. Mama sagt, die Ärzte sind ziemlich pessimistisch, sie hat wohl nur noch ein paar Monate zu leben. So lange will Mama bei ihr bleiben. Vorerst wird sie Kanada also nicht verlassen.«

»Verständlich. Gib ihr einen Kuss von mir und sag ihr, dass ich sie gleich anrufe.«

»Mach ich. Ich wünschte so sehr, dass du hier wärst, Laeti. Sagst du Julien Bescheid?«

»Natürlich. Er wird auch ziemlich überrascht sein.«

»Ja, aber als Psychologe kann er vielleicht besser damit umgehen. Womöglich findet er es noch aufregend. Ich habe mir heute Nacht überlegt, dass es schön wäre, wenn wir alle zusammen Weihnachten hier feiern würden. Die ganze Familie vereint, das hatten wir schon lange nicht mehr.«

»Ich werd sehen, ob ich das hinkriege, aber du hast recht, das wäre eine gute Gelegenheit, noch mal von vorne anzufangen.«

»Wir reden darüber, wenn ich zurück bin. Ich überlass dich jetzt deinem Weisheitszahn.«

In der Küche erwartet mich ein üppiges Frühstück. Es ist gerade mal acht Uhr, aber meine Mutter ist bereits angezogen, und den vielen Leckereien auf dem Tisch nach zu urteilen, steht sie schon seit einer Weile am Herd.

»Guten Morgen, mein Schatz! Ich hoffe, du hast Hunger. Ich konnte nicht schlafen, da dachte ich, ich bereite schon mal ein bisschen was zu essen vor. Pancakes, Ahornsirup, Eier, Brioches, Schokocroissants, Obstsalat, Toast …«

»Mmh, das sieht alles köstlich aus!«

Ich setze mich, und meine Mutter stellt einen so vollen Teller vor mich hin, dass er locker für zwei reichen würde. Sie strahlt mich an. Obwohl sie nicht geschlafen hat, wirkt ihr Gesicht entspannter als gestern. Ich kann mir vorstellen, wie erleichtert sie sein muss, mir ihr Geheimnis anvertraut zu haben.

Ich schiebe mir einen halben Pancake mit Butter in den Mund und werde fast ohnmächtig, so gut ist er.

»Übrigens, ich habe vorhin mit Laetitia telefoniert. Sie schickt dir einen Kuss und ruft dich später an.«

»Wirklich?«

»Ja. Sie war nur wütend, weil sie das alles nicht verstanden hat, genau wie ich.«

»Ich hätte nicht einfach so fortgehen dürfen, ohne euch etwas zu sagen. Wenn ich das gewusst hätte …«

»Du weißt ja, wie es so schön heißt: Wenn das Wörtchen wenn nicht wär …«

Hab ich das wirklich gerade gesagt? Ausgerechnet ich,

die ich die ganze Zeit zurückschaue und mich frage, was hätte sein können, wenn ich andere Entscheidungen getroffen hätte? Das muss am Ahornsirup liegen. Der steigt mir zu Kopf. Bestimmt der Zuckerschock.

Als am frühen Nachmittag jemand vom Pflegedienst kommt, um meine Mutter für ein paar Stunden zu entlasten, schlägt sie mir einen Spaziergang an der guten kanadischen Luft vor, eine kleine Spritztour in diese Natur, die ich bisher nur auf den Fotos im Flur gesehen habe.

In einen dicken Mantel gepackt, den meine Mutter mir unbedingt schenken wollte, und mit gefütterten Stiefeln trotze ich der kanadischen Kälte. Wir spazieren am Lac Caroline entlang. Die Landschaft verschlägt mir den Atem. Die Berge mit den verschneiten Gipfeln, die Tannen, die das Seeufer säumen, das Wasser, das die Sonnenstrahlen dieses klaren Novembertags reflektiert … Meine Wangen sind gerötet von der Kälte, und bei jedem Atemzug steigt aus meinem Mund Dampf auf, aber der friedliche Anblick schickt eine wohlige Wärme durch meinen Körper. Wir betreten einen der Stege, die auf den See hinausragen, setzen uns ans Ende und lassen die Beine über dem beinah türkisblauen Wasser baumeln, in dem sich die Berge spiegeln.

»Schön, nicht wahr?«

Ich bin tief bewegt, finde kaum Worte. Sofort verliebt sich die Städterin in mir in diese herrliche Natur.

»Wie könnte man so etwas nicht schön finden … Es ist traumhaft.«

»Bis vor einem Jahr bin ich oft mit deiner Großmutter hergekommen, ehe ihr Gedächtnis sie im Stich gelassen hat. Sie konnte nicht mehr gut laufen, also habe ich sie in den Rollstuhl gesetzt und hierhergefahren. Wir haben die Landschaft bewundert, und sie hat mir von ihrem Leben erzählt, von all den Jahren ohne mich, in denen sie jedoch immer an mich gedacht hat. Irgendwann waren mir die Personen aus ihren Erzählungen so vertraut, dass ich das Gefühl hatte, sie zu kennen. Sie konnte so lebendig erzählen. Diese furchtbare Krankheit … Ich bin sicher, dass du sie gemocht hättest.«

»Hat sie nie versucht, dich zu finden? Oder etwas über dich zu erfahren?«

»Nein. Auch wenn sie es oft wollte, aber sie wusste nicht, wo sie anfangen sollte. Sie war sechzehn, als sie schwanger wurde, ihre Eltern haben damals alles in die Wege geleitet. Außerdem hatte sie Angst. Angst vor meiner Reaktion, davor, dass ich sie zurückweisen könnte.«

»Hast du Geschwister?«

»Leider nicht. Ich bin Einzelkind, in diesem ebenso wie in dem anderen Leben.[10] Warum Moune keine anderen Kinder bekommen hat, ist natürlich klar, bei Gabrielle hat das andere, schmerzlichere Gründe. Sie hat mir gesagt, sie hätte sich schuldig gefühlt, ein anderes Kind zu lieben, nachdem sie mich weggegeben hat. Das hätte sie mir gegenüber als unloyal empfunden. Also hat sie beschlossen, kein Kind mehr zu bekommen.«

10 Geht das wieder los. Bitte gebt mir ein Ibuprofen!

»Das tut mir leid. Auch wenn es dir nicht hilft, aber es tut mir aufrichtig leid.«

»So ist es nun mal. Die letzten drei Jahre waren ein ziemliches Wechselbad der Gefühle. Lange Zeit war ich sehr wütend, aber wie das eben so ist, ging auch das vorüber. Immerhin habe ich meine Mutter ein paar Monate lang gehabt, wir haben versucht, die verlorene Zeit nachzuholen. Und ich glaube, es ist uns einigermaßen gelungen. Heute bin ich hier, bei ihr. Das ist alles, was zählt.«

»Kann ich dich was fragen? Es wird dir vielleicht komisch vorkommen, aber hast du dich eigentlich nie gefragt, wie dein Leben verlaufen wäre, wenn Moune dir die Wahrheit gesagt hätte? Hättest du schon früher nach deiner Mutter gesucht? Oder vielleicht gar nicht?«

»Nein, die Frage habe ich mir nie gestellt. Ich war schrecklich wütend auf Moune, weil sie mir die Möglichkeit vorenthalten hat, selbst zu entscheiden, ob ich meine richtige Mutter finden will. Dennoch habe ich nie darüber nachgedacht, was gewesen wäre, wenn sie es mir gesagt hätte.«

»Warum nicht?«

»Na ja, weil es sinnlos ist. Wozu soll man sich über etwas Gedanken machen, was nicht ist und niemals sein wird? Wozu sollte es gut sein, außer dass man sich selbst damit wehtut? Es ist einfach, wie es ist. Sein Leben neu zu schreiben würde bedeuten, das Risiko einzugehen, auch die Dinge zu verändern, die einem wichtig sind. Alles hat Nebenwirkungen. Also, nein, so etwas frage ich mich nicht. Ich lebe im Hier und Jetzt und blicke nur nach vorn.«

Die Worte meiner Mutter wirken in mir nach. Im Grunde hat sie recht, zweifellos. Was nützt es, sich dauernd zu fragen, was alles hätte sein können?

»Warum fragst du mich das eigentlich?«

»Ach, nur so. Gehen wir? Zeigst du mir noch mehr Orte wie diesen? Ich fliege übermorgen wieder zurück, bis dahin möchte ich Touristin spielen. Und *poutine* essen!«

Ich greife nach der Hand meiner Mutter und halte sie ganz fest. Sie lächelt mir zu. Im Geiste danke ich Moune, dass sie mich hergeführt hat. Auch wenn sie mir nur im Traum erschienen sein sollte.

»Meine Damen und Herren, ich begrüße Sie auf dem Flug 385756 nach Paris. Wir werden in Kürze abheben. An unserer Destination erwartet uns mildes Wetter, ich wünsche einen angenehmen Flug …«

Das Gespucke ins Mikrofon hat mir nicht gefehlt. Ebenso wenig wie in einem Flugzeugrumpf zu sitzen, der sich gleich wieder ausdehnen wird.

Kaum bin ich angekommen, muss ich schon wieder zurück. Es war ein kurzer Besuch, aber ich bin sehr glücklich über das, was ich durch meine Reise herausgefunden habe. Dieses dumpfe Schuldgefühl, das ich seit dem Unfall mit mir herumschleppe, lässt allmählich nach. Ich sage mir, dass das alles wenigstens für meine Mutter etwas Gutes hatte, denn sie hat ihre wahre Geschichte entdeckt.

Ich habe ihr versprochen, sie bald wieder zu besuchen, ohne jedoch unsere Pläne für Weihnachten zu erwähnen, für den Fall, dass es doch nicht klappen sollte.

Das Flugzeug nimmt Fahrt auf, der Lärm ist ohrenbetäubend, die Triebwerke werden wahrscheinlich jeden Moment zu brennen beginnen, die Flügel abfallen … Ob wohl die ganzen Schrauben fest genug sind?

Kleiner Reminder für mich: Fürs nächste Mal herausfinden, ob man nicht auch mit dem Schiff fahren kann. Ein Schiff dehnt sich nicht aus, da bin ich mir sicher. Allerdings könnte es lecken …

Kapitel 51

Sie sitzen mir zu dritt gegenüber. Anaïs, Zoé und Julien. Was, gemessen an meiner Schreibwerkstatt, einem Zuwachs von dreihundert Prozent entspricht. Inzwischen habe ich es mir zum Lebensmotto gemacht, in allem das Positive zu sehen.

Die Blicke, die Julien Anaïs zuwirft, lassen allerdings darauf schließen, dass seine Anwesenheit nicht nur seiner Begeisterung für unser Zeitungsprojekt zu verdanken ist. Und danach zu urteilen, wie sie ihn ignoriert, muss er noch eine Menge Überzeugungsarbeit leisten.

»Vielen Dank, dass Sie heute Abend gekommen sind. Wie ich Ihnen schon vor den Ferien erzählt habe, würde ich gerne mit Ihnen gemeinsam eine Zeitung gestalten. Eine Zeitung, die Ihren Interessen entspricht. Ziel unserer ersten Sitzung ist es, einen Namen zu finden und zu überlegen, welche Themen Sie in der ersten Ausgabe behandeln könnten. Also, ich höre!«

»…«

»…«

»Und bitte nicht alle gleichzeitig, man versteht ja sein eigenes Wort nicht.«

Da mein Versuch, einen Witz zu machen, keine Lacher erzielt, probiere ich es anders.

»Kennen Sie Zeitungstitel? Von Zeitungen oder Zeitschriften, die Sie lesen? Oder auch nicht?«

»*Grazia*«, sagt Anaïs.

»*Le Monde*, *Libération*, *L'Express*«, fährt Zoé fort.

»*Gamer*«, setzt Julien hinzu.

»Was haben all diese Namen, die Sie gerade genannt haben, gemeinsam? Ich hätte auch noch *Femme actuelle*, *Biba* oder *Elle* nennen können.«

»Sie sind kurz?«

»Ganz genau. Ein Name muss leicht zu merken sein. Dazu eignet sich vor allem etwas Kurzes. Insofern wäre beispielsweise *Kleines Nachrichtenblatt des Gymnasiums Savannah-sur-Seine* eher nicht so geeignet.«

»Wie wär's mit *Le Grant's*?«, schlägt Anaïs vor.

»Oh ja, das passt!«, lobt Julien.

»Ja, nicht schlecht, das erinnert ein bisschen an die *Times*, es ist kurz und knackig und lässt sich leicht merken. Das notiere ich mir. Und, wie sieht's mit Themen aus, zu denen Sie gern was machen würden?«

»Die Klimaerwärmung?«, schlägt Zoé vor.

»Schuhtrends für den Winter?«, fügt Anaïs hinzu.

»Das ist doch Weiberkram. Also ich würde was über die WM 2018 machen. So was ist für Jungs interessant.«

Oder die Kunst, einen eben erst gestarteten Annäherungsversuch zunichtezumachen.

Ich kann mir ein Lachen nicht verkneifen.

»Wir machen es anders. Bei einer Zeitung gibt es verschiedene Rubriken. Überlegen wir uns erst einmal, welche für unsere Zeitung infrage kommen. Und dann schauen wir, welche Themen wir unterbringen können.«

So arbeiten wir eine gute Stunde lang weiter. Die anfängliche Zurückhaltung ist wachsender Begeisterung gewichen. Sie sprudeln nur so vor Ideen. Wir haben Dutzende mögliche Rubriken aufgeschrieben: Gesellschaft, Schulalltag, Mode, Musik, Kino, Klatsch, Küche, Freizeittipps, Leute … Ich fordere sie auf, sich bis zum nächsten Mal für jede Rubrik mindestens drei Themen einfallen zu lassen.

Momentan sind sie nur zu dritt, aber ich bin sicher, dass sie mit ihrem Enthusiasmus auch andere anstecken werden.

Als ich das Klassenzimmer verlasse, um mich auf den Weg zum Blues Pub zu machen, wo ich mit den Mädels verabredet bin, strotze ich vor Energie. Zuvor aber will ich kurz nachsehen, ob Yliès in seinem Büro ist, damit ich ihm von unserer ersten Arbeitssitzung berichten kann.

Natürlich ohne jeden Hintergedanken.

Höchstens einem ganz kleinen.

Seine Tür steht halb offen. Er sitzt an seinem Schreibtisch und sieht konzentriert auf den Computerbildschirm. Ich klopfe zaghaft.

»Yliès? Haben Sie ein paar Minuten Zeit?«

Er sieht hoch und schenkt mir ein offenes Lächeln.

»Natürlich, Maxine.«

»Ich wollte Ihnen nur sagen, dass unsere erste Arbeitssitzung für die Zeitung ein voller Erfolg war.«

»Das freut mich! Waren denn diesmal viele Schüler da?«

»Der Zähler ist fast explodiert. Sie waren zu dritt!«

»Na, das nenn ich mal einen Fortschritt«, erwidert er lachend.

»Wir haben uns einen Namen und die verschiedenen Rubriken überlegt. Ich denke, in drei Wochen kann ich Ihnen schon ein paar Entwürfe für die erste Ausgabe vorlegen. Es wäre toll, wenn wir sie noch vor den Weihnachtsferien rausbringen könnten. Was meinen Sie?«

»Das wäre perfekt. Vielen Dank, Maxine, für Ihr Durchhaltevermögen.«

»Ich habe zu danken.«

»Gerne.«

Ich hätte da eine Idee: Wie wär's, wenn wir uns ausziehen und uns einfach gleich hier auf Ihrem Schreibtisch lieben?

»Gut, dann werde ich mal gehen.«

Ich bin schon auf dem Flur, das Blut in Wallung, das Bild unserer ineinander verschlungenen Körper, schwitzend und sinnlich, vor meinem geistigen Auge, als er mich noch einmal zurückruft.

»Maxine!«

»Ja?«

»Ich … Ach, nichts. Ich wünsche Ihnen ein schönes Wochenende.«

Sie haben nicht zufällig einen Eimer Wasser mit Eiswürfeln? Damit ich mich ein bisschen abkühlen kann?

»Ihnen auch ein schönes Wochenende, Yliès.«

Auf dem Weg zum Pub vibriert in meiner Tasche das Handy. Hoffnungsfroh grabe ich den Inhalt um, um es zu fassen zu kriegen. Warum findet man in solchen Momenten nie etwas? Ich stelle meine Tasche auf den Boden und fange an, sie komplett auszuräumen. Wer weiß? Vielleicht ist es ja Yliès, der mir ein unanständiges Angebot macht.

Zwei endlose Minuten später stelle ich fest, dass ich eine Nachricht von Jonathan bekommen habe … Jonathan? Ach ja! Der Typ aus dem Flugzeug. Jaspers Doppelgänger.

Maxine, es tut mir leid, dass ich mich erst jetzt bei dir melde, ich hatte seit unserem gemeinsamen Flug zu viel zu tun. Bist du gut zurückgekommen? Hast du Lust, mit mir essen zu gehen? Am 15. Dezember hätte ich Zeit, wenn es dir passt.

Kapitel 52

»Und, wie war's?«

»Heiß!«

Vor Schreck spuckt Audrey ihren Erdbeer-Mojito aus.

»Tut mir leid, ich konnte nicht widerstehen. Wenn du dein Gesicht sehen könntest! Jedenfalls war es wesentlich besser als mein kläglicher Versuch mit der Schreibwerkstatt: Diesmal waren ganze drei Schüler da. Na ja, genau genommen waren es zwei. Zwei Schülerinnen, die sich für das Projekt interessieren. Ein Schüler war da, weil er sich für eine der Schülerinnen interessiert. Aber er zählt trotzdem.«

»Na bitte, dann ist bei den jungen Leuten ja doch noch nicht Hopfen und Malz verloren«, bringt Samya es mit dem für sie typischen Optimismus auf den Punkt.

»Trinken wir auf diese scharfsinnige Analyse«, schlägt Audrey vor.

Wir erheben unsere Mojitos und nehmen einen kräftigen Schluck.

»Als ich aus der Schule kam, hab ich eine SMS von Jonathan bekommen.«

»Jonathan? Wer war das noch mal?«

»Der Typ, den ich im Flugzeug kennengelernt habe. Der Doppelgänger von …«

»Ach ja, ich erinnere mich, der Doppelgänger von dem Kerl, mit dem du in deinem Parallelleben geschlafen hast.«

»Richtig. Herzlichen Dank, Audrey. Wirklich.«

»Ach bitte. Wo kommen wir denn hin, wenn man nicht mal mehr einen kleinen Scherz über sexuelle Abenteuer in Parallelleben machen darf?«

»Hör nicht auf diese Spaßbremse. Du hast also eine SMS von Jonathan bekommen? Und was schreibt er?«

»Er schreibt, dass er sich nicht früher gemeldet hat, weil er zu viel zu tun hatte, und fragt, ob ich am 15. Dezember mit ihm essen gehe.«

»Am 15. Dezember? In über einem Monat? Wie romantisch. Besonders eilig scheint er es ja nicht zu haben, dich wiederzusehen.«

»Ich sage es ungern, aber leider muss ich dir recht geben. Als ich das Datum gelesen habe, bin ich auch zusammengezuckt.«

»Dann sag einfach Nein und fertig. Oder noch besser, sag ihm, du kannst erst im Januar!«

»Aber vielleicht ist er der Mann meines Lebens. So wie Jasper in meinem anderen Leben. Ich schwöre dir, ich habe ihn wirklich geliebt. Ist es nicht außerdem ein Zeichen, dass ich im Flugzeug plötzlich neben einem Typen sitze, der ihm gleicht wie ein Ei dem anderen?«

»Ich glaube nicht an Zeichen«, murrt Samya, »außer in der Mathematik. Ich glaube nur, dass sich bei einem rechtwinkligen Dreieck das Quadrat der Hypotenuse immer aus der Summe der Quadrate der beiden anderen Seiten ergibt. Darauf ist wenigstens Verlass.«

Ich muss lachen.

»Aber trotzdem gibt es doch manchmal merkwürdige Zufälle. Wenn dir zum Beispiel an einem Tag mehrmals dieselbe Person über den Weg läuft, kann das doch kein Zufall sein. Dann schickt dir das Universum doch eine Botschaft, oder nicht?«

»Es sei denn, der Typ ist ein Perverser und verfolgt dich, um dich in einer dunklen Gasse in Stücke zu schneiden«, sagt Audrey. »Auch diese Möglichkeit sollte man immer in Betracht ziehen.«

»Es gibt haufenweise logische Erklärungen dafür, dass man jemanden mehrmals am Tag trifft«, fährt Samya fort, »und ich glaube nicht, dass Botschaften des Universums irgendetwas damit zu tun haben. Aber du weißt ja, dass ich trotzdem eine unverbesserliche Romantikerin bin.«

»Ach, ihr seid immer so furchtbar vernünftig.«[11]

»Jetzt wissen wir aber immer noch nicht, was du diesem Jonathan antworten wirst. Ist doch egal, ob er nun der Doppelgänger eines Typen ist, der nur in deiner Fantasie existiert, ein Zeichen des Schicksals oder eine computergenerierte Projektion der Air France, besser als der Witzeschreiber ist er allemal.«

11 Um nicht zu sagen langweilig …

»Ich werde seine Einladung annehmen. Ich habe das Gefühl, dass ich es tun muss.«

»Und ich habe das Gefühl, dass ich langsam Hunger bekomme. Bestellen wir was?«

Fünfzehn Minuten später, als drei dampfende Hamburger vor uns stehen, bei deren Anblick Claudia ohnmächtig werden würde, und wir längst nicht mehr über Jonathan reden, sondern über Audreys Ärger bei der Vorbereitung ihres Musicals, kann ich nicht umhin, an ihn zu denken. Es kann kein Zufall gewesen sein, dass ich neben ihm gesessen habe. Vielleicht war die Begegnung mit ihm ja doch eine Botschaft: dass es eine Verbindung gibt zwischen meinem jetzigen und meinem parallelen Leben.

Dezember

Kapitel 53

Das Wohnzimmer ist nicht wiederzuerkennen: So weit das Auge reicht, stapelt sich Recyclingmaterial, aus dem unsere künftige Weihnachtsdeko entstehen soll. Nach den Geschirrtüchern aus Sojafasern ist es Claudias neues Projekt.

Auf dem Couchtisch vor uns ragen Berge aus Klopapierrollen auf, die wir seit Wochen nicht mehr wegwerfen dürfen.

»Ich weiß, was ihr sagen wollt. Auf den ersten Blick sehen Klopapierrollen nicht gerade wahnsinnig dekorativ aus. Aber man kann viele nette Dinge daraus basteln.«

»Basteln kann man damit bestimmt, aber nette Dinge … Ich weiß nicht.«

»Na los, Max, lass deiner kreativen Ader freien Lauf!«

»Meine kreative Ader ist in der Grundschule beim Basteln von Muttertagsgeschenken versiegt. Ich hab mal aus einer Camembert-Schachtel eine Schmuckschatulle gebastelt und mit angemalten Nudeln beklebt. Sagenhaft schön.«

Ich schiele zu Samya, die gerade ein paar Rollen zu falten versucht.

»Was soll das, Samya?«, flüstere ich. »Lass das, du ermutigst sie ja noch.«

»Warum? Ist doch eine super Idee, Deko aus Recyclingmaterialien zu basteln.«

»Danke, Samya. Wenigstens eine, die mich versteht und im Kampf gegen den allweihnachtlichen Konsumzwang unterstützt.«

»Ganz so kann man es vielleicht nicht sagen, wenn ich bedenke, wie viele Geschenke ich schon für Inès gekauft habe, aber es macht sicher Spaß.«

Skeptisch, aber amüsiert, sehe ich ihnen ein paar Minuten lang zu. Sie falten, kleben, schneiden … Verzweifelte Versuche, Klopapierrollen in Weihnachtsbaumschmuck zu verwandeln.

Ich stehe auf, um Tee zu machen, den werden wir gleich brauchen, und schalte auf dem Weg zur Küche das Radio ein, um im Hintergrund ein bisschen Musik laufen zu lassen.

Als ich zurückkomme, sind sie hoch konzentriert bei der Arbeit. Ich schnappe mir ebenfalls ein paar Rollen. Vielleicht habe ich ja tatsächlich eine kreative Ader, von der ich noch nichts weiß.

Endlich stehen unsere Schöpfungen hübsch aufgereiht vor uns. Dass sie selbst gebastelt sind, ist nicht zu übersehen.

»Es ist …«

»Avantgardistisch?«

»Originell?«

»Unfassbar hässlich!«, seufzt Claudia.

Samya und ich brechen in Gelächter aus.

»Ich hab schon befürchtet, du findest es schön. Man muss kein Genie sein, um sich auszurechnen, dass hässliche Klopapierrollen nicht viel mehr ergeben können als geschmückte hässliche Klopapierrollen.

»Auf Pinterest sah es wirklich ganz anders aus.«

»Ach, das ist wie bei Instagram, da wird doch auch mit Filtern gearbeitet. Egal, es hat trotzdem Spaß gemacht. Komm, trink einen Tee, ich hab dir deine Lieblingssorte gemacht: Ingwer-Tuje.«

Als ich Samyas beunruhigte Miene sehe, deute ich mit dem Kopf diskret auf eine zweite Teekanne, die ich für uns beide gemacht habe. Ein extrem köstlicher Vanille-Karamell-Tee. Natürlich pure Chemie.

Im Radio startet ein neues Lied, und ich beginne mitzusingen.

»*It's like wayhihayyyyy for your mmmmmmm day, it's a free riiiide of yours months anywayyyy.*«

Claudia und Samya sehen sich an, dann lachen sie schallend los.

»Was denn? Ist doch ein toller Song!«

»Schon, ich frag mich nur, in welcher Sprache du da singst …«

»It's like rain on your wedding day
It's a free ride when you've already paid
It's the good advice that you just didn't take

Who would've thought, it figures.«

»Na und? Ich singe halt in frei erfundenem Englisch! *Isn't it ironic, don't you think? It's like wayhihayyyy.*«

Dann stehe ich auf, schnappe mir einen unserer kläglichen Bastelversuche und halte ihn mir wie ein Mikrofon vor den Mund, um jetzt noch lauter loszuschmettern. Natürlich begleite ich meine Performance mit der passenden Mimik.

»*Sie hörten* Ironic *von Alanis Morissette. Bevor wir uns für heute von Ihnen verabschieden, möchte ich Sie noch einmal an unseren aktuellen Wettbewerb erinnern. Wir suchen die neue Radiostimme für Europe 1.*«

»Was ist, machen wir weiter?«, schlage ich vor. »Nach künstlerischer Betätigung gibt es doch nichts Besseres, als sich mal so richtig gesanglich auszutoben.«

»Jetzt sei doch mal kurz still«, fällt mir Samya ins Wort. »Hör mal zu.«

»Wie, sei still? Du beschneidest mich in meiner Kreativität!«, protestiere ich lachend.

»*Wenn Sie mitmachen wollen, schicken Sie uns ein kleines Bewerbungsvideo, in dem Sie kurz erklären, warum Sie die neue Stimme von morgen sind. Aus den besten Einsendungen wählt unsere professionelle Jury den Gewinner aus, der die Gelegenheit bekommt, in Justine Julliards Sendung mitzuwirken.*«

»Hast du das gehört? Sie suchen eine neue Radiostimme! Erinnert dich das nicht an etwas?«

»Nein, woran?«

»Hast du mir in deinem *Zurück-in-die-Zukunft*-Wahn nicht von einem Nachwuchswettbewerb für Radiomoderatoren erzählt, den du in deinem anderen Leben gewonnen hast?«

»Schon, aber …«

»Worauf wartest du dann noch? Das ist *die* Gelegenheit! Du redest doch die ganze Zeit von Zeichen und vom Universum, das dir irgendwelche Botschaften schickt. Du musst mitmachen, Max, das ist deine Chance.«

Sie hat recht, es muss ein Zeichen sein. Wieder eins, nach der Begegnung mit Jonathan. Davon habe ich doch die ganze Zeit geträumt: das, was mir am anderen Leben gefallen hat, in dieses Leben zu holen. Warum gelingt es mir dann nicht, Begeisterung aufzubringen? Was stimmt nicht mit mir?

Kapitel 54

Warum habe ich ihnen bloß von meinem Parallelleben erzählt? Und von dem Preis, den ich bei diesem Talentwettbewerb gewonnen habe, meiner Karriere als Journalistin? Ich sitze auf meinem Bett, Claudia ist dabei, mich zu schminken, selbstverständlich mit Bio-Produkten, und ich sehe mit wachsender Unruhe Samya und Audrey dabei zu, wie sie sich hinter einer Kamera zu schaffen machen, die sie in hartnäckigen Verhandlungen und mit dem Versprechen, pfleglich mit ihr umzugehen, Audreys Vater abgeschwatzt haben.

»Mädels, vielleicht müssen wir ja gar nicht so ein Riesentheater veranstalten.«

»Machst du Witze? Licht und Bild sind essenziell. Du musst sofort Eindruck machen.«

»Mag ja sein, aber die suchen eine Stimme, kein Model.«

»Radiomoderatorin ist nur der Anfang, Süße. Ich denke an Fernsehen, ich denke an Kino. Ryan Gosling und du in einer romantischen Komödie.«

Ich lache.

»Ernsthaft, Max, seit wir uns kennen, nervst du uns mit deiner Geschichte von der Journalistenschule, deinem gebrochenen Knöchel und vom Universum, das mit dir spricht. Du hast sogar davon geträumt. Da werden wir doch jetzt, wo sich endlich die Gelegenheit bietet, nicht zulassen, dass du dich drückst.«

»Ganz genau. Den lieben langen Tag müssen wir uns deine ›Hätte-Wäre-Wenns‹ anhören«, fällt Samya mit ein, »also mach jetzt bloß keinen Rückzieher.«

Ich seufze.

»Na gut. Aber kriegen wir es hin, dass es nicht den ganzen Tag dauert? Ich hab noch eine Verabredung mit meinen Schülern, wegen des Zeitungsprojekts. Sie wollen mir heute ihre Ideen für ihre Artikel vorstellen, und ich hab ganz viele Anregungen für sie.«

»Vergiss deine Schüler und deine Zeitung! Wenn die Jury erst mal dein Video gesehen hat, wird sie sich natürlich für dich entscheiden. Du brauchst dann nicht mehr als Lehrerin zu arbeiten.«

»Aber …«

Resolut erstickt Audrey meinen Protest im Keim. Dann hebt sie ihre Hand zum Countdown und zählt mit den Fingern runter. Fünf, vier, drei, zwei, eins, sie gibt mir das Zeichen, die Kamera läuft.

»Hallo. Ich bin Maxine. Aber alle nennen mich Max.«

»Schnitt!«, schreit Audrey, als wäre sie eine Regisseurin, die es auf einen Oscar abgesehen hat. »Wie wär's mal mit etwas mehr Energie und Überzeugung? Du wirkst wie ein Hummer vor einem Topf mit kochendem Wasser.«

Samya neben ihr kichert.

»Audrey Spielberg will damit sagen, dass du nicht gerade enthusiastisch rüberkommst.«

»Okay, noch mal von vorne. Ich versuch's jetzt mal mit etwas mehr Überzeugung. Versprochen.«

Wieder zählt Audrey mit den Fingern runter, und ich beiße mir auf die Lippe, um nicht zu lachen. Sie gibt mir das Zeichen, und ich packe mein breitestes Lächeln aus.

»Hallöchen! Ich bin Maxine, aber alle nennen mich Max …«

»Schnitt!«, brüllt Audrey erneut.

»Warum? Ich war doch jetzt wirklich total energiegeladen.«

»Was soll dieses verkrampfte Grinsen? Hast du Verstopfung, oder was? Sag doch auch mal was, Samya!«

Ich lasse mich rückwärts aufs Bett fallen.

»Pass doch auf!«, schreit Samya. »Du zerstörst deine Frisur!«

Plötzlich überkommt mich ein hysterischer Lachanfall. Ich richte mich wieder auf und sehe meine beiden besten Freundinnen an.

»Was?«, fragt Audrey, die nur mit Mühe ihre Heiterkeit unterdrücken kann.

Jetzt gibt es für mich kein Halten mehr, ich kriege mich vor Lachen kaum mehr ein, und meine Blase, diese Verräterin, droht mich im Stich zu lassen. Angesteckt von meiner Ausgelassenheit, schnappt Audrey sich ein Kissen von meinem Bett und wirft es nach mir.

»Ich bin mir nicht sicher, ob Claudias Schminke wasserfest ist«, sagt sie. »Aber im Notfall drehen wir einfach ein Video für Halloween.«

Audrey und Samya lassen sich neben mich aufs Bett fallen und minutenlang krümmen wir uns vor Lachen. Darcy springt winselnd um das Bett herum und wedelt wie verrückt mit ihrem Schwänzchen.

»Ich glaube, wir lassen es besser«, sage ich, als ich wieder Luft bekomme.

»Auf gar keinen Fall! Wir fangen noch mal von vorne an, und diesmal wirst du perfekt sein. Du hast dich einfach zu sehr unter Druck gesetzt und …«

»Nein, ich meine, ich werde dieses Video überhaupt nicht machen. Ich nehme nicht an dem Wettbewerb teil.«

»Warum das denn?«

»Ich glaube, mir ist einfach gerade etwas klar geworden. Ich habe gar keine Lust, Journalistin zu werden und Radio zu machen. Du hast vorhin etwas sehr Kluges gesagt, Audrey.«

»Endlich merkst du es auch«, jubiliert sie und zwinkert mir zu.

»Bleib auf dem Teppich. Du hast gesagt, dass ich die Schüler und die Zeitung vergessen soll, denn wenn ich gewinne, müsste ich eh nicht mehr als Lehrerin arbeiten. Aber tatsächlich ist die Sache die: Ich bin gerne Lehrerin. Ich mag dieses Zeitungsprojekt, ich habe ohne Ende Ideen dafür. Mir war das alles nur nie so richtig bewusst.«

»Und dein Parallelleben? Deine Karriere? Du warst so begeistert, als du uns davon erzählt hast.«

»Ja, es war auch alles unheimlich aufregend. Aber vielleicht gar nicht so sehr, weil ich Radiomoderatorin war, sondern vor allem, weil ich ein Projekt geplant und mich engagiert habe, weil ich Anerkennung bekommen habe – das war aufregend. Wisst ihr, neulich habe ich Laetitia gefragt, was sie getan hätte, wenn sie nicht Zahnärztin geworden wäre. Sie hat mir geantwortet, dass sie nichts davon hätte abbringen können. Und ich glaube, sie hat recht. Wenn man etwas wirklich will, wenn einem etwas wirklich am Herzen liegt, dann kann einen nichts und niemand davon abhalten. Ich habe mir am Tag der Aufnahmeprüfung den Knöchel gebrochen, aber nichts hätte mich daran gehindert, sie ein Jahr später zu machen.«

»Sag bloß, du glaubst nicht mehr an Zeichen.«

»Nein, das ist es nicht … Aber ich denke, dass ich sie benutze, mich hinter ihnen verstecke, um mir nicht einzugestehen, dass ich die Entscheidungen sehr wohl selber treffe. Wie zum Beispiel die, Lehrerin zu werden. Ich fand es einfach bequemer, mir einzureden, es wäre ein Fehler gewesen.«

»Also, das ist ja ein Ding!«, ruft Audrey aus. »O Gott, sag nicht, du wirst jetzt Kartesianerin und kommst mir demnächst dauernd mit Pythagoras oder irgendwelchen anderen pickligen Mathe-Nerds!«

»Hey, lass Pythagoras aus dem Spiel«, ermahnt sie Samya. »Er hat dir nichts getan.«

»Nein, keine Angst, ich werde wohl kaum meine Leidenschaft für die Mathematik entdecken. Ich will nur endlich aufhören, mit Scheuklappen durchs Leben zu rennen. Es ist nämlich so, dass ich glücklich bin. Ich habe gar keine Lust auf dieses andere Leben, auf mein anderes Ich. Ich habe alles, was ich brauche.«

Ich setze mich aufs Bett, um meine Hündin zu streicheln, die mit ihrem Hundeblick darum bettelt, sich zu uns unter die Decke kuscheln zu dürfen.

»Und was machen wir jetzt mit der Kamera?«, fragt Audrey plötzlich. »Wo sie schon mal da ist …«

»Wie wär's mit einem Striptease!«, schlage ich vor, plötzlich von wildem Übermut gepackt. »Für unseren sexy Schuldirektor.«

Gesagt, getan, schon stehe ich auf dem Bett und trällere *You can leave your hat on!*

»Lalalalala, das ist für dich, Yliès!«, sage ich mit verführerischem Schmollmund, den ich für ausgesprochen sinnlich halte, und beginne, mir die Bluse aufzuknöpfen.

Das Lachen neben mir wird immer lauter.

»Beachte sie gar nicht, Yliès, das haben sie nicht verdient.«

Ich rolle mit den Schultern, verliere um ein Haar das Gleichgewicht und wäre beinah kopfüber auf die Kamera gefallen.

»Audrey? Warum blinkt das Ding so? Jetzt sag nicht …«

»Hoppla! Ich glaube, ich hab sie vorhin nicht ausgemacht.«

Kapitel 55

Was gibt es Schöneres an einem Samstagmorgen als Würstchen zu grillen und sie in Brötchen zu stopfen? Wäre ich eine Spielverderberin, wenn ich jetzt »jede Menge« sagen würde?

Ich stehe am Grill, wende meine zehnte Lage Würstchen und versuche, die aufkommende Übelkeit zu unterdrücken. Angeblich habe ich schon vor Monaten zugesagt, am Tag der offenen Tür im Tierheim Babines & B mitzuhelfen. Ehrlich gesagt verdächtige ich Claudia, mich im Halbschlaf zu dieser Zusage genötigt zu haben.

»Und, Zoé? Wie gefällt dir der investigative Journalismus bisher?«

Als Claudia mich an mein Versprechen erinnert hat, habe ich gleich die Gelegenheit genutzt, meiner Projektgruppe davon zu erzählen. Der Tag der offenen Tür eignet sich perfekt für eine Reportage über Tierschutz. Zoé hat sich sofort als Freiwillige gemeldet, und nun sind wir beide dem Würstchenstand zugeteilt – eine echte Strafarbeit. Der Tag der offenen Tür dient unter anderem dazu, Gelder für die Arbeit des Tierheims zu sammeln. Dazu hat man ein kleines Unterhaltungsprogramm bestehend aus ein paar Essensständen und einem Zwölf-Kilometer-Lauf zusammengestellt. Samya und Audrey haben sich für den Lauf angemeldet, und ich lach mich jetzt schon schlapp.

»Gehört Würstchengrillen auch zum investigativen Journalismus?«, fragt mich Zoé schüchtern.

»Solange es vegetarische Würstchen sind, würde ich sagen, ja. Zumindest, wenn wir sie auch probieren.«

Vor uns liegen ein paar Dutzend Würstchen, unter deren bleicher Haut undefinierbare grüne Stückchen durchschimmern …

»Und, Mädels, wie läuft's?«, fragt Claudia, die sich zu uns unter das Zeltdach gesellt hat, um uns aufzumuntern.

»Könnte nicht besser sein. Es geht doch nichts über Würstchengeruch am Samstagmorgen«, sage ich und zwinkere ihr zu.

»Jedenfalls danke, dass du gekommen bist, Zoé. Max hat mir erzählt, dass du für die Schülerzeitung eine Reportage über das Tierheim schreiben willst.«

»Richtig. Weihnachten steht vor der Tür, und in einem halben Jahr werden pünktlich zum Ferienbeginn wieder Tausende Hunde, die mit roter Schleife unter dem Weihnachtsbaum saßen, an den Autobahnraststätten ausgesetzt: 60 000 jedes Jahr, höchste Zeit, dass die Leute mal dafür sensibilisiert werden!«

»Und du, Claudia? Wie sieht's bei dir aus? Ist für den Lauf alles vorbereitet?«

»Ja, es ist alles organisiert. Ich bin zufrieden, wir haben fast fünfhundert Anmeldungen. Die Mund-zu-Mund-Propaganda hat gut funktioniert. Wahrscheinlich müssen wir bei den Würstchen noch nachlegen. Nach zwölf Kilometern werden die Läufer schön hungrig sein.«

Und wahrscheinlich nicht besonders wild auf vegetarische Würstchen, denke ich.

»Hast du gehört, Zoé? Unsere Aufgabe hier ist wirklich nicht zu unterschätzen.«

»Ach, übrigens, weißt du, wer sich für den Lauf angemeldet hat?«, sagt Claudia.

»Du meinst, abgesehen von meinen besten Freundinnen, die in ihrem ganzen Leben noch nie mehr als fünfhundert Meter am Stück gelaufen sind? Nein, keine Ahnung.«

»Dein gut aussehender Direktor.«

»Yliès? Ich meine, Monsieur Dupuis?«, korrigiere ich mich schnell und blicke verschämt zu Zoé.

»Kennst du noch andere gut aussehende Direktoren? Natürlich Yliès. Also wenn du mich fragst: Ein Typ, der an einem karitativen Lauf teilnimmt, ist ein guter Kerl. Du solltest mit ihm ausgehen.«

»Also wirklich, Claudia! Er ist mein Vorgesetzter. So was macht man nicht«, erwidere ich und versuche ihr mit einer Kopfbewegung zu verstehen zu geben, dass neben mir eine Schülerin steht und die Unterhaltung etwas unpassend ist.

»Ihre Freundin hat recht, Monsieur Dupuis ist total sexy. Wir sind zu jung, aber Sie sind alt genug für ihn. Ich meine …«

Claudia bricht in Gelächter aus.

»Na bitte: Kindermund tut Wahrheit kund.«

Drei Stunden später haben wir fünfhundert Würstchen gegrillt, die wir nun warm halten, damit wir sie gleich mit veganem und glutenfreiem Brot ausgeben und die ausgehungerten Läufer beglücken, oder sagen wir sättigen können.

Zoé nutzt eine kleine Verschnaufpause, um die ehrenamtlichen Mitarbeiter des Tierheims zu ihrer Arbeit zu befragen. Sie macht eifrig Notizen in eine weiße Kladde, die sie, wie sie mir gesagt hat, eigens zu diesem Zweck gekauft hat. Meine Brust schwellt sich vor Stolz. Das Projekt Zeitung nimmt Form an. Für die erste Nummer, die in der nächsten Woche erscheinen soll, haben wir fünf Rubriken ausgewählt. Anaïs und Julien haben ihre Artikel bereits eingereicht, den von Julien, »Pro und Contra – Broccoli in der Mensa«, muss ich noch lesen.

Ich schlendere zu dem Stand hinüber, an dem Claudia den Läufern ihre Startnummern aushändigt. Daneben entdecke ich Samya und Audrey, die konzentriert Dehnübungen machen. Schnell ziehe ich mein Handy aus der Tasche, um Fotos zu machen. Es kann schließlich nie schaden, ein paar kompromittierende Bilder auf Lager zu haben. Für alle Fälle.

»Kann ich dir helfen?«, biete ich Claudia an.

»Gerne, ich weiß schon nicht mehr, wo mir der Kopf steht. Hier, nimm du diese Liste.«

Während ich versuche, die Startnummern nach den Namen der Teilnehmer alphabetisch zu ordnen, spricht mich jemand an.

»Maxine?«

Ich hebe den Kopf. Der Typ vor mir kommt mir irgendwie bekannt vor, nur woher …

»Ja?«

»Kennst du mich nicht mehr? Ich bin's, Germain! Wir waren vor ein paar Monaten zusammen essen.«

Ach ja, richtig. Germain, der Steuerberater.

»Na klar, Germain. Natürlich erinnere ich mich an dich!« *Und meine Selbstliebe auch*, schicke ich stumm hinterher. »Ich wusste gar nicht, dass du auch hier bist.«

»Ich nehme regelmäßig an Volksläufen teil und setze mich außerdem für den Tierschutz ein, da konnte ich mir das heute doch nicht entgehen lassen!«

Was hatte er mir doch gleich in seiner SMS vorgeworfen? Ach ja, dass ich unbeständig bin und er eine Frau braucht, auf die er sich verlassen kann. Da ich gerade darüber nachdenke …

»Claudia!«

»Ja?«

»Ich möchte dir einen Freund vorstellen. Claudia, Germain. Germain, Claudia.«

»Hallo«, sagen beide im Chor und lächeln einander zu. Claudias Wangen färben sich sogar ein wenig rot.

»Claudia arbeitet ehrenamtlich im Tierheim und ist außerdem Mitglied im SPKV. Wir wohnen zusammen.«

»Du bist im SPKV? Ich wäre letztes Jahr auch beinahe Mitglied geworden.«

»Wirklich? Dann musst du nächstes Jahr unbedingt beitreten. Wir haben eine Menge Aktionen geplant, und die ein oder andere dürfte für einiges Aufsehen sorgen.«

Ich sehe ihnen zu, während sie sogleich ein angeregtes Gespräch beginnen, und kann mir ein Lächeln nicht verkneifen. Es ist nicht zu übersehen, dass sie Gefallen aneinander finden. Da es eiskalt ist, schlägt er ihr vor, sich ins Veranstaltungszelt zu setzen und sich bei einem Kaffee besser kennenzulernen. Schon scheint sie vergessen zu haben, warum sie überhaupt da ist, und gemeinsam schlendern sie davon. Wären wir in einem Roman, könnte man fast meinen, der Autor hätte das absichtlich gemacht.[12]

Noch immer versonnen lächelnd, nehme ich Claudias Liste, um mich um die Teilnehmer zu kümmern, die auf ihre Startnummer warten.

»Hallo, Maxine.«

Also wirklich … Wer denn jetzt noch? Der Schuheinläufer? Bitte nicht. So langsam gehen mir die Freundinnen aus. Und Audrey kann ich das wirklich nicht antun.

»Ach, hallo, Yliès«, stammele ich. »Auf Sie habe ich gewartet. Ich meine, meine Freundin Claudia hat mir

12 Fast …

gesagt, dass Sie sich angemeldet haben. Hier ist Ihre Startnummer. Ich habe sie schon mal zur Seite gelegt.«

In meiner Verwirrung merke ich gar nicht, wie ich das Schutzpapier der Startnummer abziehe, sie ihm auf die Brust klebe und wie besessen darauf rumdrücke. Eine ganz schön muskulöse Brust, übrigens.

»Danke, ich glaube, es müsste jetzt halten.«

»Entschuldigung, ich … Das liegt an den vegetarischen Würstchen.«

Was rede ich denn da? Ich weiß es nicht. Aber Yliès beginnt zu lachen.

»Viel Glück, Yliès!«

»Ich hoffe, Sie werden an der Ziellinie stehen und mir gratulieren.«

Ihnen gratulieren, Sie ausziehen, Sie küssen, was immer Sie wollen.

»Sie können sich auf mich verlassen.«

»Das ist doch nicht euer Ernst, Mädels! Der Lauf hat gerade erst begonnen, und ihr sitzt schon auf der Bank?«

»Wir studieren die Lauftechnik der anderen, um uns zu verbessern«, erwidert Audrey. »Was ist daran verkehrt?«

Ich schiebe sie ein Stück beiseite, um mich neben sie zu setzen.

»Stimmt, der da hat wirklich eine ziemlich gute Technik«, sage ich und deute auf einen Typen mit knackigem Hintern. »Sehr inspirierend.«

Wenn man schon nicht selbst läuft, kann man wenigstens die Läufer anfeuern. Als allmählich die ersten Läufer wieder eintrudeln und wir uns erheben, um zum Ziel hinüberzugehen, vibriert in der Tasche meiner Daunenjacke mein Handy.

»Die Pflicht ruft. Das sind sicher Claudia und ihre Würstchen.«

»Hallo, Maxine, hier ist Jonathan. Leider kann ich am 15. Dezember doch nicht. Ein Meeting hat sich verschoben. Ich könnte dir den 3. Januar anbieten, ich verspreche dir, dass ich dich nicht noch mal versetze. Ich kann es kaum erwarten, dass du mir von Kanada erzählst und ob du Antworten auf deine Fragen bekommen hast. Dicken Kuss.«

»Max, guck mal, da kommt Yliès!«, neckt mich Samya. »Ist er nicht ebenfalls inspirierend? Bestimmt kann er dir auch helfen, deine Technik zu verbessern.«

Tatsächlich ist Yliès kurz vor der Ziellinie. Wie ehedem frisch und schön wie ein griechischer Gott, winkt er uns zu.

Mein Telefon vibriert erneut.

»Kleiner Planungsfehler, der 3. Januar geht nicht, aber der 4. Passt dir das?«

»Claudia ist ja ganz schön hartnäckig, sag mal!«, stochert Samya neben mir weiter.

»Das ist nicht Claudia«, erwidere ich, während ich eine Antwort tippe.

»Und wer ist es dann?«

»Niemand. Kommt, wir gehen den Läufern gratulieren.«

»Hallo, Jonathan. Leider kann ich nicht. Ich bin jetzt in festen Händen. Tut mir leid. Pass auf dich auf.«

Es ist an der Zeit, damit aufzuhören, überall Zeichen zu sehen. Schicksal und Zufall trennen schließlich nur vier Buchstaben und ein Schritt. Aber was im Grunde zählt, ist, dass weder das eine noch das andere unser Leben steuert.

Kapitel 56

Heute ist der letzte Unterrichtstag vor den Weihnachtsferien. Ich trete von einem Fuß auf den anderen – vor Ungeduld, aber auch aus Angst. Ungeduld, weil ich mit meinem Bruder und meiner Schwester meine Eltern besuchen werde, Angst, weil man dazu leider fliegen muss. Ich habe nicht wirklich daran geglaubt, doch sowohl Laetitia als auch Julien ist es gelungen, ihre Pläne zu ändern. Daher möchte ich an dieser Stelle all den pochenden Zähnen und Depressionen, die sich eine Woche lang gedulden müssen, einen Gedanken widmen.

Morgen geht es in aller Früh los. Mein Koffer ist noch nicht gepackt. Aber ich hab ja noch massig Zeit …

Mama hat sich so gefreut, als ich ihr gesagt habe, dass wir kommen. Erst hatte ich vor, sie zu überraschen, doch dann hätte ich sie um die Vorfreude gebracht.

»Ich danke Ihnen, dass Sie zu unserer letzten Konferenz erschienen sind. Ich weiß, dass Sie es nicht erwarten können, in die Ferien zu kommen, ich verspreche Ihnen, ich werde nicht stundenlang reden …«

Yliès hat uns versammelt, um eine Bilanz aus den verschiedenen Projekten zu ziehen, die wir mit dem Ziel gestartet haben, unsere Schule in einen echten Lebensraum zu verwandeln. Der krönende Abschluss ist die erste Ausgabe unseres *Grant's*. Das Redaktionsteam ist inzwischen auf fünf Schüler angewachsen. Und ich muss sagen, dass ich ziemlich zufrieden bin mit dieser ersten Ausgabe. Natürlich ist sie nicht hochprofessionell, und die Artikel sind hier und da etwas ungeschickt formuliert, aber dennoch ist sie das Ergebnis großen Einsatzes. Ich bin stolz auf meine Schüler und glücklich, sie bei diesem Projekt zu begleiten.

Seit ich begriffen habe, wie sehr ich diesen Job mag und dass ich eigentlich nie ernsthaft vorhatte, ihn zu wechseln, hat sich einiges verändert. Ich unterrichte mit mehr Leidenschaft.

Flaubert findet vor den Augen meiner Schüler natürlich immer noch keine Gnade, aber davon lasse ich mich nicht entmutigen.

»Maxine, möchten Sie uns die Arbeit Ihrer elften Klasse vorstellen?«

»Mit Vergnügen!«

Ich verteile die Zeitung und lasse den Anwesenden ein paar Minuten Zeit, die wenigen Seiten durchzublättern.

»Die Artikel sind komplett von den Schülern verfasst worden, sie haben auch die verschiedenen Rubriken ausgesucht, die von Ausgabe zu Ausgabe variieren. Wir haben versucht, so vielseitig wie möglich zu sein, um auf möglichst breites Interesse zu stoßen. In jeder Nummer wird es eine Meinungsumfrage geben. In dieser Ausgabe haben wir danach gefragt, ob es sinnvoll ist, in der Mensa Broccoli anzubieten, was, wenig überraschend, von einer großen Mehrheit verneint wurde. Ich kann Ihnen auch schon vorab das Umfragethema der nächsten Ausgabe verraten: Braucht man im Leben Mathe?«

»Wie bitte?!«, empört sich sofort Samya. »Natürlich braucht man Mathe!«

Ich lache.

»Du kannst dich darauf einstellen, dass meine Schüler dich interviewen werden. Überleg dir schon mal ein paar stichhaltige Argumente. Sie sind nicht leicht zu überzeugen.«

»Vielen Dank, Maxine, für diese großartige Arbeit. Ich wünsche der Schülerzeitung ein langes Fortbestehen. Ich danke Ihnen allen für Ihr Engagement. Eine Musical-Truppe, ein Fotografie-Workshop, ein Schachclub und eine Zeitung: Genau das haben wir gebraucht, um unsere Schule zukunftsfähig zu machen. Nachdem nun alle ihre Projekte vorgestellt haben, würde ich vorschlagen, dass wir gemeinsam ein Glas Wein trinken und die Weihnachtsplätzchen kosten, die die Schüler der Back-AG für uns gemacht haben.«

Gelöster Stimmung und voller Vorfreude auf die Ferien stehen wir auf und gehen zum Tisch hinüber, auf dem schon gefüllte Gläser und Teller mit köstlichen Plätzchen bereitstehen.

»Auf euch, Mädels!«, und mit den Worten stoße ich mit Samya und Audrey an. »Wann fährst du zu deinen Cousins in die Berge, Audrey?«

»Sonntag. Ich kann es gar nicht erwarten, die Pisten runterzuheizen.«

»Und du, Samya? Wann fährst du zu deiner Mutter?«

»Äh … na ja. Eigentlich fahre ich gar nicht.«

»Du willst doch Weihnachten nicht ganz alleine bleiben!«, rufe ich aus. »Wenn das der Fall ist, schleppe ich dich lieber mit uns mit. Notfalls verstecken wir dich im Frachtraum.«

»Ich habe gesagt, ich fahre nicht weg. Ich habe nicht gesagt, dass ich allein bin … Gilles wird da sein … Er hat mir gestern eine Nachricht geschickt. Es ist aus mit seiner Schauspielerin und … na ja, bald ist schließlich Weihnachten … Außerdem fehlt ihm seine Tochter. Und ich …«

»Sag nicht, du verzeihst ihm!«, ruft Audrey erbost. »Nicht nach dem, was er dir angetan hat!«

»Ehrlich gesagt, weiß ich es nicht. Ich bin wütend auf ihn, ja, aber trotzdem glaube ich, dass ich ihn immer noch liebe. Wir werden sehen …«

Bevor ich etwas darauf sagen kann, werden wir von Yliès unterbrochen.

»Meine Damen, darf ich mit Ihnen auf das Schuljahresende anstoßen?«

Eine nach der anderen lassen wir unsere Gläser klirrend gegen seines stoßen, wobei wir ihm, wie die Tradition verlangt, in die Augen sehen. Es ist ganz schön heiß hier.

»Maxine«, sagt er nun zu mir, »ich wollte Ihnen noch einmal zur Zeitung gratulieren. Das war wirklich eine großartige Idee. Ich wusste immer, dass ich auf Ihr Engagement zählen kann.«

»Sie sollten nicht mir gratulieren, sondern den Schülern«, erwidere ich und erröte unwillkürlich über das Kompliment. »Sie haben ja die ganze Arbeit geleistet.«

»Also, ich brauche jetzt ein paar Plätzchen zum Sekt, was ist mit dir, Samya? Komm, lass uns welche holen«, schlägt Audrey vor und zieht Samya unsanft am Ärmel mit sich.

Was haben die beiden vor? Yliès hat sich nicht von der Stelle gerührt. Ich versuche, nicht auf den Duft seines Parfüms zu achten, das ich hinreißend finde. Und auch nicht auf seinen muskulösen Oberkörper. Oder auf sein Lächeln, das Unterhosen zum Zerreißen bringen kann. Ich versuche es, aber es funktioniert nicht.

Nicht auf den Mund!
Nicht unter der Dusche!
Auch wenn es schwerfällt.

»Maxine? Ich hab mich gerade gefragt … Also, ich dachte …«

And when I get that feeling
I want a sexual healing

»Ja?«

Dass ich dich liebe!
Dass ich dich liebe!
Dass ich dich liebe!

»Hätten Sie Lust, mit mir essen zu gehen? Ich weiß, wir arbeiten zusammen, und wenn es vielleicht nicht …«

»Kennen Sie das Sprichwort? Wenn das Wörtchen wenn nicht wär, wär mein Vater Millionär. Natürlich habe ich Lust, mit Ihnen essen zu gehen. Nichts lieber als das.«

Januar

Epilog

Seit drei Jahren, seit der Beerdigung, habe ich keinen Fuß mehr hierhergesetzt. Wegen meiner Schuldgefühle hat mir einfach der Mut dazu gefehlt. Außerdem hat sie Friedhöfe gehasst.

Aber heute hatte ich auf einmal das Bedürfnis, herzukommen und mit ihr zu sprechen, auch wenn ich weiß, dass ich mir gleich sehr albern vorkommen werde, wenn ich ganz allein vor einem Grabstein stehe und vor mich hin brabbele.

»Weißt du noch, was du immer zu mir gesagt hast, als ich klein war? Dass die Menschen, die man liebt, niemals ganz verschwinden, und dass man sie jederzeit rufen kann, wenn man sie braucht. Ich war sechs, und unser Hund war gerade gestorben. Dieser Gedanke hat mich jahrelang getröstet, ehe er, etwa zur gleichen Zeit wie die Zahnfee und der Weihnachtsmann, an der Realität zerbrochen ist.

Als ich nach dieser verrückten Erfahrung mit meinem Parallelleben wieder in meiner Wohnung aufgewacht bin, musste ich wieder daran denken. Ich weiß nicht, was passiert ist, ob ich es nur geträumt habe oder ob es wirklich geschehen ist, aber ganz egal, welche Erklärung es dafür gibt, ich habe das Gefühl, dass es mit dir zu tun hat. Ich war verloren, ohne es zu merken, und du hast mir geholfen. In jeder Hinsicht.«

Mir ist nicht ganz wohl zumute, als ich vor diesem grauen Stein mit der nichtssagenden Inschrift stehe. Ich lehne mich gegen den Stein.

»Dank dir habe ich mich mit Mama versöhnt. Nie im Leben hätte ich mit dem gerechnet, was ich herausgefunden habe. Ich wäre niemals auf die Idee gekommen, dass du sie adoptiert haben und es vor ihr verheimlicht haben könntest.

Warum, Moune? Immerzu muss ich mir diese Frage stellen, auch wenn ich weiß, dass ich nie eine Antwort darauf bekommen werde. Hattest du ihretwegen Angst? Wolltest du sie beschützen? Oder hast du dich vor ihrer Zurückweisung gefürchtet, davor, dass sie dir bei einem banalen Streit an den Kopf werfen könnte, dass du nicht ihre Mutter bist? Es war nicht fair, Mama nichts zu sagen. Sie hätte die Wahl haben müssen. Jeder sollte die Wahl haben.

Trotzdem glaube ich nicht, dass sie dir böse ist. Mit der Zeit haben sich ihre Wut und ihre Enttäuschung gelegt. Sie hat ihre leibliche Mutter gefunden, und am Ende ist es ihnen gelungen, eine Beziehung zueinander aufzubauen. Ich werde es nie schaffen, diese Frau, die nicht mehr zurechnungsfähig ist, als meine Großmutter anzusehen, aber ich bin ihr dankbar, dass sie Mamas Leid gemildert hat.

Laetitia, Julien und ich haben Mama und Papa zu Weihnachten besucht. Wir haben alle sehr viel geheult. Und sehr viel gegessen. Als hätte Mama die verlorene Zeit nachholen wollen, hat sie all die Gerichte gekocht, die uns in den letzten Jahren entgangen sind. Papa und sie bleiben vorerst in Kanada. Solange Gabrielle da ist, will Mama sie nicht alleine lassen. Ich möchte lieber nicht an den Moment denken, an dem sie sie verlieren wird.

Auch wenn Samya und Audrey es mir nicht glauben wollen, ich weiß, dass ich es mir nicht ausgedacht habe, was du an jenem Tag im Restaurant zu mir gesagt hast. Dass es Mamas Geschichte ist, und dass es an ihr ist, sie mir zu erzählen …

Nicht zuletzt hat dieses merkwürdige Abenteuer bewirkt, dass ich endlich erkannt habe, wie glücklich ich mit meinem Leben bin, dass ich es mir selbst ausgesucht habe und dass es mir die nötige Balance gibt. Ich habe so viel Zeit damit verschwendet, mich zu fragen, wer ich hätte sein können – in Wirklichkeit war das immer nur ein Vorwand, um mich nicht so akzeptieren zu müssen, wie ich bin.

Ja, es ist sehr verlockend, sich einzureden, dass die Dinge nicht so gelaufen sind, wie man es sich gewünscht hätte, sich zu beklagen, sich andere Szenarien auszumalen. In Wirklichkeit aber versteckt man sich hinter einer Lüge, denn es ist nun mal oft schwer, sich selbst zu akzeptieren. Aber ich habe endlich begriffen, dass mich, wenn ich wirklich Journalistin hätte werden wollen, nichts, aber auch gar nichts davon hätte abhalten können. Nur musste ich erst dieses andere Leben leben und erkennen, dass ich die, die ich darin war, nicht mochte, um es endlich zu erkennen. Ich liebe meinen Beruf, auch wenn es nicht immer leicht ist, die Schüler für die großen Schriftsteller zu begeistern – umso größer ist die Befriedigung, wenn es mir dann doch einmal gelingt. Und jetzt gibt es ja auch die Schülerzeitung. Und Yliès.

Gut, ich will nicht zu viel sagen. Yliès und ich waren letzte Woche zusammen essen. Ich versuche, nicht an die Namen unserer zukünftigen Kinder zu denken. *Justine und Maddie*. Dieser Reflex ist einfach nicht totzukriegen.

Du fehlst mir, Moune. Ich wünschte, wir hätten mehr Zeit miteinander gehabt. Ich werde wohl wie das sechsjährige Mädchen von einst daran glauben müssen, dass die Menschen, die wir lieben, nie so ganz von uns gehen. Und wer weiß, vielleicht werden wir uns irgendwann wieder begegnen.«

Ich vernehme hinter mir ein Geräusch auf dem Kies. Ist es möglich …?

Ich fahre herum. Eine Frau entfernt sich durch die Allee Richtung Ausgang. Ist das …

Rasch richte ich mich auf und setze ihr nach.

»Moune? Moune!«

»Verzeihung, meinen Sie mich?«, sagt die Frau, als ich sie einhole.

»Entschuldigen Sie … Für einen Moment dachte ich …

Ich habe Sie mit jemandem verwechselt. Tut mir leid, wenn ich Sie belästigt habe.«

»Es muss Ihnen nicht leidtun, das passiert mir andauernd. Ich wünsche Ihnen einen schönen Tag.«

Ich sehe der Frau nach. Sie hat deinen Gang, und ihr Tonfall ist deinem ähnlich. Aber du bist es nicht. Ein Sonnenstrahl bahnt sich schüchtern einen Weg durch die Wolken. In einer Stunde wird der Himmel ganz klar sein, ideales Wetter, um mit Darcy spazieren zu gehen. Vielleicht frage ich Yliès, ob er mitkommen will… Nein, nicht vielleicht.

Ich hole mein Telefon heraus und wähle seine Nummer.

Danke, Moune. Danke für alles.

Dank

Schon der dritte Roman, was für ein Abenteuer!

Ich danke Elsa und Michel Lafon für ihr Vertrauen.

Danke an Mister TooMuch, Denis Bouchain, der mich auch bei diesem Roman wieder begleitet hat. Ich spüre bei dir eine Zerbrechlichkeit und einen Mangel an Selbstbewusstsein, die mich berühren, weil sie mich spiegeln. Danke für deinen professionellen Blick, für deine immer treffenden Anmerkungen, für deine Komplimente und deine Ermutigungen. Danke, dass du über meinen Humor lachst. Danke, dass du mir hilfst, Fortschritte zu machen. Ich kann es kaum erwarten, mit dir an der nächsten Geschichte zu arbeiten.

Danke an das gesamte Team der Éditions Michel Lafon, auf das ich mich immer verlassen kann: MissizBee, Mademoiselle Clochette, Digital Girl, Mister F. alias Bénédicte, Anissa, Marion und Florian. Danke an euch alle, ihr seid wie eine Familie für mich.

Danke an Miss DubblePee alias Perrine Brehon, meine Lektorin bei Pocket, sowie an das gesamte Team für die

Unterstützung. Es macht mich ungeheuer stolz, bei Pocket verlegt zu werden.

Danke an meine Bella Julia für ihren Enthusiasmus und ihre Freundschaft. Danke, dass du beim Lesen meines Buches gelacht und geweint hast. Danke, dass du meine Romane mit einem solchen Feuereifer verteidigst. Dieser Roman ist für dich.

Danke an Amélie Antoine, meine Komplizin beim Schreiben und auf Buchmessen. Und vor allem meine Freundin. Danke für deine Anrufe (»Nur fünf Minuten, versprochen« – die bei dir immer mindestens eine Stunde dauern). Danke, dass du mich zum Lachen bringst. Danke, dass du da bist. Ohne dich wäre dieses Abenteuer nicht dasselbe.

Danke an Marie Vareille: Du hattest recht, Maxine musste sich entscheiden. Ich hoffe, dass du meine Manuskripte auch in Zukunft lesen wirst, deine Anmerkungen sind sehr wertvoll für mich.

Danke an Claudia, die Pate stand für die Claudia in diesem Buch, und die mir sogar ihren Namen geliehen hat. Ich liebe dich sehr und freue mich wahnsinnig über deinen Vorschlag.

Danke an alle, die meinem Aufruf auf Facebook nachgekommen sind und mich mit den verrücktesten Berufen versorgt haben. Ich habe sehr über eure Einfälle gelacht.

Danke an alle Buchhändlerinnen und Buchhändler, die meine Romane vom ersten Moment an begeistert in ihr Programm aufgenommen haben. Was wäre ich ohne euch? Ein besonderer Gedanke gilt Nadège Torreton, Sandrine Dantard, Anne Martelle, Faustine Loridan, Delphine Menez und Philippe Fournier.

Danke an alle, die *Versprich mir zu lieben* gelesen und mir geschrieben haben, dass ihnen der Roman gefallen hat und sie ungeduldig auf die Fortsetzung warten. Ihr beflügelt mich. Ich hoffe, ich werde euch nie enttäuschen. Ihr könnt sicher sein, dass meine Romane immer mit Aufrichtigkeit und Leidenschaft geschrieben sind.

Danke an Ingrid, Hélène, Mélusine (ich liebe dich sehr, meine Kleine), Angélique, Christelle, Benjamin, Karine, Bénédicte, Yannick, Emmanuelle, Marilyse, dafür, dass ihr Teil meines Lebens seid.

Danke an dich, Solène, dafür, dass ich deinen Komplex wegen deiner braunen Augen benutzen durfte.

Und schließlich, wie immer, danke an Benoît, den Mann meines Lebens, für deine Liebe, deine Unterstützung und deine Ermutigung. Du hilfst mir, über mich hinauszuwachsen.

Lesen Sie weiter >>

LESEPROBE

Du musst lachen, lieben, tanzen –
und wenn du fällst, steh wieder auf

Molly und Marie sind schon immer beste Freundinnen. Und so bricht Mollys Welt zusammen, als Marie Ende zwanzig den Kampf gegen den Krebs verliert. Doch Marie hat ihr noch ein letztes Versprechen abgerungen. Molly soll von nun an für sie beide leben. Zwei Wochen nach der Beerdigung erhält sie mit der Post eine allerletzte Nachricht ihrer Freundin: einen dicken Umschlag mit 12 Briefen. Zwölf Aufgaben für ein Jahr, durch die Molly lernen soll, auch ohne Marie glücklich zu sein. Doch können ein Weihnachtsbaum, eine neue Teesorte und ein Skiurlaub wirklich das Lebensglück bescheren? Noch ahnt Molly nicht, welch ausgeklügelter Plan dahintersteckt …

30. Oktober 2015

Als der Wecker klingelt, vergrabe ich meinen Kopf unter dem Kissen. Ich konnte dieses Ding noch nie besonders leiden, das nur dazu erfunden wurde, um mich aus meinen süßen Träumen zu reißen. Aber heute Morgen ist es noch schlimmer als sonst.

Ich fühle mich, als hätte ich das Bett seit Tagen nicht verlassen. Warum kann nicht einfach alles nur ein böser Traum sein? Aus dem ich schweißgebadet hochschrecke, um sogleich erleichtert festzustellen, dass all das nicht wirklich passiert ist? Ich möchte wieder fünf Jahre alt sein. Damals konnte ich mich auf den Traumfänger verlassen, den meine Mutter über meinem Bett aufgehängt hatte und der mich vor dreiköpfigen Ungeheuern und schrumpeligen Hexen beschützte. Womöglich würde er mich heute auch vor so etwas beschützen.

Der Wecker klingelt erneut. Wütend packe ich ihn und schleudere ihn durchs Zimmer. Der Schreck verschlägt ihm die Sprache.

Vielleicht sollte ich einfach liegen bleiben. Wenn ich diesen Tag gar nicht erst beginne, kann ich so tun, als wäre meine beste Freundin nicht für immer von mir gegangen. Ich will mich nicht endgültig von ihr verabschieden. Schon gar nicht in einer eiskalten Kirche voller weinender Menschen.

Ich will nicht, dass für mich künftig jeder Freitag mit dem Bild eines verschlossenen Sarges verbunden sein wird. Das übersteigt einfach meine Kräfte.

Ich will nicht aufhören zu glauben, dass sie und ich gleich spazieren oder ins Kino gehen werden. Wenn ich die Augen schließe, sehe ich ihr Gesicht deutlich vor mir, ihre kurzen Haare, ihre großen braunen, lachenden Augen. Und wenn ich mich richtig konzentriere, höre ich sicher auch ihr Lachen und spüre ihre Gegenwart.

Wie kann man mit nur einunddreißig Jahren sterben? Wer kann so herzlos sein und entscheiden, dass eine so großartige junge Frau wie Marie innerhalb weniger Monate von einer Scheißkrankheit dahingerafft wird? Wer?

Marie und ich kannten uns seit so vielen Jahren. Fünfundzwanzig, um genau zu sein. Also sozusagen schon immer.

Es war ein herrlicher Tag, und wir waren gerade in das Haus gezogen, das meine Eltern gekauft hatten. Ich war außer mir vor Freude, weil ich zum ersten Mal einen Garten haben würde. Ich, die ich bis dahin nur den

Spielplatz vor unserem Mietshaus kannte. Einen Garten, einen richtigen Garten. Mit einer Schaukel, das hatte Papa mir versprochen.

Sobald ich also aus dem Umzugswagen geklettert war, rannte ich los, um dieses so herbeigesehnte Paradies in Augenschein zu nehmen.

Was ich erblickte, war ein Stück Rasen voller Unkraut und Brennnesseln … Mir war das gleich: Ich fand es wunderbar.

Am Ende des Gartens entdeckte ich ein Törchen, das unser Haus von dem der Nachbarn trennte. Und hinter dem Törchen war ein Mädchen. Hoch konzentriert und mit einem Stock in der Hand hockte sie da.

Nach anfänglichem Zögern siegte meine Neugier, und ich trat an das Törchen. Das Mädchen war gerade dabei, Schnecken in eine Flasche zu locken, in der sich Salatblätter befanden.

»Was machst du da?«

»Das wird eine Schneckenzucht.«

»Eine Schneckenzucht? Was willst du denn mit Schnecken?«

»Ich will sie meinem kleinen Bruder ins Bett tun. Dann geht er vielleicht weg.«

»Ich hab keinen Bruder und eine Schwester auch nicht.«

»Wenn du magst, kannst du meinen haben. Der heult immer nur, und spielen darf ich auch nicht mit ihm. So ein Bruder taugt zu gar nichts.«

»Stimmt. Der taugt wirklich zu nichts …«

Sie hatte den Kopf gehoben und ihre Aufmerksamkeit von den Schnecken abgewandt, die, entzückt über diesen Glücksfall, so schnell sie konnten, davonkrochen.

»Wie heißt du?«

»Molly.«

»Mit einem M, genau wie ich! Ich heiße Marie. Und wie alt bist du?«

»Viereinhalb. Aber bald habe ich Geburtstag, und dann bin ich fünf!«

»Ich bin sechs. Willst du mit mir Ritter und Prinzessin spielen? Aber ich entscheide, wer der Ritter und wer die Prinzessin ist, weil ich größer bin. Okay?«

»Okay!«

»Also, ich bin der Ritter, und du bist die Prinzessin. Mein Papa hat mir aus Holz ein Schwert gemacht. Ich zeig's dir gleich.«

Sie hatte gelächelt. Vorne fehlte ihr ein Zahn. Die Glückliche! Die Zahnfee war schon bei ihr gewesen.

Eine Freundschaft von fünfundzwanzig Jahren. Eine gemeinsame Vergangenheit, unzählige Erinnerungen und plötzlich, von einem Moment auf den anderen – nichts mehr.

Das kleine Mädchen hinter dem Gartentor weicht immer mehr der Freundin, die ich vor ein paar Tagen in einem Krankenhausbett habe sterben sehen. Die Bilder verschwimmen, als wollte mein Geist mir die Erinnerung daran ersparen.

Stattdessen sind die letzten Momente, in denen zwischen uns noch ein richtiger Austausch stattgefunden hat, auf ewig in mein Gedächtnis eingebrannt. Sie liegen inzwischen ein paar Wochen zurück, aber ich erinnere mich noch an jedes einzelne Wort. Und an das, worum sie mich gebeten hat …

Als ich an jenem Tag in ihr Zimmer kam, saß sie aufrecht im Bett. Sie war schon so blass und abgemagert, und trotzdem empfing sie mich mit einem strahlenden Lächeln.

»Na endlich! Ich habe mich schon gefragt, wo du bleibst! Ich muss dir unbedingt von dem neuen Pfleger erzählen, der mir heute Morgen die Spritze gegeben hat. Der Typ ist der Hammer! Das sind die Momente, in denen ich mich ärgere, dass ich meine Ausbildung zur Krankenschwester abgebrochen habe …«

»Du bist unverbesserlich. Der wievielte Pfleger ist das, in den du dich verknallst?«

»Ach weißt du, Molly, niemand außer dir kommt auf die Idee, sich mit nicht mal dreißig auf einen solchen Langweiler einzulassen. Ich will mein Leben genießen …«

Für einen Augenblick schien sich zwischen uns ein kleiner Misston eingeschlichen zu haben.

»Germain ist kein Langweiler.«

»Doch, ist er. Ich werde ja schon müde, wenn ich nur den Namen höre. Also ehrlich, *Molly und Germain* … Merkst du denn gar nicht, dass das nicht passt? Eine Molly verdient einen John oder einen Brad! Aber ein

Germain … Wenn ich nur daran denke, dass meine Mutter ihn dir vorgestellt hat! Ich könnte heulen.«

Ich hatte zu lachen begonnen, mich aber sofort zusammengerissen, weil mir mit einem Schlag wieder die ganze Tragik der Situation eingefallen war.

»Warum machst du so ein Gesicht?«

»Weil … Na ja … Weil eben …«

»Weil eben was? Weil ich sterbe? Na und? Soll mich das etwa davon abhalten, mit meiner besten Freundin zu lachen? Ihr von meinem megaheißen Pfleger zu erzählen? Oder ihr zu sagen, dass ihr Freund so interessant ist wie eine Arte-Doku mit Untertiteln?«

»Aber …«

»Ehrlich, Molly, wenn du gekommen bist, um mich zu bemitleiden, kannst du gleich wieder gehen. Das macht meine Mutter schon. Und eine Person, die die ganze Zeit heult, wenn sie hier ist, reicht mir. Ich will mal wieder was zu lachen haben. Und dieses Krankenhaus, dieses Zimmer und diese Scheißkrankheit vergessen.«

Etwas plump versuchte ich, das Gespräch auf ein anderes Thema zu lenken.

»Also, was ist jetzt mit dem Pfleger? Erzähl mal.«

Sie hatte gelächelt, und der restliche Nachmittag verlief so, als ob alles ganz normal wäre. Als ob meine beste Freundin nicht am Ende ihres Lebens stünde. Als ob sie nicht zehn Kilo und all ihre Haare verloren hätte. Als ob da nicht diese Schmerzen wären, die sie das Gesicht verziehen ließen und die sie hinter einem oftmals verzerrten Lächeln zu verbergen versuchte.

Am Ende seiner Schicht war der Pfleger noch einmal aufgetaucht, um ihr eine Spritze zu geben, irgendein Medikament, das sie mehr entspannte als heilte. Er war wirklich der Hammer. Die Besuchszeit war fast zu Ende.

»Hör mal, Molly, ich möchte dich um einen Gefallen bitten.«

Wir lagen nebeneinander auf dem Bett, Kopf an Kopf.

»Was immer du willst …«

»Du und ich, wir beide wissen, dass ich hier nicht mehr lebend rauskomme. Ich wollte noch so viele Herzen brechen, aber was soll man machen, so ist es nun mal …«

Sie hatte mir das Gesicht zugewandt. Eine Träne lief mir über die Wange, und ich wischte sie rasch fort.

»Molly, bitte. Es ist wichtig. Ich denke schon seit Tagen darüber nach. Ich … ich möchte, dass du für mich lebst. Machst du das?«

Ich stützte mich auf einen Ellbogen.

»Für dich leben? Ich verstehe nicht …«

»Ganz einfach. Ich will, dass du für uns beide lebst. Dass du an meiner Stelle das Leben genießt. Dann hätte ich das Gefühl, dass ich nicht ganz sterbe.«

»Aber … ich weiß überhaupt nicht …«

»Wir sind Freundinnen, seit ich sechs war, Molly. Ich kenne dich besser als jeder andere. Und ich weiß, dass so viel mehr in dir steckt … Du hast so viel mehr verdient als dieses enge Leben, auf das du gerade zusteuerst, mit deiner beschissenen Angst vor dem Alleinsein.«

»Aber ich bin sehr glücklich so!«

»Wirklich? Mit dieser Schlaftablette Germain? Als Kellnerin in diesem Restaurant?«

»…«

»Und was ist mit der Molly, die davon geträumt hat, Solotänzerin zu werden? Wo ist die geblieben? Ich weiß, dass sie immer noch da ist, tief in dir drin. Und da man einer Sterbenden ihren letzten Wunsch nicht abschlagen soll, befehle ich dir, sie wieder zu ihrem Recht kommen zu lassen.«

»Hm, äh, na ja. Zu Germain sag ich jetzt mal nichts, er findet vor deinen Augen sowieso keine Gnade. Was das Tanzen betrifft, das ist eine alte Geschichte, du weißt ganz genau, dass das längst Vergangenheit ist … Und mein Leben ändern? Alles ändern? Ich möchte dich mal an meiner Stelle sehen.«

»Zufällig werde ich nicht mehr wirklich Zeit dazu haben … Also … Sagen wir, du hast ein Jahr. Genau, sagen wir ein Jahr. Um einen Job zu finden, der deine Augen zum Leuchten bringt, und nicht nur Geld auf dein Konto. Um Germain den Laufpass zu geben, um glücklich zu sein. Und du wirst mir alles erzählen. So wie wir es immer gemacht haben. Als würde ich noch leben.«

»Aber …«

»Versprich es mir, Molly.«

Ich hatte es versprochen. Drei Wochen später war sie tot.

Wir haben heute den dreißigsten Oktober. Und ich gehe zur Beerdigung meiner besten Freundin. Ich weiß nicht mal, wie ich diesen Tag überleben soll.

Und da verlangt sie von mir, dass ich für uns beide lebe …